ERSHIYI SHIJI
ZHONGGUO WENXUE DAXI

顾 问

丁 帆　陈思和　林建法　洪子诚

总主编

何言宏

总策划

何言宏

策 划

丁亚芳　王政红　王欲祥

编委会成员

丁亚芳　丁晓原　王 尧　王光东　王政红
王家新　王彬彬　王欲祥　吕效平　何言宏
张学昕　张清华　张新颖　陈晓明　施战军
徐 蕾　黄发有　彭志斌

（以姓氏笔画为序）

二十一世纪中国文学大系

2001—2010

总主编 何言宏

诗 歌 卷

本卷主编 何言宏

南京师范大学出版社
NANJING NORMAL UNIVERSITY PRESS

图书在版编目（CIP）数据

二十一世纪中国文学大系：2001～2010. 诗歌卷／何言宏主编. —南京：南京师范大学出版社，2014. 12
ISBN 978-7-5651-1652-0

Ⅰ. ①二… Ⅱ. ①何… Ⅲ. ①中国文学－当代文学－作品综合集②诗集－中国－当代 Ⅳ. ①I217. 1②I227

中国版本图书馆CIP数据核字（2014）第244336号

书　　名	二十一世纪中国文学大系（2001—2010）·诗歌卷
本卷主编	何言宏
责任编辑	王欲祥
出版发行	南京师范大学出版社
地　　址	江苏省南京市宁海路122号（邮编：210097）
电　　话	(025)83598919(总编办)　83598412(营销部)　83598297(邮购部)
网　　址	http://www.njnup.com
电子信箱	nspzbb@163.com
照　　排	南京理工大学印刷照排中心
印　　刷	南京爱德印刷有限公司
开　　本	660毫米×970毫米　1/16
印　　张	46
字　　数	684
版　　次	2014年12月第1版　2014年12月第1次印刷
书　　号	ISBN 978-7-5651-1652-0
定　　价	98.00元

出 版 人　彭志斌

南京师大版图书若有印装问题请与销售商调换
版权所有　　侵犯必究

前言

何言宏

《二十一世纪中国文学大系（2001—2010）》凡十三卷十八册，经过各位同仁的共同努力，终于面世，无疑是中国文学界的一件大事。

二十一世纪的第一个十年，中国文学发生了非常巨大的变化。这些变化，首先表现于它的世界性的历史处境。2001年发生于美国的"9·11事件"对于世界格局的改变，无论是在政治、经济和军事方面，还是在精神、思想、文化和意识形态方面，都非常巨大。也就是在这一年，中国经过艰苦的努力与谈判，终于加入了"WTO"。这一事件对于中国社会和中国经济的影响自不待言，其对我国思想文化界的影响，实际上也非常深刻。二十一世纪的中国文学，就发生和发展于这样的世界背景，并且和这样的背景发生着或显或隐的内在联系。

在中国内部，二十一世纪以来，中国大陆对于世界体系的进一步融入和改革开放在多方面的拓展与深化，市场化社会和消费社会的初步形成，媒介文化特别是网络文化的不断发展与发达，文学体制包容性的扩大和评奖制度的调整，以及中国台湾开始于上世纪末的政治转型，香港和澳门分别于1997年和1999年对祖国的回归，都不仅使中国各个区域的社会、政治、经济与文化发生了变化，它们之间的文学与文化关系，也与此前大为不同。这些"变化"和这些"不同"，二十一世纪以来表现得尤为迅猛、尤为突出，文学处身其中，无论是主动被动，还是直接与间接，自然与它们深切关联。在这些关联中，我们关注最多和感受最深的，就是我们的文学——具体地说，就是我们的作家、诗人，我们的文学批评家、文学研究者，和我们的文学翻译家、文学编辑与文学出版工作者等等——都力图以他们的劳作去书写、把握、追问、反思与介入我们的时代。我们这个时代和我们这个时代广大民众的精神与生存，在我们的文学中得到了异常丰富的表现。

二十一世纪以来,我们的文学潮流迭起、异彩纷呈,老一辈作家坚守良知,佳作不断;中年作家们勇猛精进,成就卓绝,殊为我们文学时代的中流砥柱;青年一代,也都姿态各异,身手非凡。二十一世纪以来,我们出现了那么多非常杰出的作品。我们的文学在精神特征、话语表达,在价值、美学和艺术策略上既有坚持,又有新变,在文学史的意义上,已经构成了一个相对完整和相对独特的文学时代。这个时代虽仍在进行,但我们有理由相信,它的未来必定宏阔,必有大成。因此,为了全面、系统和较为及时地总结二十一世纪第一个十年的中国文学,对这一时期中国文学的历史发展、基本格局和重要史料进行认真切实的梳理,并且遴选出其中的重要作家和重要作品,一方面为后人对这一时期中国文学的进一步研究和文学史编撰提供最具权威性的经典文献,另一方面,也为社会各界和广大读者提供一套权威性、系统性和集成性的大型选本,我们特邀请中国当代文学研究界的著名学者和著名批评家编选了《二十一世纪中国文学大系(2001—2010)》。

我们的"大系",充分借鉴和学习了赵家璧先生1935—1936年间主编的《中国新文学大系》(1917—1927)以来各辑"大系"的历史经验,也据二十一世纪以来中国文学的基本特点,既有常规性的"理论批评"、"长篇小说"、"中篇小说"、"短篇小说"、"散文"、"诗歌"、"戏剧文学"、"杂文"、"报告文学"和"史料"诸卷,也专门设立了"翻译文学"和"随笔"卷,在文学史的意义上强调和突出"翻译文学"对于汉语文学的重要意义,也反映了二十一世纪以来"随笔"文体的持续兴盛。我们希望,我们的"大系"在学术精神上既能对前辈有所承传,也能具有新的尝试和新的开辟。

《二十一世纪中国文学大系(2001—2010)》虽然较早地动议于2009年,并在南京师范大学出版社及有关部门的大力支持下迅速启动,纳入了江苏省"十二五"期间的重点出版规划,也获得了我们学术前辈的热情鼓励与肯定,但是,为了保证编选工作的客观性与严肃性,为了这项浩大的"学术工程"所必须具有的时间的沉淀,我们在二十一世纪第一个十年的中国文学结束几年后方始推出。各卷主编作为在中国现当代文学研究界与文学批评界都极活跃与非常著名的学者与批评家，工作繁忙，而能勠力同心地沉潜数年，共襄盛举，真的应该深深感谢。昔者赵家璧先生在其《中国新文学大系》(1917—1927)的"前言"中曾经说过："我们相信新文学运动第一个十年间许多英雄们打平天下的伟绩，是值得有这样一部书，替他们留一个纪念的。现在我们做成了，我们觉得了却了一件心愿！"对于我们这套"大系"来说，值得纪念的，除了我们的很多作家、诗人、批评家和翻译家们的文学"伟绩"，还有我们的前辈与我们的同仁们对"大系"所付出的很多热情、很多心血，正是在这样的意义上，我也非常想说："现在我们做成了，我们觉得了却了一件心愿！"我们希望，在二十一世纪第二个十年行将结束的时候，我们的文学必将取得新的"伟绩"，我们的文学研究界与批评界，也必将有一次新的集结。

出版说明

本套《二十一世纪中国文学大系（2001—2010）》自 2010 年开始策划，至今已四年有余。从组稿到选编，从定稿到编辑，几经斟酌、打磨，这套丛书终于面世了。

作为丛书的策划与出版者，我们的心中并不觉得轻松。众所周知，选编新文学大系的做法始于上个世纪三十年代的赵家璧先生，其后上海文艺出版社又陆续出了二、三、四、五辑。新世纪以来，虽然也不断有各类文学选本陆续推出，但以头十年为考察时间段的综合性大系类丛书，这还是第一套。十年，还不足以呈现文学思潮发展的清晰脉络，但经过十年的淘洗沉淀，新世纪文学创作的趋势和特点已经逐渐在我们面前展开，渐见分明。选编本套大系的最大问题，是如何踵武前贤而又不失新世纪文学发展的特点。经过与总主编及各卷主编多次的商讨，在借鉴前五辑大系框架结构的基础上，我们选定了十三种文学体裁，分别为长篇小说、中篇小说、短篇小说、翻译文学、报告文学、诗歌、散文、随笔、杂文、戏剧、理论、史料、批评，并为各卷配上了分册主编所撰写的导言，对这十年来的相关文学体裁的发展做了较系统的梳理和总结，以便读者参考。

与前五辑相比，本套丛书既沿袭了传统的文学分类又有所创新，如将散文、随笔和杂文分册选编，显示了"随笔"这一文体近年来独具特色的面貌；又如将翻译文学独立成卷，凸显"翻译"这一特殊创作形式对于中国本土文学的影响，与中国文学逐步融入世界文学的步调也是相应的。当然，限于精力和客观条件，我们放弃了一些同样具有鲜明文学特色的体裁，如小小说、儿童文学、影视文学等。

大系是一种特殊的读本，也是一种特殊的史料集，在编辑过程中，我们以存真、求善为原则，订立了以下编校原则：

一、关于选目

突出名作名家，兼顾风格流派。

二、关于版本

1. 原则上以最初发表的版本为准。

2. 少量的以作者认可的定本为准。

三、关于编排顺序

全套丛书多依文章发表的先后为序，少数按照分卷主编选编的类型排序，如戏剧卷以主题分类、诗歌以作者姓氏排序。

四、关于注释

1. 全书不加注释，只在每篇篇末注明选文出处或版别，如原载《×××》×年第×期，或选自××出版社×年第×版。

2. 原书少量典实确实有误，也不改动，但加脚注予以指出。

五、关于编校

所选篇目文字以初版为据；少量以作者定稿本为据的，加注说明。

1. 错别字径改。但异形字或异形词，或者过去的习惯用法如象—像、其它—其他、精炼—精练等，原文如用前一项的均不改。

2. 标点依据目前较规范的用法，对明显的错用加以改动，但不强求统一。

3. 年代、数字、称谓的用法也一依原作，不作统一。

文学大系的选编既是一家之见，难免会存在争议。但，我们相信，争议也正是编辑这套丛书的意义之一。由于经验和水平，我们的编校中当还存在失误和错谬，希望广大读者不吝赐教，以使我们的工作更臻完善。

南京师范大学出版社

2014年7月23日

目录

前言　何言宏 / 001

出版说明 / 004

导言　当代中国的诗歌界　何言宏 / 001

阿翔 / 001
  浮现 / 001
  农事诗 / 002

阿尔丁夫·翼人 / 003
  黄金诗篇 / 003
  神秘的光环（长诗节选）/ 003

安琪 / 010
  像杜拉斯一样生活 / 010
  我性格中的激烈部分 / 011
  戒色生涯 / 012

北岛 / 014
  黑色地图 / 014
  拉姆安拉 / 015
  给父亲 / 016
  晴空 / 018

那最初的 / 019
过渡时期 / 020

北野 / 022
被风吹歪的人 / 022
皇城印象 / 023
今夜的火车 / 024

白桦 / 025
从秋瑾到林昭 / 025

柏桦 / 038
水绘仙侣 / 038
避乱与侍疾 / 044
在猿王洞 / 048

长岛 / 049
和山羊谈心 / 049
秋天奏鸣曲 / 051

沉河 / 053
昨日大雪记 / 053

陈黎 / 054
慢郎 / 054
迷蝶记 / 056

陈东东 / 058
译经人 / 058
蟾蜍 / 060
全装修（写给波波）/ 061

陈建华 / 065
厨房系列 / 065

陈先发 / 073
    前世 / 073
    丹青见 / 074
    鱼篓令 / 074
    伤别赋 / 075

陈义芝 / 076
    仰光 / 076

陈忠村 / 078
    河中的蝌蚪是我的至亲 / 078
    深夜。我对着蚌埠的方向沉默 / 079

成路 / 080
    雪,火焰以外 / 080
    安塞腰鼓 / 080

池凌云 / 082
    一个人劈开雨丝 / 082
    六月记忆 / 083
    寂静制造了风 / 084
    玛丽娜在深夜写诗 / 084

从容 / 086
    陌生人进入我的身体 / 086

春树 / 088
    没有想法 / 088
    在天安门广场等人 / 089

大解 / 090
    原野上有几个人 / 090
    衣服 / 091

丁俭 / 092
　　时间的缝隙 / 092
　　草起草落 / 093
　　成熟 / 094

东荡子 / 095
　　喧嚣为何停止 / 095
　　宣读你内心那最后一页 / 095
　　高居于血液之上 / 096

杜涯 / 098
　　秋天的银杏树 / 098
　　远行 / 099
　　空旷 / 100

多多 / 102
　　诺言 / 102
　　弗米尔的光 / 104
　　白沙门 / 105
　　一致 / 105

朵渔 / 107
　　野榛果 / 107
　　日全食 / 108
　　今夜,写诗是轻浮的…… / 109

方明 / 112
　　我看见岁月飞逝 / 112

方群 / 113
　　隐名诗 / 113

冯晏 / 114
　　深处 / 114

目 录

　　静中 / 114
　　深居 / 115

耿林莽 / 116
　　荆楚诗魂 / 116
　　高丘无女 / 117
　　孤城落日 / 118

龚璇 / 119
　　对一只飞鸟的悲悯 / 119
　　秋 / 121

龚学敏 / 123
　　午门:颂朔 / 123
　　太和殿:铜鹤 / 124
　　太和殿:龙椅 / 126

谷禾 / 128
　　《胡风传》第 284 页 / 128
　　宋红丽 / 129

哈金 / 131
　　活埋 / 131
　　交锋 / 132
　　另一个国度 / 133

海男 / 135
　　亲爱的琥珀 / 135
　　像鬼一样芬芳四溢 / 136
　　受孕日 / 137
　　最仁慈的,自然是鹤 / 138

韩东 / 139
　　读微依 / 139

一只棕色沙发 / 139

寒　烟 / 141
　　遗产 / 141
　　在星空下 / 142
　　死后的信仰 / 143
　　庭院 / 143

韩宗宝 / 145
　　那个站在潍河边上发呆的人 / 145
　　三个在潍河滩上拾麦穗的女人 / 146

韩作荣 / 148
　　毕节 / 148
　　偶然 / 149

何袜皮 / 151
　　关于噩梦有许多种 / 151
　　草原夜 / 152

鸿鸿 / 154
　　不管我在哪儿 / 154

侯马 / 155
　　麻雀。尊严和自由 / 155
　　风声乱我心绪 / 156
　　静电 / 157

胡桑 / 159
　　久雨夜读 / 159
　　临苏轼洞庭春色赋 / 160

黄梵 / 162
　　中年 / 162
　　二胡手 / 163

胡弦 / 164
    钉子 / 164
    石头 / 165
    传奇：夜读—— / 167

胡赳赳 / 169
    黄狗 / 169
    从前 / 172

黄灿然 / 174
    冬天的下午 / 174
    但今夜你将失眠 / 175
    回到山上来 / 176
    杜甫 / 177

黄礼孩 / 179
    劳动者 / 179
    一棵树 / 179
    小兽 / 180

黄玲君 / 182
    白崖寨 / 182
    旅途之中 / 183
    归乡 / 184

吉狄马加 / 185
    康杜塔花 / 185
    孔多尔神鹰 / 186
    自由 / 187
    火焰与词语 / 188

蒋浩 / 190
    乙酉秋沪熟行三题赠李少君 / 190

江离 / 193
　　南歌子 / 193
　　个人史 / 194
　　不朽 / 195

江涛 / 196
　　在流水响 / 196
　　索罟湾的渔火 / 199

靳晓静 / 200
　　耶稣爱你 / 200
　　盲眼的孩子 / 201
　　一堆篝火 / 202

莱耳 / 204
　　木棉 / 204
　　黑暗中的流水声 / 205

蓝蓝 / 207
　　百合 / 207
　　矿工 / 207
　　真实 / 208

雷平阳 / 210
　　亲人 / 210
　　小学校 / 210
　　我的家乡已面目全非 / 211
　　梅里雪山 / 213
　　木头记 / 213

李成恩 / 217
　　汴河,白龙 / 217
　　春风中有良知 / 217

高楼镇,赵寡妇 / 218

李建春 / 220

街心花园祈祷 / 220

方言的乐趣 / 221

李耕 / 223

蝶魂 / 223

小雨 / 223

暴雨 / 224

李笠 / 225

红色明信片 / 225

1997 年元夜的李白 / 225

重返哥特兰岛 / 226

无泪的葬礼 / 226

特朗斯特罗姆在故宫 / 227

李琦 / 228

下雪的时候 / 228

我一百零三岁的祖母 / 229

李轻松 / 232

爱上打铁这门手艺 / 232

再次遇到铁 / 233

我们的手笔…… / 235

李森 / 237

田鼠 / 237

旗帜 / 238

林间水塘 / 239

李少君 / 241

抒怀 / 241

自白 / 241
南山吟 / 242
神降临的小站 / 243
碧玉 / 244

李小洛 / 245
　　一只乌鸦在窗户上敲 / 245
　　他说起一头狮子 / 247

李亚伟 / 248
　　河西抒情(六首) / 248

梁秉钧 / 252
　　维也纳的爱与死 / 252
　　白粥 / 254

梁平 / 256
　　吊卫元嵩墓 / 256
　　西川佛都 / 257
　　红卫兵墓 / 258

梁晓明 / 260
　　无论我愿不愿意 / 260
　　林中读书的少女 / 261

梁雪波 / 262
　　修灯的人 / 262

列美平措 / 264
　　白塔 / 264
　　月亮照耀下的核桃树 / 265

林莽 / 267
　　一夜北风后的大树 / 267
　　我想拂去花朵的伤痕 / 268

目 录

林雪 / 269
 关岭的少女 / 269
 风中的少年 / 271
 土豆田 / 273

灵焚 / 275
 街道 / 275
 忘却 / 275
 九一年五月某日夜晚 / 276

凌越 / 278
 在乡间公路上 / 278
 我贪恋庸常的时日 / 279
 这城市属于我 / 280

刘漫流 / 283
 青石板压在我们身上…… / 283
 圣迹 / 284
 归来 / 285

路也 / 287
 江心洲 / 287
 木梳 / 288
 身体版图 / 289

卢卫平 / 291
 高处的事物 / 291
 谁 / 292
 栗树林 / 292

卢文丽 / 294
 九溪烟树 / 294
 断桥残雪 / 296

洛夫 / 298
　　苍蝇 / 298
　　无声(禅诗四帖) / 299

吕约 / 301
　　欢爱时闭上的眼睛 / 301
　　姐妹花 / 301

马莉 / 303
　　爱一个人能有多久 / 303

马铃薯兄弟 / 304
　　温暖普照 / 304
　　春天如此蔓延 / 305
　　春天的花园 / 305

麦城 / 306
　　缝纫机 / 306
　　形而上学的上游 / 307
　　纸灯笼里的纸光芒 / 315

芒克 / 317
　　虚掩的门 / 317
　　美梦长眠 / 318

明迪 / 320
　　弗里达的劳伦斯 / 320
　　蜂巢 / 321
　　分身术 / 323

默默 / 324
　　今夜,我的眼睛睁成失眠的太阳 / 324

娜夜 / 326
　　大悲咒 / 326

写作 / 326

南鸥 / 328
怒放的野菊 / 328

谁在眺望暗伤密布的秋天 / 329

玫瑰与舞女 / 330

牛汉 / 333
无题 / 333

火化聂绀弩 / 334

我和石头 / 337

欧阳江河 / 338
泰姬陵之泪(节选) / 338

火 / 348

为蟑螂而写的一首诗 / 349

一分钟天人老矣 / 350

盐碱地 / 352

潘维 / 353
苏小小墓前 / 353

梅花开了 / 355

同里时光 / 357

立春 / 358

潘洗尘 / 361
乔乔 / 361

熄灭 / 362

万古闲愁 / 362

庞培 / 365
细说万物由来 / 365

宏村 / 366

笔直的春天 / 367

彭燕郊 / 368
  赏赐 / 368

荣荣 / 370
  在梅家坞 / 370
  新梅娘曲 / 370
  "谢天谢地,青春终于逝去……" / 372

沙光 / 374
  心笛 / 374
  我的心像小鸟在山巅孤栖 / 374
  心笛 / 375

沙克 / 377
  和谐的园子 / 377

哨兵 / 379
  洪湖螃蟹的生活史 / 379
  湖神 / 380
  清水堡 / 381

邵燕祥 / 383
  哀矿难 / 383
  老伤 / 386
  夹边沟 / 387

桑克 / 389
  夜景 / 389
  槐花 / 390

商禽 / 392
  天葬台 / 392

商震 / 393
  过钱塘江 / 393

　　　　追逐 / 394

沈苇 / 396
　　喀什噶尔 / 396
　　废墟 / 397
　　吐峪沟 / 398

沈浩波 / 399
　　蝴蝶 / 399

食指 / 406
　　家 / 406
　　秋雨 / 407
　　远离尘嚣 / 408

宋琳 / 410
　　首都 / 410
　　同里或暮年 / 411
　　三个招魂者 / 412
　　一小片菜地 / 414

宋晓杰 / 415
　　宋:诗一百首(选三) / 415

孙磊 / 418
　　风吹我 / 418
　　绘画 / 419
　　存在之难 / 420

孙萌 / 422
　　卡门 / 422
　　红衣女子巴洛克 / 423

孙文波 / 424
　　六十年代的自行车 / 424

    在山楂林中 / 425

苏历铭 / 426
    在希尔顿酒店大堂里喝茶 / 426
    黄陂南路往南 / 427
    西单路口 / 428

田禾 / 430
    江汉平原 / 430
    骆驼坳的表姐 / 431

田原 / 432
    与鸟有关 / 432
    流亡者// 434

王寅 / 436
    最近七年 / 436
    我敬仰作于暮年的诗篇 / 436
    我又一次说到风暴 / 437

王夫刚 / 439
    异乡人之死 / 439
    暴动之诗 / 440

王家新 / 442
    田园诗 / 442
    橘子 / 443
    从城里回上苑村的路上 / 444
    特朗斯特罗默 / 445
    晚年的帕斯 / 447
    地狱中的游戏 / 448

王明韵 / 450
    原罪 / 450

病钟/ 451

王小妮/ 453
　　十枝水莲(组诗)/ 453

吴晟/ 461
　　落叶/ 461

西川/ 463
　　蚊子志/ 463
　　夜行/ 464
　　喜悦/ 465
　　小老儿/ 466
　　景色/ 470

萧风/ 481
　　放鹤亭/ 481
　　东坡石床/ 482
　　兴化禅寺/ 482

小海/ 484
　　崔莺莺/ 484
　　清明上河图/ 485
　　卖油郎/ 486
　　夜归/ 487

肖水/ 488
　　文森特每个周末都想徒步到伦敦去/ 488
　　情事/ 490

潇潇/ 491
　　秋天深处的妹妹/ 491
　　秋天的洪水猛兽/ 491
　　有时,一个词/ 492

刺痛的雪豹 / 493
痛和一缕死亡的青烟 / 494

萧开愚 / 496
致传统 / 496

谢克强 / 498
沉思 / 498
寂寞 / 498

熊焱 / 500
野花 / 500

徐江 / 501
诗隐于市 / 501
心灵导师克里希那穆提的话，我改变了一下语序 / 501
骑车仰头所见 / 502

许强 / 504
打墙 / 504
今天下午，一名受伤的女工 / 505

许悔之 / 507
慈悲的名字 / 507

徐俊国 / 509
孤独的鸭子 / 509
这个早晨 / 510

晏榕 / 511
奇异的事物 / 511
结局 / 511
面具 / 512

颜艾琳 / 513
速写美女子 / 513

杨键 / 514
    荒草不会忘记 / 514
    多年以后 / 514
    跪着的母子 / 516
    不死者 / 517
    古时候 / 518

杨克 / 521
    人民 / 521
    野生动物园 / 522
    高秋 / 524
    有关与无关 / 525

杨牧 / 527
    沙婆硇 / 527

杨炼 / 530
    诗学 / 530
    死·生：一九七六年 / 531
    照相册——有时间的梦 / 532
    SAILOR'S HOME(水手之家) / 533

杨佳娴 / 540
    镇魂诗 / 540

杨子 / 542
    缓缓旋转的星空 / 542
    我活在一个电闪雷鸣的省份 / 542
    最后的农夫 / 544

杨小滨·法镭 / 547
    一首邀请女友来美国的天真歌谣 / 547
    羿与嫦娥的视频聊天记录 / 548

姚风 / 550
　　秋风吟 / 550
　　朝着光 / 550

姚辉 / 552
　　荒园 / 552
　　为自己痛哭的阮籍 / 553

叶辉 / 554
　　陌生的小镇 / 554

叶匡政 / 555
　　南苑公寓楼门卫 / 555
　　塑像 / 556
　　纠正 / 557

叶丽隽 / 558
　　在黑夜里经过万家灯火 / 558
　　我记得这茫茫芦苇 / 559
　　春水吟 / 559

叶延滨 / 561
　　一个音符过去了 / 561
　　飞鸟的影子 / 562

伊沙 / 564
　　自画像 / 564
　　红色中国的回忆 / 564
　　没发出去的 E-mail,给 G / 565
　　时代的广场 / 566

育邦 / 568
　　夜有多深…… / 568
　　忆故人 / 569

于坚 / 571
    匿名的河流 / 571
    青瓷花瓶 / 573
    美好的一天 / 574

郁雯 / 576
    阴影 / 576
    他的故事 / 577

宇向 / 579
    圣洁的一面 / 579
    一阵风 / 580
    女巫师 / 581

余光中 / 583
    绝食者 / 583

臧棣 / 585
    陈列柜 / 585
    编织协会 / 586
    神秘尺度协会 / 587

翟永明 / 589
    关于雏妓的一次报道 / 589
    在古代 / 591
    鱼玄机赋 / 593
    洋盘货的广告词 / 600

张尔 / 604
    木质生活 / 604
    论身体 / 605
    被重建的世界 / 606

张联 / 607
　　傍晚 / 607
　　傍晚 / 607
　　傍晚 / 608
　　傍晚 / 609

张默 / 610
　　白发独语 / 610

张维 / 611
　　广陵散 / 611
　　宁静的美与痛 / 612

张枣 / 614
　　猖狂的一杯水 / 614
　　黄昏 / 615
　　苍蝇 / 616
　　风景之夜 / 617
　　诗篇 / 618

张尔客 / 620
　　中年的激情 / 620
　　石头与青草 / 621
　　城市里的兄弟 / 623

张洪波 / 628
　　闪电飞翔 / 628
　　绿草甜水 / 629
　　两块石头 / 629

张曙光 / 631
　　松花江 / 631
　　老年的花园 / 632

日瓦戈医生 / 634

赵野 / 635

立春的日子 / 635

春天的夜晚有风呼啸 / 636

郑玲 / 637

幸存者 / 637

郑敏 / 639

悟 / 639

归去 / 640

郑小琼 / 641

天鹅 / 641

他们 / 642

风吹 / 643

生活 / 644

河流 / 645

钟鸣 / 647

这一夜 / 647

周瓒 / 649

自画像 / 649

梦死(为王培作) / 650

翼 / 652

周根红 / 654

听箫 / 654

羽毛或飞翔 / 654

诗人之夜 / 655

周伦佑/ 656
　　羊的二元对立命题/ 656
　　哲学研究/ 657
　　厌铁的心情/ 658
　　看一支蜡烛点燃/ 660

周庆荣/ 662
　　日记/ 662
　　时间/ 663
　　有理想的人/ 666

周瑟瑟/ 668
　　老禅师/ 668
　　草木心/ 669

周伟驰/ 671
　　明瑟楼冬日听曲（A版）/ 671
　　明瑟楼冬日听曲（B版）/ 672

茱萸/ 675
　　陇上歌 / 675
　　精卫辞/ 676

朱朱/ 677
　　小城/ 677
　　江南共和国/ 681

子川/ 684
　　我缓缓走动/ 684
　　糟糕的生活/ 685
　　这一天/ 686

导言：当代中国的诗歌界

何言宏

一

对于二十一世纪以来的中国诗歌，曾经有很多不同的观察。有人认为，二十一世纪以来的中国新诗进入了一个新诗史上少有的黄金时代，出现了很多相当重要的诗人与诗作，诗歌已经全面复兴；有的对此则不以为然，甚至在判断上与此相反，认为二十一世纪以来的中国诗歌并没有出现好的诗人，也没有什么好的作品，他们因此也很少——甚至是拒绝阅读。对这两种观点，我并不想只是简单地附和。因为前者过于乐观，轻忽了一些隐含在"复兴"背后的基本问题；而后者，则由于阅读的局限，实际上对这样的问题并没有什么发言权。我个人以为，二十一世纪以来的中国诗歌虽然就其精神和美学上的"历史突破"而言，比不上很多人所怀念的 1980 年代，但还是以其独特的诗歌成就开辟了一个新的时代。它不仅是中国当代诗歌史，甚至也是整个中国新诗史上的一个相当独特的"诗歌时代"。

以"诗歌时代"这样的说法来指称二十一世纪以来的中国诗歌，意味着后者明显有着相对的独特性、阶段性和历史完整性，有着诗歌史分期的意味。实际上的情况也确实如此。二十一世纪以来的中国诗歌进入了一个新的历史时期，它不仅有着自己的历史前提和社会背景，也有自己的诗歌史特征。就历史前提和社会背景而言，2001 年的"9·11 事件"引发了全球格局的历史性巨变，继 1990 年代冷战结束后，世界范围内的冲突与紧张更加由此前的意识形态层面而被文化的层面所代替，文化与文明，似乎成了我们这个时代的人们包括很多诗人所迫切面对与突出考虑的问题；在中国内部，1997 年 7 月 1 日的香港回归、1999 年 12 月 20 日的澳门回归和我国大陆与台湾之间开始于 2001 年后来基本实现于 2008 年的两岸"三通"，对于促进两岸三地的诗歌交流、共同营造汉语诗歌的诗歌文化与诗歌生态产生了相当重要的影响；2001年11月，中国加入"WTO"，市场化社会逐步形成，随着消费文化的日益蔓延和网络文化的不断发达，人们的生存方式和价值观念也在不断地发生着裂变……要知道这些变化，并不仅仅简单地构成着我们诗歌实践的外在背景，而是从很多具体的方面，甚至是从深处与根部，影响着我们的诗歌。

另一方面，从诗歌史自身的历史演变与发展逻辑来看，1999年4月的"盘峰论战"提出的很多重要问题，比如诗的本土传统与西方资源问题、知识分子精神与民间精神问题、诗的叙事性与口语化问题、个人写作问题等等，经过1999年和2000年近两年的拓展与深化，尤其是以王家新、孙文波所编选的《中国诗歌：90年代备忘录》和杨克主编的《1999中国新诗年鉴》、《2000中国新诗年鉴》等汇集了论争中重要文章与文献的选本的出版为标志，整体性地突显在诗歌界面前，很难让我们忽视与回避。二十一世纪以来的中国诗歌，在对自身问题的关注与处理的意义上，实际上就展开于这样的背景下。基本上就从2001年开始，中国诗歌出现了转型，所有对诗学问题有所思考和有所自觉的诗人，都将在上述背景中有所调整，他们的创作，也变得更加自觉和更加明确。所以说，无论是从外部性的历史语境，还是从自身的历史逻辑来看，似乎是一种巧合，二十一世纪之初，恰好是中国诗歌进入一个新的历史时期的清晰节点。二十一世纪以来，我们的诗人和诗歌界的广大同道一起，共同开辟了一个新的"诗歌时代"。

二

指出二十一世纪以来的中国诗歌进入了一个新的"诗歌时代"，我们首先需要解决的问题，就是要在总体上对其把握与定位，要对它的总体特征有很明确的了解与认识。在此方面，曾经有论者以"常规化"的说法来予以概括，认为我们的诗歌目前正处在"常规化时代"。这位论者指出："之所以这样定义，是相对于此前的非常规化时代而言，比如至'文革'真正结束的前三十年，由统一思想改造所贯穿的运动风暴；其后的第一个十年，以拨乱反正为主旨的思想解放大潮;截至世纪末的第二个十年,无序竞争中的全民经商下海洪流。及至二十一世纪以来,中国社会始得步入的,则是历经剧烈的左右摇撼而渐趋明确的,以经济建设为中心的经济社会,亦即与全球发展潮流相一致的常规化时代。常规化时代当然有它自己的问题,但它的一个重要特征,则是社会机制由大起大落的意识形态运动,转向恒常务实的经济发展;人的社会生活和价值观念由强制性的大一统而转向多元。"在这样一种"常规化"的社会历史时期,"当下诗歌已在潜滋暗长中形成了自身新的格局。其基本特征是:已往诗歌写作所依赖的轰轰烈烈的运动化、潮流化的模式已经风光不再,多元化写作中的诗人们依据各自的时代感受和艺术趣味,历史性地进入到了伏藏着深层艺术景观和精神景观的文本建设之中"①。

上述判断,与陈思和先生对于二十一世纪以来新世纪文学历史特征的概括基本一致。近几年来,陈思和教授提出中国新文学历史中存在着"先锋"与"常态"这样两种最基本的发展模式,我们目前身处的文学时代,则应该属于"常态化"的时代。他认为:"这种常态在1990年代已经出现,经过一二十年的演变,新世纪文学真正完成了文学与生活的新关系,那就是在边缘立场上进行自身的完善和发展。所以,我们从现代文学史上看到的代际间的冲突、争论、更替等热闹场面,现在已经消失,作家们各就其位进行自己的创作,通过市场发表作品换取报酬,一切盘踞在文学之上的力量渐渐远离。"②

所以说,我们这个"诗歌时代"的"常规化"或"常态化"特征,不管是在当代中国的社会历史变迁,还是在我们的诗歌史甚至是整个中国新文学历史发展的背景上,都已经得到很好的突显。

---

① 燎原:《多元化建造中的纵深景观:本时代若干诗歌问题的描述与回应》,《诗刊》2014年第1期(上半月刊)。
② 陈思和:《对新世纪十年文学的一点理解》,《萍水文字》,上海文艺出版社2011年7月版,第2页。

三

　　但是在另一方面,"常规化"与"常态化"并不意味着我们"诗歌时代"的平庸与平常,实际上的情况倒反而是,二十一世纪以来,中国诗歌在几乎是不作宣告地"悄然"转型为"常态化时代"的历史进程中,确实正如陈思和先生所说的,扎实地"在边缘立场上进行自身的完善和发展",已经取得了多方面成就,对于这些成就的及时总结,其于我们的诗歌发展,显然有着必要的意义。

　　二十一世纪以来,中国诗歌的一项重要成就,就是在创生着一种独特的诗歌体制。一方面,以中国作家协会和各省、市、自治区的文联与作协为主干的官方文学体制,它们在诗歌界的影响仍然很巨大,各级作协的"会员"、"理事"、"副主席"以至于"主席"等等身份,在不少诗人那里,某种意义上,仍然是衡量其诗歌成就与诗歌地位的重要标志;各级作协与文联主办的文学刊物特别是像《诗刊》、《星星》诗刊、《诗歌月刊》、《诗潮》、《诗林》等老牌诗刊和《扬子江诗刊》、《诗江南》等新创办的诗歌刊物,仍然是诗歌发表的重要阵地;以"鲁迅文学奖"中的"诗歌奖"为最高代表的诗歌评奖的"政府奖"体系,仍然会吸引较高的关注。另一方面,当代中国的诗歌界,还存在着一种"亚体制"。我一直认为,相应于官方主导的文学体制,当代中国文学中一直存在着"文学亚体制"。"文学亚体制"有自己的运作方式和体制结构,也有其多方面的形成原因和文学文化功能,其与官方性的文学体制之间,存在着非常复杂的关系。在我们的当代文学史上,"文学亚体制"最具历史传统和最为发达的方面,就是在诗歌界。"文化大革命"时期,流传和盛行于当时的"手抄本"和"文学沙龙"——典型的比如食指诗歌的传抄和活动于白洋淀/北京之间一些沙龙——就是这种亚体制的主要形式。及至后来,像《今天》、《他们》、《非非》等民间诗刊,更是开创了一种亚体制的重要传统,它们在后来不断发展与壮大,构成了我们文学史上最为独特和最具研究价值的亚体制方式。二十一世纪以来,虽然由于网络的不断发达似乎"冲淡"了民间诗刊的影响力和价值,但是像《诗歌与人》、《后天》、《诗参考》、《自行车》、《剃须刀》、《野外》等民间诗刊，仍然在很坚定地坚持与发展，其对中国新诗的重要贡献，已经被越来越多的人所认识与评价。民间诗刊外，一些主要用于内部交流的"自印诗集"和大量民间性的诗歌网站——重要的比如北京"汉语诗歌资料馆"所印的众多诗集和"诗生活"网站等等，同样也属于亚体制。相应于官方体制中的"政府奖"体系，亚体制也有着自己的"诗歌奖"，有影响的比如"刘丽安诗歌奖"、"柔刚诗歌奖"、"《诗歌与人》诗人奖"和"中坤诗歌奖"等，它们或者创设于上个世纪而在今天仍在坚持，或者创设于新的世纪，都在各自以自己的方式、自己的诗歌趣味和诗学倡导，共同致力于中国诗歌的生态建设和健康发展，任何一个中国当代诗歌以至于整个中国当代文学的研究者和关注者，如果忽略了上面一些亚体制因素以及它们所取得的成就和所发挥的影响，已经很难称得上合格。

但是在二十一世纪以来，也越来越出现了一种新的状况，那就是官方性的诗歌体制和亚体制在各自运作的同时，经常会走向合作与融合。如果我们单纯地从字面上来看，"亚体制"往往会意味着与"体制"的对抗与紧张，在我们的诗歌史上，比如在"文革"时期，亚体制也确实是对当时文化专制主义的精神反抗，但是在近来，亚体制和体制之间经常会在有些方面互相借重、互相合作，体制性的诗歌刊物经常会介绍民间诗刊，选发一些民间诗刊上的作品，有时甚至会以专栏、专题或专刊的方式突出后者。亚体制的诗歌奖，特别是它们的颁奖活动，也经常会充分"整合"民间资本、社会力量、各级文联与作协和政府文化部门的丰富资源，体制性的边界变得很模糊，以至于在诗歌界，近乎形成了一种类似于经济领域中"混合所有制"的"混合体制"。我们可以说，二十一世纪以来中国的诗歌实践，实际上已经在自觉不自觉和有意无意地探索与创生着一种新的诗歌体制，这样的实践刚刚开始，相信经过进一步的努力，一定会探索出一种不仅有利于我们的诗歌，更是有利于我们的文学与文化的体制创新。

四

二十一世纪以来的中国诗歌，不仅在探索与创生着新的诗歌体制，也在创生着丰富多彩和充满活力的诗歌文化。中华民族一直具有深厚悠久的诗歌文化传统，从古代的乐府采诗、以诗取仕，和文人间的结社、雅集与唱酬应答、诗酒风流，到现代时期的朗诵运动等等，都是诗歌文化的不同表现。二十一世纪中国的诗歌文化，除了我们在前面所说的诗歌体制与亚体制意义上的制度文化，还有其他丰富的表现。

二十一世纪以来，我们经常会发现很多地方都在举办形形色色的诗歌活动，最为典型的，就是各种"诗歌节"的举办。这些"诗歌节"名目繁多，动机不一，操办者构成复杂，往往由"主办"、"联合主办"、"协办"、"承办"和"媒体支持"等很多方面"整合"而成。"诗歌"而成"庆典"，而成"节"，是其不同于小说和散文等其他文学艺术门类的独特"待遇"与独特荣光，虽然它也会引发或伴生着一些应景性的诗歌写作和诗人们的奔走与浮躁等问题，但是它对整个社会诗歌氛围的形成、诗歌文化生态的营建和对诗歌交流的促进却起到了很大作用。我个人参与"诗歌节"后，对其印象最深、也最为看重的，是其中的"诗歌朗诵"和"诗歌研讨"环节。很多诗人不远千里、鞍马劳顿地去参加一个诗歌节，往往就是为了一两首诗的朗诵。我们这个时代，这种似乎让人有点不可思议的行为与现象，实际上更让我们感觉到诗的珍贵。在那样一个仪式性的场合，诗人之间因为诗、因为语言、因为诗与语言与我们的灵魂与世界之间千变万化难以穷究而又无比迷人的可能而深深认同。诗歌与声音，与我们的肉声，它们之间源于原初的内在同一，也在那样的场合而被我们深深领会和再一次分享。在这样的意义上，我们才能够理解为什么哪怕语言不通，一些国际性的诗歌节中诗人们仍然热衷于一场又一场的诗歌朗诵。很多时候，仅仅是以声音，诗人们就找到自己的同志，自己的知音。至于"诗歌研讨"，很多诗歌节并不安排，而安排了这一环节的诗歌活动中，名目也不一，有的叫"论坛"，有的则就叫"研讨会"。在我看来，"诗歌研讨"之有无，特别是其所达到的深度与高度，它所取得的成效，应该是衡量一个诗歌活动的内在品质和文化含量的重要方面。此一方面，目前在各地仍方兴未艾的"诗歌节"，显然应该加强。

在可以称之为诗歌的"节庆文化"的诗歌文化之外，诗歌的包括印刷文化和网络文化在内的媒介文化，同样也是二十一世纪以来值得关注的诗歌文化现象。就诗歌的印刷文化而言，虽然我们的出版制度特别是其中的书号制度仍然加大了出书的成本，置难以盈利的诗集出版于极其不利的地位，但是由于不少出版人对诗歌的热爱与责任，加之一些社会力量的支持和一些诗人自身经济状况的允许，二十一世纪以来的诗集出版无论是种类与数量，还是在装帧设计方面，要远比此前的 1990 年代繁多与优秀。像长江文艺出版社和江苏文艺出版社，还在诗集的出版方面投入较多，建立了相应的品牌。诗歌文化中的选本文化，作为我国历史悠久的诗歌文化传统，二十一世纪以来也较为发达，春风文艺出版社、长江文艺出版社、花城出版社和漓江出版社，一直坚持不懈地出版诗歌年选，各自拥有着已成品牌的张清华、李少君、王光明、杨克和宗仁发等人的年度选本；《诗刊》、《诗歌月刊》、《星星》诗刊、《诗林》和《诗选刊》等诗歌刊物，从 2001 年开始，先后分身扩容，开办各自的"下半月版"，《星星》诗刊还专门开辟了"理论批评"版和"散文诗"版，扩大为实际上的"旬刊"。与这些官方诗刊相比，民间力量也不示弱，在很多企业家的赞助下，《新诗评论》、《当代国际诗坛》、《中国诗歌》、《诗建设》、《读诗》、《译诗》、《飞地》和《诗国际》等诗歌研究与批评、诗歌翻译、诗歌创作类刊物也应运而生，它们往往定位高端，趣味纯正，具有很好的诗歌品质和学术品质。

二十一世纪以来，网络文化的兴盛使我们的诗歌文化呈现出一种前所未有的景观。诗歌网站、虚拟性的诗歌社区与网络论坛、个人博客、微博、微信和电子刊物等等，极大地改观了我们的诗歌文化生态，诗歌写作和诗的发表、诗歌信息和诗学观点的表达与传播方式发生了巨大变化。在传统纸媒所必然具有的发表门槛及发表周期与容量方面的限制一下子被冲破的同时，主要以一些诗歌网站的虚拟论坛为阵地，形形色色的诗歌论争此起彼伏，仿佛一扇巨大的闸门被轰然打开，洪水滔滔，泥沙俱下，不仅出现了很多"粗鄙"、"即兴"和"口水化"的、基本没有艺术难度的"无难度的亚文学写作"①，在网络论坛中，还曾出现过很多情绪性的越过了基本的文明底线的宣泄与哄闹，有一度甚至还引发过诸如"梨花体事件"和"羊羔体事件"之类的网络狂欢。但这一切，我以为都不过是我们诗歌文化转型中的暂时性问题，我们也很欣慰地看到，随着时间的推移和我们对网络媒介的逐步适应，这些负面性的问题正趋消失，一种更加清明、健康和更加理性和有序的网络文化生态已经出现，典型的比如"诗生活"网站，已经赢得了诗歌界的广泛信任。

五

在诗歌体制的探索和诗歌文化的转型与创生之外，最为主要的是，二十一世纪以来的中国诗歌还以其创作实绩证明了自身，宣告着自己足以代表着一个时代，一个既不同于1980年代，又不同于1990年代的具有新的诗学特征与诗歌成就的"诗歌时代"。

二十一世纪以来，中国诗歌几代同堂，老一辈诗人如"中国新诗派"的郑敏、唐湜，"七月派"的牛汉、绿原、彭燕郊和"右派诗人"白桦、公刘、孙静轩、邵燕祥、郑玲等人，和身处台湾或客居海外的余光中、杨牧、洛夫、郑愁予、痖弦、张默等一起，不仅诗心不减当年，仍然坚持写作，奉献出很多晚年期的杰作，还对社会历史、现实人生和诗与诗学有着更加透彻、更加深邃和玄远的思考。前"朦胧诗"、"朦胧诗"一代和后来的许多"第三代诗人"，如陈建华、黄翔、北岛、多多、林莽、食指、杨炼、王家新、王小妮、欧阳江河、翟永明、西川、黄灿然、柏桦、陈东东、周伦佑、于坚、孙文波、萧开愚、韩东和臧棣等诗人，不仅在目前的诗歌史编纂中已入正典，且仍然在诗歌创作、诗歌翻译、诗学研究和诗歌理论批评等诸多方面多向探索，体现着我们这个时代的诗歌高度。二十一世纪以来，十多年的诗歌历史，涌现出了很多相当优秀的诗人，他们的写作，或者起

---

① 张清华：《诗歌标准·网络平权·无难度写作》，《穿越尘埃与冰雪——当代诗歌观察笔记》，西北大学出版社2010年11月版，第91页。

步于1990年代,或者开始于本世纪,他们的年龄,有的是60'后,有的则是70'后与80'后,他们中的最杰出者,实际上已具有经典性的品质。

与整个文学界一样,二十一世纪以来,诗歌界也经常会以年龄与代群来划分和把握诗歌潮流与诗歌格局,因此,"80'后诗人"、"70'后诗人"和"60年代生诗人"等等,就先后被用来作简单化的命名或自我命名。但我个人认为,这些命名,由于很难明确地指称或概括出有关写作的精神实质与诗学品格,对于它们的命名对象与社会历史和诗歌史间的内在关联,实际上也无从揭示,所以在最后,它们并不可能真正有效地置身于历史、扎根于历史,命名便显得空洞与无效,带有很强的"强扭感"与人为色彩。与此不同,倒是像"下半身写作"、"打工诗歌"和"草根写作"等之类的命名,不管我们对它们作怎样的评价,精神和美学上有所确指——哪怕是一种破坏性的精神和破坏性的美学——却都是它们的共同特点。只是在我们这个"常态化"的诗歌时代,这些命名和它所指称的写作,已经不再可能像1980年代那样,会凭一股潮流——或者一位诗人,会借助和裹挟于一股潮流——而荣登史册,纳入正典。也正是由于这个原因,二十一世纪以来的诗歌界,虽然有很多打造流派的努力与尝试,有的还不惜投入巨大资金,调动许多社会资源,最后却总难奏效。所以说,专注于"自身的完善和发展",便不仅是整个诗歌界,也是每一个具体的诗人最应作出的明智选择。

六

相较于二十世纪八九十年代的中国诗歌,二十一世纪以来,中国诗歌的精神和美学都发生了新的变化,以我个人的观察,以下几个方面的精神向度尤其重要:

一是历史向度。对于我们这个民族久远历史的揭示和与它的精神对话,一直是中国诗歌的重要传统,二十一世纪以来,有不少诗作如梁平的《吊卫元嵩墓》、龚学敏的《紫禁城》、柏桦的《水绘仙侣》、翟永明的《鱼玄机赋》和耿林莽的《孤城落日》、姚辉的《为自己痛哭的阮籍》、萧风的《放鹤亭》等散文诗,或者潜入狰狞鬼魅的帝王世界,或者书写和感怀历史人物的生活与命运,着力表达的,却是各各不同的历史感受;而当代中国的近期历史,则更为很多诗人所关注,如白桦的《从秋瑾到林昭》在对林昭烈士追求自由思想和捍卫独立人格的歌颂和缅怀中,一方面上溯联系于当年的秋瑾烈士,另一方面,则将秋瑾与林昭的命运置放于历史、时代特别是我们这个民族精神痼疾的关联与背景中,作出了令人警醒的精神批判与历史批判。邵燕祥的《夹边沟》、谷禾的《〈胡风传〉第284页》,写的也是当代史上政治专制所造成的悲剧。而王家新的《少年》、雷平阳的《小学校》、姚风的《没有缴械的记忆》和阳飏的《六十年代的回忆》等,所书写的则是惨痛的"文革"记忆,见证与反思,而能切身于自己的个体生命,其历史意识,尤为痛切。

　　二是现实精神。正如我们前面所指出的,二十一世纪以来的中国社会发生了很多巨大的变化,具有较强的社会意识的诗人们都纷纷以诗的方式去感应、书写甚至介入这些变化,从而使得诗歌显示出相当突出的现实精神。一方面,乡土中国的现实状况为很多诗人——如北野、成路、大解、杜涯、韩宗宝、胡弦、黄玲君、雷平阳、李成恩、马新朝、牛庆国、沈浩波、田禾、王夫刚、杨键、张联、张执浩等所充分关注;另一方面,伴随着社会转型所出现的农民工进城及其所引发的精神与社会问题,还有我们的都市生存,像杨克、杨子、苏历铭、叶匡正、郑小琼、谷禾、卢卫平、张尔克、简单、陈忠村、许强、熊焱、默默等诗人,都曾写有出色的诗篇。我们这个时代的内在真相和令人揪心的痛苦,在像雷平阳《杀狗的过程》、杨克的《人民》、王家新的《田园诗》、谷禾的《宋红丽》、邵燕祥的《哀矿难》、蓝蓝的《矿工》和朵渔的《今夜,写诗是轻浮的》等诗作中,表现得尤为锐利。我们的精神和我们的生存,宿命般地嵌入于时代,书写和关注时代与现实,实际上就是关注我们自身,我们对此责无旁贷。

　　三是日常意识。日常生活的美,日常生活的温暖、奇妙、忧伤与疼痛,是二十一世纪以来中国诗人所尤为钟爱的主题。在广阔的社会历史和社会现实之外,我们细小甚至卑微的日常生活,实际上是一个无比深邃和丰富的世界，更有它的尊严。柏桦的《水绘仙侣》写的是十七世纪冒辟疆与董小宛的故事，它写了水绘园中的唯美生活，写了其中的锦衣美食、香事与茶艺，还有文人雅集，但是在最后，这梦一般的光阴都被残暴的历史所毁灭，日常的脆弱和它的珍贵，均在于斯。所以，柏桦总是容易耽溺于生活的美。《在猿王洞》中，在猿王洞，即使有苍蝇，他也能够体味着生活——"苍蝇，两三只，闲闲地飞着，/很清瘦，很干净。/孩子们朝它喂饼，/一位红色小姐在拍它//此时，我注意到一个人，/他渴望生活，/于是他喝了酒。"除了柏桦的诗，像王家新的《和儿子一起喝酒》、李少君的《抒怀》、周庆荣的《日记》、食指的《家》、林莽的《夏末十四行》、孙文波的《这只鸟》、胡弦的《夜读》、侯马的《静电》、马铃薯兄弟的《春天如此蔓延》、沉河的《昨日大雪记》、张维《宁静的美与痛》、黄梵的《中年》、黄礼孩的《劳动者》、丁俭《时间的缝隙》、凌越《我贪恋庸常的时日》、李琦《下雪的时候》、李小洛的《一只乌鸦在窗户上敲》、徐俊国的《这个早晨》、叶辉的《叙事》、子川的《这一天》、冯晏的《深居》和东荡子的《喧嚣为何停止》等很多篇什，都专注于日常生活。在我们对日常生活的体味中，充分感受到那些"高于"、"低于"或者是"深于"生活的东西，它们有很丰富的精神指向，让我们时刻体验着"日常的奇迹"（黄灿然：《日常的奇迹》）。

　　四是生命体验。在很多关于日常的诗篇中，我们的生命都曾被呈现，但是向更深处，向我们生命内部的神秘、慌乱、冲动、哀伤、无奈、向往、恐惧、渴望、黑暗与荒谬去挖掘，并且触碰到我们最深的深渊和我们所仰望的最高的事物——那终极性的死亡和终极性的光，在诸如张枣的《灯笼镇》、阿翔的《农事诗》、朵渔的《野榛果》、韩东的《自我认识》、韩作荣的《毕节》、刘漫流的《归来》、默默的《为上帝补写墓志铭》、孙磊的《存在之难》、西川的《小老儿》、王明韵的《原罪》、王久辛的《淫秽论》、张尔的《论身体》等作品中都曾有挖掘。特别是在黄灿然《冬天的下午》、《日常的奇迹》、梁雪波《修灯的人》、凌越《在乡间公路上》和徐江的《骑车仰头所见》等作品中，"光"，已经成了照耀和提升我们生命的最重要的象喻，诚如凌越所言，我们黑暗中的生存，永远渴望着那"最主要的星光",我们期待着"形而上学"的引领(麦城:《形而上学的上游》)和神性的降临(李少君:《神降临的小站》)!而沙光的《心笛》、蓝玛的《竹林恩歌》、靳晓静的《耶稣爱你》、李建春的《街心花园祈祷》和黄礼孩的《劳动者》、《小兽》,他们所表达的,已经是一种"福音诗学",是生命和至高与永恒的深刻联结。

五是女性意识。与二十世纪八九十年代相比,中国诗歌中的女性写作发生了很大变化,一方面,女诗人们继续在自己的写作中突显她们异于传统的女性形象,她们或者性格"激烈"(安琪:《我性格中的激烈部分》),"坚硬如铁"(李轻松:《爱上打铁这门手艺》),"如火如风"(孙萌:《红衣女子巴洛克》),甚至"像鬼一样芬芳四溢"(海男:《像鬼一样芬芳四溢》);她们不避情色(宇向:《一阵风》、吕约:《欢爱时闭上的眼睛》),多有自恋地书写身体(潇潇:《秋天的洪水猛兽》、路也:《身体版图》)……但是在另一方面,对于上述女性自我的局限性(荣荣:《"谢天谢地,青春终于逝去……"》、安琪:《像杜拉斯一样生活》)和对爱的需要与依赖(马莉:《爱一个人能有多久》、郁雯:《接住我的灵魂》),以及与此同时的对于传统女性的精神认同(李琦:《我一百零三岁的祖母》、黄玲君:《归乡》、卢文丽:《陈端生故居》、李成恩:《汴河,汴河》)和与男性的和解与归一(海男:《亲爱的琥珀》、《受孕日》,从容:《陌生人进入我的身体》),也被她们所经常表现。二十一世纪以来的女性诗歌具有更加坚实、更加宽阔与深厚的特点,最突出的是翟永明。在上世纪八九十年代以"独白"与"叙事"确立了自己的诗歌史地位后,二十一世纪的翟永明更多地关注起现实(《洋盘货的广告词》),关注起当下中国社会现实中的女性处境(《关于雏妓的一次报道》),并且向历史的深处追究中国的女性命运(《鱼玄机赋》),从而使她的诗歌带有了强烈的批判色彩。像翟永明一样,自觉地"横站"于历史、"横站"于女性自身的命运之中,让自己的灵魂去咀嚼、体味并哀诉、呼喊出苍凉、苦难与历史悲情的,还有像潇潇、娜夜、池凌云、林雪、周瓒、寒烟、杜涯、叶丽隽、宋晓杰、郑小琼和李南等很多相当优秀的女性诗人。

六是本土情怀。二十一世纪以来,全球化进程的加剧反而在世界各地激发出愈加自觉的本土意识，特别是在中国，伴随着二十一世纪以来的经济崛起，文化上的自信与自觉也日益突出，悠久、独特和深厚的历史文化传统越来越被人们所深切认同。在诗歌界，杨键曾经说过他"要将这一生奉献给自己的文化母体"①，因此在他的《古时候》、《荒草不会议忘记》、《多年以后》特别是他后来的长诗《哭庙》中，他才为祖宗见弃、古风不存和庙的毁圮而感到哀痛。这种对我们这个民族的传统文化和我们传统的精神意识与生存方式（如山水自然意识）的重新发现与强调，以及对它们的亲近、守护与继承，在雷平阳、陈先发和李少君等人的诗中，表现得尤其突出。而吉狄马加、阿尔丁夫·翼人和列美平措等人的写作，则分别以对各自所属的族裔文化精神与文化传统（彝族、撒拉族和藏族）的认同，在对全球化的回应与表达中，由于超越了民族国家的阈限，具有了更加突出的人类性。在重返传统之外，二十一世纪中国诗歌中的本土情怀，还表现在"地方性"的突显，像雷平阳诗中的云南、沈苇诗中的新疆、潘洗尘诗中的东北、哨兵诗中的洪湖，陈东东、赵野、潘维、庞培、朱朱、叶辉、黄梵、长岛、龚璇、丁俭、胡桑、伊甸、张维、育邦、江离、泉子、叶丽隽、卢文丽等很多诗人作品中的江南，都是这些年来中国诗歌中的著名的"地方"。"地方性"的发达，甚至已经开始走向"偏至"，需要我们的警醒与超越②。在全球化时代的民族认同中，如何避免新的迷误，坚定和清醒地捍卫个体的价值，正是我们的迫切课题。

第七，实际上也是一个非常重要的精神向度，就是由于种种现实和历史的原因，二十一世纪以来的中国诗歌中，像北岛、多多、杨炼、张枣、欧阳江河、李笠、宋琳、田原、哈金、明迪、杨小滨、麦芒和欧阳昱等具有海外国籍或者具有频繁海外经验的诗人，他们的写作，一方面与故国具有深切的精神关联，故国的历史、现实、乡土、故城与亲人，为他们所念念不忘，绝不只是乡愁，他们的生命因为深深地纠缠和扎入于历史，而使

---

① 杨键：《〈古桥头〉自序》，《古桥头》，上海文化出版社 2007 年 12 月版，第 1 页。
② 沈苇：《地域性及其他》，见张曙光等主编：《诗歌的重新命名》，上海文艺出版社 2013 年 11 月版，第 97-102 页。

这种关联显示出尤其特别的低徊与沉痛。另一方面，他们跨国与跨文化的"流散经验"，又很突出地显示出全球化时代的一种新的精神景观，像杨炼、张枣和宋琳对我们的母语和我们传统诗学的强调，李笠的对故国文化的关切与回望，欧阳江河《泰姬陵之泪》的异域书写，都隐含着深刻的跨文化问题。随着全球化时代"流散生存"的日益普遍与寻常，这样的写作将越来越多、越来越常见，由此所引发的精神问题将越来越让我们注意。

在近百年来的中国新诗史上，二十一世纪以来的新诗创作应该是最为活跃的一段时期，这种活跃性的一个重要标志，就是诗人的众多和作品数量的十分庞大，海量的诗歌创作，复又发表于具有"正规"刊号或书号的书刊、自印诗集、民间诗刊甚至网络等不同类型的诸多媒体上，给我们"诗歌卷"的编选工作带来了巨大困难，不要说"网络诗歌"是个无底黑洞，单是自印诗集和民间诗刊，在目前的情况下，要想搜罗齐全几乎毫无可能，而且篇幅所限，选目也一再压缩，所以我们割爱颇多，也有不少遗珠之憾，好在在我们的"大系"之外，还会有另外的选本来作补充。另一方面，诗歌发表和诗歌出版的状况，导致出现了另一个问题，那就是我们在编选时需要搞清楚的作品首刊情况，已经很难去追溯。二十一世纪以来，由于诗歌发表的方式变得很复杂，很多资料都隐伏在网络的深处或散落在民间，现有的纸质或数字化的检索手段已经无法将它们尽数总揽，加上这些年来诗歌界所特有的新作旧作不加区分地混搭在一起，一股脑儿冠之以"某某某的诗"来发表的风气非常盛行，所以我们的追溯虽经努力，仍不理想，很希望今后能有更好的选本。当代中国的文学史上，相比于小说、散文和戏剧等文学门类，从《今天》以来，诗歌领域中的民间刊物和自印诗集所占取的成就与份额，绝对不小于那些"正规"书刊，这也是我们诗歌史的重要特点。对我们的编选工作来说，虽然会带来如上所述的一些问题，认真权衡，我们还是只能取其轻者，姑且先容留这些问题，先将我们认为真正的好诗、真正重要的好诗遴选出来。

阿　　翔

浮　　现

母亲扔下花瓣,微微低垂的脸庞,就复活了树林
我以为那时的旷野都消散了,或是
花轿搬空了露水。
她在路边走动
有时隔得很远,仍然容易被认出。
多半是出于悲观,整个下午安静极了
木疯子用脏污的手画她的脸,用凌厉的眼神
看我
木疯子像是流浪汉,身上缀满了金子
散了又散
叮叮当当地响,但的确是金子的样子
"肮脏的人在下午会老的。"
他咀嚼烟草叶,挣扎着想要过来,我难以忍受他的气味。
我拿着树枝
夜里种花,身后是黑漆漆的(记不清是要干什么)
马扬着手臂,不再绕道行驶
那些低矮的马
嗅嗅母亲的手脚
马的鬃毛磨光了,变化着身子放归旷野。

——《山花》2009年第9期(上半月)

农　事　诗

山上有轻雷
安静的黄昏，一个半裸的女孩来到水边
她穿过灌木丛，丛中有蛇
她双唇青绿。

那是最热的夏天
村子上火光炯炯，脸带阴影的人陷入焦灼
手心里空空，他们依然精力充沛。
折弯的梯子
晃荡如长大的袖口
她站在枝头上
一边缩成一团，一边唱火焰。

空气留下了羽毛的气息
它们带着一整天的光，在远处迸发着
那些植物已经死去
女孩肌肤变得无比碧绿
像是绷紧着毒。

喝高了，身子变得轻盈，我摸黑经过了她
随后火车从水面驶来
天起大风
那是最后在山中烧掉去年的野草，从此我离开平原
来到了异乡。

　　　　　　——《阿翔新作快递：外省书》总第 52 期，2010 年

阿尔丁夫·翼人

黄金诗篇

撒拉尔
珍藏千年的
秘密黄金诗卷
在十二万张
更多熟悉的星空
永远绽放出
今明的
三十部天象

——选自阿尔丁夫·翼人主编：《撒拉尔的传人》（第2辑），
甘肃民族出版社2009年2月1版

神秘的光环（长诗节选）

无以言说的灵魂　我们为何分手河岸
我们为何把最后一个黄昏匆匆断送　我们为何
匆匆同归太阳悲惨的燃烧　同归大地的灰烬
我们阴郁而明亮的斧刃上站着你　土地的荷马

——《重返家园》

此刻　大地的钟声敲响
染红了一大片翠绿的季节
和随它而滋生的汹涌的河流
而光明的种子在新鲜的土壤里
寻找土地的爱恋　我的家园
但我不愿以此证明　他是一个人
在这里向读者呈献的　是我
内心深处最甜蜜的部分　因甜蜜
使我怀想起那些以灵魂搏击幻想和土地
的人们——

他们从荒漠的深处走来
交付给我们的是以头颅酿成的镍币
灵与肉碎裂的梦想和光芒四射的大道
一次小小的旅程颂扬我心底的海域
一面古铜色的背景占据我求生的欲望
令我依然恪守真理的谎言
赢得公众社会的信赖　彼此取得
同一的诏书　决定开口演说
昨日辉煌的一幕　且从僵硬的躯体上
——诉说往日妻子儿女的情怀　或喜或悲
唯有你贫瘠的额头
亮出一轮神秘的光环
唯有你一生的绝唱
照耀我最后的峰巅

引领我吧　黑夜的王子
你是我不断的放弃中

重又捡起的一枚熔岩
只因我初衷难改　　誓死捍卫
思想河岸的不毛之地　　一半思想
骤然丢失在疲倦的途中　　是你
唤醒我最初的灵动决定出售
高贵的头颅或那些以十分信赖的眼睛
向我掏出灵肉的秃鹫：时代的精英
是你分明孕育了一大批行尸走肉
从我的脚踝应运而生　　直撞入我的心头
在那无路可走的境地　　河岸的涛声
是我还乡的浮雕或土地的召唤
是又一次醒来的早晨

而黎明的白鸽从我手中起飞
因追随生存者无望的灵地
喃喃的呓语渐渐化为流动的山脉
化为无以代劳的赝品或是一缕乡村的炊烟
以头颅的重量换取另一半生命　　供养
我们灵魂的王冠：依然是我决计出售
或埋葬的一份举足轻重的厚礼
哪怕是我最初或最后的梦想
远不及生存者脚下铿锵的足音
起飞的鸟儿依然拖着沉重的翅膀
飞越那一轮神秘的光环
　　　注目吧　　河岸那光明的种子
　　　你是我婴儿哭泣时的欢欣

在你面前我曾是一名无望的患者

也曾留下过不堪回首的往事
使我重新确认物体的表象所蕴含的重量
远远超过草木细微的影子
或许这仅仅是传说　或许我们早跟自己的影子相逢
且在光明的路上　拖着尾巴
穿过大街小巷或那无尽的回忆
并把所有的梦想化为石头的训语
镌刻灵魂缄默的花树……

我们不为英雄挽歌　却为灵魂诉怨
白日的胡言乱语是我美妙的咒语
我必将赢得真理最后的审判
赢得生命自由的狂奔　犹如
被流放的牧歌永远垂挂在午夜的星空
使我的眼前呈现出
一片奇妙的幻景：犹如悠闲地
走来一位不明身份的人
在我身旁驻足　向我索取
几万年前丢失在门廊下的另一半生命……

而我何以晓得这败北的人们的踪迹
是动辄还是戏谑　我们为的是
重构土地的面具　或许
这一切将不再灵验　无论如何
我将为你讲述这幕动人的"喜剧"
好让我忧伤的心得到片刻的安宁
与你们一起来聆听或颂扬高贵的头颅
——灵魂罪恶的化身

虽有耻辱的污垢在你头顶做巢
但一颗忧伤的心仍在怀想处
伸出一只有力的手　送你远行

或许我们本不该再次久留
本不该扶你送上祭坛
周围的一切都在蒙昧的花园里
投去鄙视的目光　扼杀或挫败
无与伦比的梦幻在世界的中心旋转

远去了心中激荡的烽火
远去了父辈们原始的航海
远去了凯旋的雷鸣或战鼓的回声
远去了虚张声势的淳朴的嘴脸

——他们叩动火热的胸膛　步步追寻
亿万年陨落的星星和随它
而滋生的汹涌的河流
以自由为舞　以石头为本
还原心灵深处那惨淡的一幕

或许在父辈们原始的草图上
垂挂的是我一年一度幻想的年轮
只因为　还没有忘记
那一刻　岁月仁慈的情肠
时常叫唤更遥远更温馨的名字
哦，亲爱的人啊
你何曾不是我们的情人

一张廉价的兽皮
曾被刻满旅途遥远的对视
将永远悬挂在心之彼岸

从那时起　你便拥有一个梦
一腔圆润的诗魂　出没在
黄土地发情的季节　陨落了
雪域人最后一道光芒或他
裸露的情思：在这时刻
我一样迷恋于对土地的盟誓
灵与肉碎裂的梦想或那
依偎在身旁的温馨的呼唤

毕竟我们越过了这道栅栏
越过了时间与空间无望的净地
生与死耀眼的瞬间和我们脚下
叮咚作响的石头的梦呓

如若不是这样　谁能告诉我
它仅是一撮黄土　陈腐在我们的脚下
或是一些不着边际的发问
试图抵达亲人的墓地
带回我们需要的食品和健康人的衣物
且以僵硬的目光搜索周围的一切

无论失去还是得到
些微的震颤总会使我们感到意外
因而随时交出一只手

作为一次艰难的旅行或跋涉

沿着河流的走向　回答众人的疑问
沿着起伏的山峦　蔓延零乱的思绪
俯瞰大地　一群牧马人在辽阔的土地上
久久怀着与我同样的恋情同样的歌
同样受惠于不朽的黄土地……

——选自阿尔丁夫·翼人、曲近主编《中国西部诗选》，
作家出版社2009年5月版

安　　琪

像杜拉斯一样生活

可以满脸再皱纹些
牙齿再掉落些
步履再蹒跚些没关系我的杜拉斯
我的亲爱的
亲爱的杜拉斯！

我要像你一样生活

像你一样满脸再皱纹些
牙齿再掉落些
步履再蹒跚些
脑再快些手再快些爱再快些性也再快些
快些快些再快些快些我的杜拉斯亲爱的杜
拉斯亲爱的亲爱的亲爱的亲爱的亲
爱的。呼——哧——我累了亲爱的杜拉斯

我不能
像你一样生活。

2003. 8. 1. 北京

——选自《诗林》2003年第4期

我性格中的激烈部分

我性格中的激烈部分,带着破坏
和暴力,冲毁习见的堤坝
使诗歌一泻千里
滔滔不绝。我性格中的
激烈部分,一触即发
它砰的一声,首先炸到的
就是我

它架起双手,一脸冷酷
我一生都走不出这样的气场
它成就我生命中辉煌的部分
——诗歌!却拿走了
完整的躯体
我性格中激烈的部分
携带着我的命
一小段一小段
快速前行。

2007.9.16.北京

——选自《珠江商报》2008 年 9 月 6 日

戒色生涯

幽暗的新东安四楼剧场 8 号厅，在我从四排
移到七排的过程中，我摸到棉软的布沙发
沙发上的情侣被我有意忽略过去

为了一些没有的理由我和他们隔开一个距离
一个人时见不得两个人
尤其是，两个，相亲相爱，的人。

他们都来看色戒，我也是。所有买票的
排队的，一男一女，来看这个告诫我们
色要不了命，情才要命的戏

我陷入到旧时代的氛围里，电影院的世界
仿佛不属于尘世，一个人在自己的内心萦绕
感到有些大孤独的欢乐，连同最后的眼泪

也无人欣赏，一个人的死，换来另一个人的
不死，结局永远是这样，一个女人的死
换来一个男人的，不死。它们不会颠倒

过来。永远不会。我在曲终人散后静静
站了一会，觉得自己神色宁静，有着

不与平常一样的美。这个我是我爱的我

她不是喧嚣的，张扬的，也不是庸俗的
琐碎的。她一直无法让人看见，我不止一次
看见她在公车上、人群中，恍惚的

出神的脸，我想分出另一个我，去陪她
默行、阅读、感伤、呆坐、无奈
苍白、蜡黄、乌黑、青紫、暗红

我目睹她的戒色生涯，真的像一个死去已久
的人。朋友们说，来吧，还是应该多走走
她摇摇头，她对什么，都没了兴趣。

我理解她对色戒的哭，缘自于此。

——选自《诗歌月刊》（下半月）2008年第2—3期

北　　岛

黑色地图

寒鸦终于拼凑成
夜：黑色地图
我回来了——归程
总是比迷途长
长于一生

带上冬天的心
当泉水和蜜制药丸
成了夜的话语
当记忆狂吠
彩虹在黑市出没

父亲生命之火如豆
我是他的回声
为赴约转过街角
旧日情人隐身风中
和信一起旋转

北京,让我

跟你所有灯光干杯
让我的白发领路
穿过黑色地图
如风暴领你起飞

我排队排到那小窗
关上：哦明月
我回来了——重逢
总是比告别少
只少一次

——选自李岱松主编《光芒涌入　首届"新诗界国际诗歌奖"
获奖诗人特辑》，新世界出版社 2004 年 6 月版

拉姆安拉[①]

在拉姆安拉
古人在星空对弈
残局忽明忽暗
那被钟关住的鸟
跳出来报时

在拉姆安拉

[①] 作者原注：拉姆安拉（Ramallah），巴勒斯坦在西岸的首府。

太阳像老头翻墙
穿过跳蚤市场
在生锈的铜盘上
照亮了自己

在拉姆安拉
诸神从瓦罐饮水
弓向独弦问路
一个少年到天边
去继承大海

在拉姆安拉
死亡沿正午播种
在我窗前开花
抗拒中树得飓风
那狂暴原形

——选自李岱松主编《光芒涌入 首届"新诗界国际诗歌奖"获奖诗人特辑》,新世界出版社 2004 年 6 月版

给 父 亲

在二月寒冷的早晨
橡树终有悲哀的尺寸
父亲,在你照片前
八面风保持圆桌的平静

我从童年的方向
看到的永远是你的背影
沿着通向君主的道路
你放牧乌云和羊群

雄辩的风带来洪水
胡同的逻辑深入人心
你召唤我成为儿子
我追随你成为父亲

掌中奔流的命运
带动日月星辰运转
在男性的孤灯下
万物阴影成双

时针兄弟的斗争构成
锐角,合二为一
病雷滚进夜的医院
砸响了你的门

黎明如丑角登场
火焰为你更换床单
钟表停止之处
时间的飞镖呼啸而过

快追上那辆死亡马车吧
一条春天窃贼的小路
查访群山的财富

河流环绕歌的忧伤

标语隐藏在墙上
这世界并没多少改变：
女人转身融入夜晚
从早晨走出男人

——选自李岱松主编《光芒涌入 首届"新诗界国际诗歌奖"
获奖诗人特辑》，新世界出版社 2004 年 6 月版

晴　　空

大街如烈马飞奔
灯光之蹄明灭
诗人和他的夜坐在街角
一杯热咖啡：体育场
比赛正在进行
观众跃起变为乌鸦
失败的谣言啊
烟囱上空的父亲
带诗人更上一层楼
阳光在云中擂鼓
渔船缝纫大海
请沿地平线折叠此刻
让玉米星星在一起
上帝绝望的双臂

在表盘上转动
诗人落进诗的圈套
他一夜白了头
满楼狂风

———选自《北岛的诗》，时代文艺出版社 2003 年 3 月版

那最初的

日夜告别于大树顶端
翅膀收拢最后光芒
在窝藏青春的浪里行船
死亡转动内心罗盘

记忆暴君在时间的
镜框外敲钟——乡愁
搜寻风暴的警察
因辨认光的指纹晕眩

天空在池塘养伤
星星在夜剧场订座
孤儿带领盲目的颂歌
在隘口迎接月亮

那最初的没有名字

河流更新时刻表
太阳撑开它耀眼的伞
为异乡人送行

——选自北岛《结局或开始》，长江文艺出版社2008年8月版

过渡时期

从大海深处归来的人
带来日出的密码
千万匹马被染蓝的寂静

钟这时代的耳朵
因聋而处于喧嚣的中心
苍鹰翻飞有如哑语

为一个古老的口信
虹贯穿所有朝代到此刻
通了电的影子站起来

来自天上细瘦的河
穿过小贩初恋的枣树林
晚霞正从他脸上消失

汉字印满了暗夜
电视上刚果河的鳄鱼
咬住做梦人的膀胱

当筷子拉开满月之弓
厨师一刀斩下
公鸡脑袋里的黎明

——选自北岛《结局或开始》,长江文艺出版社 2008 年 8 月版

北　　野

被风吹歪的人

在荒凉的海边
被风吹歪的人灌了一肚子冷气
顶着厄运，趔趄前行

乌鸦的热心肠裹着黑毛
漫天飞舞的冰渣子
盖住了松鼠小小的眼睛

有人在迷雾中独自抽泣
有人在火锅店将大雁剥了皮投进油锅
有人攥着小小的心愿，希望在垃圾中勾出一包钱

撒尿的醉汉掏出了自己的法器
哦，就剩下你了，兄弟
对这个世界还抱有热情！

冷啊，荒凉的海边
冷啊，刮风的人世间
冷啊，乌鸦、松鼠和被剥了皮的大雁！

2008年11月18日夜于海边

——选自燎原、白垩主编《中国独立诗人诗选》，
中国戏剧出版社2010年8月版

皇城印象

三十九岁那年
我以报丧者的身份走进国王的都城
我骑着单峰骆驼
酒壶两边蹲着我的黑鸟

我看见人民在王府井打水
地安门一带的烤肉摊烧烤着人肉
到处警灯闪烁
游客手里的傻瓜相机冒着青烟

而国王躲在暗处
妃子们和伶优们拥挤在国家的前台
纷纷抢占着电视频道，仿佛那里摆放着他们的
名分　和　灵位

我在王宫外的红墙下歇息
一位兜售小旗的人向我走来
我送给他一块骨头，谢绝了他的旗
他向我致以莫名其妙的敬礼

2002年10月6日于北京

——选自《绿洲》2009年第9期

今夜的火车

今夜的火车穿过中原
像一声惨叫,没入时间的深潭

黑暗、潮湿的国土
星光暗淡,鬼火点点

晕眩的家园
漂浮着死鱼和毒药的河岸

醉酒的秃子倒在了洗脚屋
揭黑的记者收下了封口钱

纪晓岚抚摸着二奶
蒲松龄迷上了摇头丸

武松因为打虎被森林警察处以罚款
李逵拨开人群高喊:喝甚鸟彩,有甚好看!

今夜的火车穿过中原
像一声惨叫,没入时间的深潭

2008年11月2日于海边

——选自《诗刊》2009年4月下半月刊

白　桦

从秋瑾到林昭

"相信历史总会有一天人们会说到今天的苦难！
希望把今天的苦难告诉未来的人们！"
　　　　　　　　　　　　　　　——炼狱中的林昭

"天上的父啊，原谅他们吧，
他们不知道自己在做什么。"
　　　　　　　　　　　　　　　——十字架上的耶稣

一

除非是让我死，
不，即使是死，我也不会忘记你，
我的灵魂会把记忆交给悬崖峭壁，
以化石的方式留传后世。

除非我已经出卖了灵魂，
剩下的是一具行尸走肉；
可倏然的刀锋，经常会
冷丁地用凛冽的寒光试探我。

我自己知道，即使把我放在砧上，
我都会像冰山那样沉重和冷峻；

虽然我的脸上挂着儿童般的天真，
那只是为了衬托鬼魅的狰狞。

当我第一眼端详这个陌生世界的时候，
你就站在我的面前了，
狂涛扑面，你亭亭玉立；
风雨如磐，你目光镇定。

在绝望的战场上去夺取希望的队列里，
有一位旗手竟然是雍容华贵的女性；
你从画舫里走出来就跳上了战马，
以龙泉宝剑取代玲珑玉佩。

虽然百年前你就因此而身首分离，
和 1907 年所有的红花绿叶一起，
落入拌着血泪的泥土，
在世世代代的梦里静候着另一个花期。

你永远是那样娴静和温柔，
一位落落大方的大家闺秀；
虽然你那双白皙的手引爆过雷电，
使得紫禁城内外一片狼藉。

就像一轮皓月离云而出，使我——
一个国破家亡而且懵懂无知的孩子，
得以呼吸到至美的芬芳，
得以瞻仰到至善的绮丽。

白　桦

我永远都能记住你的样子，
仪态优雅、无限关爱地俯视着我，
就像记住我的母亲和姑姑、阿姨，
以及你们与日俱增的美丽。

我在很幼小的时候就知道，
你走出深闺踏上夜路，是为了
走进寂寞的夜行者们的队伍，
去迎接注定要出现的华夏晨曦。

你相信先行者们项上喷涌的热血，
能把漆黑的乌云濡染成鲜红的朝霞；
于是，你也要抛洒自己的热血，
于是，就有了轩亭口的一声长叹。

你把美丽的面颊转向未来，
未来只是你幻觉中的一抹淡青色的晨光，
你的未来不就是我们的现在么！
你轻轻地吟诵，安详一如月光：

"秋风秋雨愁煞人！"
你用极度苍凉的古越乡音发出一声叹息，
倾吐了三千年压抑的悲情，
给二十世纪留下了一行最深刻的诗。

整整一百年过去了，
一百年的中国都沉浸在血泊之中；
乌云最终——最终也没有被濡染成朝霞，

虽然我们抛洒了江河那样多的热血……

这是百年来希望与失望争辩的交点,
这是百年来幻想与现实议论的话题;
时间太长了,流血太多!
鲜艳的红已经凝结为深深的黑。

在你去世三十年以后,中国
又一位使男人们汗颜的女性诞生了;
她出生在锦绣江南的姑苏,
一座被称为人间天堂的古城。

当她还在北京大学求学的时候,
忽然有了一个惊人的发现,她发现
大多数中国人的眼眶里都没有眼珠;
他们的眼珠都到哪儿去了呢?

她不敢看那些血红而又空洞的眼眶,
可为什么人人都不觉得有什么缺失呢?
失明不是最大的缺失么?而且
他们个个都快活得像学舌的鹦鹉。

她立即走向未名湖畔,以水为鉴,
从自己的身上来验证一个重大的事实。
谢天谢地!自己的眼珠还在,
而且熠熠生辉,甚至咄咄逼人。

原来所有中国人都自动摘下了眼珠,

把眼珠紧紧攥在自己的手心里；
是为了害怕出现视觉上的谬误，
诸如把光明看成黑暗；

把天国看成地狱，
把神圣看成妖孽。
亿万人只能瞪着空洞的眼眶，
按照一双眼睛来认知世界。

而她却偏偏要冒天下之大不韪，
去观察被封锁、被冻结的大地，
透过雾霭重重的来路和去路。
透过斑驳的光影和瞬息万变的色彩……

于是，她就成了一个可怕的异端，
居然敢于在眼眶里保留一双眼珠！
居然还敢直面那颗唯一的太阳，
而且认真地去探究它黑洞似的内核。

为什么太阳散发出的不是热能，
而是一阵又一阵刀锋的寒光？
于是，她对那颗超自然的太阳，
产生了理所当然的怀疑。

怀疑太阳？！多么可怕的怀疑啊！
几乎所有的人都选择了怀疑自己。
自觉自愿地在每一颗细胞里追寻原罪，
把别人强加在身心上的灾难当作恩典。

我们是个人人都在怀疑自己的民族吗?
我们是个人人都在盲从偶像的民族吗?
我们是个人人都在信奉仇恨的民族吗?
我们是个人人都在自甘为奴的民族吗?

遥想春秋战国那些如火如荼的岁月,
诸侯们忙着为霸主的称号厮杀;
而大地上繁星璀璨般的诸子百家,还能
竞相自由地闪现各自的光彩。

我可以坚持我的强国梦想,
你可以坚持你的民本童话;
你可以指斥我为诡辩、谬误,
我可以讥讽你为异端、邪说。

但他们都竖定不移地写下了
流芳百世、烛照后世的典籍;
秦始皇能把六国的宫殿都付之一炬,
却无法彻底焚毁竹简上书写的文字。

在印刷术还没有出现的年代,经典
却神奇地从草民们的记忆中复印出来。
当伟人为一己之见而灭绝众志的时候,
他就注定要成为千古罪人。

中华民族有过如此众多大智大勇的祖先,
却繁衍出如此众多缺乏自信的后代;

不仅主动摘下自己的眼珠,还要
用木屑去填充大脑里丢失的记忆。

她——一个卓越的思想者,
在绝对禁锢中探索思想;
她——一个活跃的自由人,
在完全孤独中追求自由。

当所有的中国人都蒙在鼓里的时候,
她却能感觉到潮流最轻微的涌动。
当落叶第一声悲叹的时候她就能听到
隆隆逼近的、寒冬的车轮。

她曾经一再痛苦地补缀过破碎了的梦,
期待过人性的善良能纠正绝对权利的暴虐;
而她等到的却是冰冷的镣铐和炼狱,
从此她就把梦的碎片丢弃,任由西风漫卷。

与梦境决裂之后就是绝境!
岁月一如荒原;
与梦境决裂之后就是地狱!
岁月一如井底。

她只能仰望一孔夜空,
偶尔才能看到一颗流星飞过;
一丝风、一丝风都没有,
更何况是电闪雷鸣。

爱她的那些人曾经希望她妥协，
因为只有妥协她才能把自己留给亲人；
她却没有接受这个顺理成章的理由，
因为妥协后的那个人已经不再是她了。

她当然知道铁窗外就是杏花春雨江南，
就是母亲温暖怀抱里难分难舍的亲情；
就是好心人婉转而动听的劝慰，
就是雨水一般的泪水冲洗掉浑身的血迹。

还有河边那些洗衣裳的邻家姐妹，
她们或许只能把同情和困惑挂在脸上。
一张柔软而温情的网，
无声无息地飘落下来。

或许还有志同道合的朋友们的悄然来访，
斗室里充满压低嗓门的激烈争论。
在死寂中的牢狱里点点滴滴的积蓄，
此刻都成为喷涌而出的狂涛。

血肉里剖出的珍珠啊，
带着血迹也会光芒四射。
这样的时间有多么幸福啊！
但这样的时间又是多么的短暂！

紧接着就是意料中的闯入，熟悉的手铐。
熟悉的伟人"语录"，熟悉的警车呼啸。
警察只知道对她施行恣肆的羞辱，却不知道

未来的亿万中国人会为这一刻痛不欲生。

她所以一再拒绝出狱的"恩惠":还因为
她知道,出狱后她就成了一颗钓钩上的饵。
而且对于不自由毋宁死的人来说,
狱外和狱内的差异实在是微乎其微。

他们要她放弃的是思考,
是视听和发声的功能;
她要向众人大声喊出的是真相,
——此时此刻不是黎明!不是!

戳破一只最庞大的气球,
只需要一枚绣花针的针尖;
因为气球里全是人工填充的空气,
轻轻的一刺,庞大就化为渺小了。

在黑白颠倒成为生活准则的日子,
中国人必须习惯黑色的白和白色的黑,
这种认知的颠倒已经成为生活的恶习,
而且在血液里衍化为顽固的遗传因子。

给了所有独裁者创造奇迹的条件,
他们把亿万人的流血悲剧导演成闹剧,
一次又一次在中国隆重上演,
神圣、荒诞而又具有极大的张力。

她独自在炼狱中

曾经这样苦苦地思索过：
"我们不惜牺牲，
甚至不避流血；

在中国这一片厚重中世纪的遗址上，
政治斗争是不是也有可能，
以一种较为文明的形式进行，
而不必诉诸流血呢？"

回答她的却是两粒向她近射的枪弹，
为此她最终付出了全部沸腾的热血，
以及母亲的风烛残年和五分钱的子弹费，
无疑，那五分钱是"人民币"。

她早已留下过遗言：
"告诉活着的人们：
有一个林昭因为太爱他们
而被他们杀掉了。"

她面对的几乎是全体的背弃，
不！不仅仅是背弃！
成千上万个本可以拉她一把的同胞，
在客观上都成为落井下石的凶手。

在绝对的高压之下，
面对一线苟活的诱惑；
这个伟大的多数都成了从犯，
甚至保持沉默的人也寥寥无几。

他们只能逆来顺受，顶多只是
没有以陷害同类的手段去换取宽恕。
而更多的人在一夜之间，都成了
站在至爱亲朋背后的"盖世太保"。

我们，是的，是我们！千真万确！
我们再也无法逃脱罪责了！
宇宙间每一颗水珠，
都留有我们行凶的影子。

几千年来，是的，几千年来，
在有皇帝和没皇帝的帝制时代；
我们总是在屠杀……总是在屠杀
我们自己最优秀的儿女。

林昭比秋瑾姑娘要艰难得多，
林昭比秋瑾姑娘要孤独得多；
秋瑾姑娘的最后一刻还有一个
抛头颅、洒热血的刑场。

皇帝还宣读了一道奉天承运的圣旨，
还公布了一张等因奉此的布告；
还委派了一员色厉内荏的督斩官，
还摆出了一支旗、锣、伞、扇的仪仗队。

甚至还有人跳起来怪声叫好，
像戏园子里买站票的看客那样；
把秋瑾姑娘当做替天行道的江洋大盗，

当做杀富济贫、打家劫舍的女侠。

说真的,我对秋瑾的对手很有几分尊敬,
因为他们还敢于当众暴露他们的卑鄙,
甚至也没有掩饰他们怯懦的惊讶:
原来暴徒是一个如此美丽的弱女子!

连她都被迫拿起刀枪,
义无反顾地向大清皇朝冲刺,
大清皇朝也真的是气数已尽了!
在精神上秋瑾给了清廷致命的一击。

当林昭从生的黑暗走向死的黑暗那一刻,
只有几个惊恐的孩子偶然看到过她;
孩子们成长以后才知道那是一次私刑,
而且公然假以国家之名。

我们不禁要问:为什么没有一张布告?
为什么没有一个杀人示众的刑场?
为什么给她一个"精神分裂症"的诊断?
枪毙难道就是给精神病患者的处方么?

试问,联手铸造冤案的衮衮大员们!
你们有过一丝愧疚、一丝忏悔吗?
像当年的山阴县令李钟岳那样,
由于奉旨审判秋瑾姑娘而寝食难安。

"皇命难违"不是最好的借口吗?

许多双沾满鲜血的手都是用唾液洗净的!
而这位小小县令拯救灵魂的是一根绳索,
他用自杀来割断和一个腐朽王朝的牵联。

林昭曾自豪地预言将有一个节日的到来:
"那时候,人啊!我将欢欣地起立。
我将以自己受难的创痕,
向你们证明我兄弟的感情。"

"普洛米修士翘望着黎明,
夜在粗砺的岩石上辗转。"
我们将一直等待着那个节日的到来,
大声呼唤着迎接她的欢欣起立。

把黑色的白还原为黑!
把白色的黑还原为白!
还中国以真实!!
还林昭以美丽!!!

初稿于 1997 年 7 月 15 日——
秋瑾姑娘在绍兴轩亭口就义九十周年纪念日
完稿于 2007 年 7 月 15 日——
秋瑾姑娘在绍兴轩亭口就义一百周年纪念日

——选自《白桦文集》(卷三),上海文艺出版社 2009 年 11 月版

柏 桦

水绘仙侣①
1642—1651：冒辟疆与董小宛

这一年春天太快了，
不祥的签诗也抵不住它的速度；
光景饱满地催促，一刻都不愿挽留，
一件大事正期待着冬天。

来 临

1642年的冬天终于来了，
你，19岁，步出银色的秦淮，
买舟来到如皋，
决心与我做一份人家。
在水绘园，你收拾好曾经绮丽的春服，
其中一袭薄如蝉纱的西洋布退红轻衫
令我想起了往昔，那时
我们的恋爱正"观渡于江山最胜处"。
千万人争步拥来，
就为一睹你携偶踏波的风姿呀。
而我也是那样与你和谐，
飞扬跋扈、兀傲豪华，正当而立之年。

---

① 《水绘仙侣》是一个特殊的诗歌版本，原诗含有99个注解，诗只占全文百分之几，因篇幅所限，本书只收录全诗，略去注释。

"饰车骑,鲜衣裳,珠树琼枝,光动左右。"
陈瑚激赏:"惊叹为神仙中人。"
是的,我们因共同的才华和仪表而成为天下才,
是的,我们已成就过春天,
如今就让他人去做春水春花吧。
人世还有其他好事要做,
我们的生活才刚刚开始,
在水绘园,在冬天的江南,
另一番良辰已为我们备齐。

家　居

人之一生:春、夏、秋、冬。
很快,你发现了新的喜乐:
女红、饮食、财务及管理。

子曰:"仁者静。"
你就在静中洒扫庭除并亲操这份生活。
"其德性举止,乃非常人。"

家务是安详的,余闲也有情:
白日,我们在湖面荡舟,
逸园和洗钵池最让人流连;
夜里,我们在凉亭里私语,
直到雾重月斜,
直到寒意轻袭着我们的身子。

曾记得多少数不清的良夜,
你长饮、说话,若燕语呢喃,

而我不胜酒力，常以茶代酒。
有时，我们又玩别的游戏，
譬如读诗或抄写：
"人闲桂花落，夜静春山空"
这一切不为别的，只为闻风相悦，
只为唯美，只为消得这水绘的永夜。

食

你用鲜花和水果做的甜点，
是光阴的珠泪，是纯粹的美学：

  酿饴为露，和以盐梅。凡有色香花蕊，皆于初放时采渍之，经年香味，颜色不变，红鲜如摘，而花汁融液露中，入口喷鼻，奇香异艳，非复恒有。最娇者为秋海棠露……味美独冠诸花。次则梅英、野蔷薇、玫瑰、丹桂、甘菊之属。至橙黄、橘红、佛手、香橼，去白镂丝，色味更胜。

  再且看那"火肉无油，有松柏之味、风鱼有麂鹿之味、醉蛤如桃花、醉鲟骨如白肉、虾松如龙须、烘兔酥雉如饼饵、腐汤如牛乳。"

真是个洁白鲜艳的小山水矣
历历分明且又闻香醉人。

你对花草植物有超乎寻常的感情和喜好，
烹调洋溢着旧日秦淮的芳香。

  你做的"冬春水盐诸菜，能使黄者如蜡，碧者如苔。蒲藕、笋蕨、鲜花、野菜、枸蒿、蓉菊之类无不采入食品，芳旨盈席。"

饮食对于你，样样皆是本色，皆是当行

如空中音、相中色、水中月、镜中象
又犹如妙手裁诗
不涉理路、不落言筌，惟情性是也。

茶

茶倾心于我们的美意、我们的端正，
其中芥片是我们共同的瑰宝，
我们沉浸在采摘与烹茗的细节里。

那具有片甲蝉翼之异的上等芥片，
你亲自洗涤、煎制，以生活专家的姿势
不厌其烦地投入这细琐的工作。

晨昏不绝、光景悠悠，
我们静静地试着对饮，
那四溢的茶香"如木兰沾露，瑶草临波"。
人世的风景就这样生在我们的吐纳里，
生在月白风清的凉廊间。
茶香双妙若福慧双修，
此外，我们还希求别的什么呢？

香

夜半天寒，我们独处香阁，
帷帘四垂，毛毯覆叠。

烧二尺许绛蜡二三枝，陈设参差台几，错列大小数宣炉，
宿火常热，色如液金粟玉。细拨活灰一寸，灰上隔纱，
选香蒸之，历半夜，一香凝然，不焦不竭。

甜热的香呀绕梁不已,
夹着梅花和蜜梨的气味,
也混合着我们身体的气味。

横隔沉、蓬莱香、真西洋香、生黄香、女儿香……

无涯的香迷离广大,
若挂角之羚羊,无迹可求,
又消磨着我们华贵的年华

啊,正直、微妙,全能的香
还原的香、天生的香
我两人就在蕊珠众香深处,
听"晓钟恒打,尚未着枕";
或"久蒸衾枕间,和以肌香,甜艳非常……"
于浓浓清安中,呼吸着喜悦、呼吸着梦想。

水绘雅集

那静中已升起热情,
万千鸟儿正盘旋在烟水之上。
宾客从四方来,车如流水马如龙,
题咏吟赏,云集于是,
狂歌轰饮无虚日。

  每当月明风细,老夫与佳客各刺一舟,舟内一丝一管一茶灶,青帘白舫,烟柁霜篷,或由右进,或自左出,举会食于小三吾下。

  树木掩映,亭榭参差,曲水环流,山亭独立,尝于其中高会名流,开尊张乐。其所教之童子，无不按拍中节，尽致极妍。紫云善舞，杨枝善歌，秦萧隽爽，吐音激越……

这盛世歌舞做成了水绘江山，
也做成了我们中年的繁华——
我们的欢乐与记忆。
山水、美酒、佳肴、丝竹
以及初夏向晚的日光，
到处都是千金散尽的慷慨，
到处都是流水宴的绣口锦心。

岁月流逝，一个伟大的时刻到来，
贵人王士禛于康熙四年（修禊中）
在水绘园行大狂欢，放言要痛饮十石。
我记录下这完美的演出：

　　白日"登舟，泛洗钵池。明窗尽开，水云一色。一小蜻蛉载清吹数部尾其后，歌丝为水声所咽，缭绕久之"。
　　时日已将暝，乃开寒碧堂，爰命歌儿演《紫玉钗》、《牡丹亭》数剧，差复谐畅。漏下二鼓，以红碧琉璃数十枚，或置山颠，或置水涯，高下低昂，晶莹闪烁，与人影相凌乱。横吹声与管弦拉杂，忽从山上起，栖鸦籔籔不定。阮亭曰："此何异罗星斗而听缑笙也？"

宝贵人生映照着这夺目的白夜，
吴歌、水调、银筝、琵琶
歌儿、舞者、文人墨客
在在如万树的枝条花叶
在在莫不各有风景、各有清姿。

亭树湖畔，幽窈明瑟，
对酒当歌，难消永夜，
而拂晓颤抖着，即将来临，
准时、恐怖并从不迷途，
突然，我听到了死亡的声音。

——选自《诗探索》2007 年 04 期

避乱与侍疾

> 欢从何处来
> 端然有忧色
> ——《子夜歌》

甲申之变，盗贼蜂起，
北方的铁骑就要踏破江南；
马嘶草暗、云惨尘飞，
如皋城内外风声鹤唳，
我们一家开始了亡命。
在奔往盐官的途中，我病倒于惊悸，
发着持续的癫狂与烦热，
你紧紧地将我包裹，似宁静的春水。

冷时，你拥抱我；热时，你将我披拂；
痛时；你抚摩我；将我的身体枕入你怀里；
或用胸温暖我的双足。

唉,"凡病骨之所适,你皆以身就之。"
你亲手喂我汤药,有时还以口来喂。
更惊人的是,为细侦我的病情,
你对我的大便
"皆接以目鼻,细察色味,以为忧喜。"

整整一百五十天,
你卷一破席,横陈于我的床边,
日以继夜,对我用心如日月光华。
在你"履险如夷,茹荼若饴"的操持下,
我终得以于第二年春天苏醒。
而你却落到"星靥如蜡、弱骨如柴"的光景。

今天,你已劳瘁而死。
但人可以比死更大,
比生亦更大。正是深怀这一信念,
你从不畏惧,没有怕,只有贞静。
"死云何所道",人间最好的东西
你也懂得,它一定是善者不来,来者不善。

让我回到开场那不祥的签诗吧,
正是它将我们注定:

忆昔兰房分半钗,如今忽把信音乖,
痴心指望成连理,到底谁知事不谐。

"忆"字决定了我们的命运,
它从宿命的"九"开始,

我那"一生清福,九年占尽,九年折尽。"
"嗟乎,余有生之年,皆长相忆之年也。"

附录:梦记或我的宗教生活

死亡是一件真事情,
但命运也可以改变。
1569年,一本新善书开始风行,
袁黄以身立法,作《了凡四训》,
"立命"首当其冲,在民间引起大回响,
"功过格"一时成为时光流转的法宝:
人欲地仙或天仙,皆看你功过的造化,
那就让我造化吧。
看千劫如花,惊险也能做成惊艳。

关帝是我的神
功过格是我的誓言。
他们要合力降服我的危险,
那危险真是新鲜,
如悬崖的花枝向风试探。

1638年8月17日深夜,梦示恶兆:
母危在旦夕。我决定以功名、寿算
及两个儿子的生命来为母请命。
万善誓愿当场立下,行动展开:
奔走、借贷、施舍,甚至绝食……
死在催迫,拯救也在催迫,

功过格的数字更在精确地催迫。
(其实,早在这一年元旦,善行就已展开,因有人推论母命"今岁不吉")
整整八个月,数字在沉着又火急地上升:
贷得钱六千文,施乞者。又贷钱十八千六百文,施乏食狱人。贷银二十六两,买旧棉衣一百一十九件,施僵卧雪中者。买米面易钱斋僧二千余人,济贫八千余人。计余前七阅月所行之事,救患难疾病冤狱十三命,施布被棉衣裙裤共二百零七件,棺二十口,药三千余服,茶四十一日,米麦六十三石零,放生二千七百余命,焚化路遗字纸二十九斤四两。诵经施食与赈济乞丐、狱囚、贫不能婚嫁、旅人流离不能归者,共银一百一两七钱,钱五十二千零,合之为万善圆满。
1639年1月3日,
母亲终于度过上元劫难,
但我17岁的堂婶及长子
却做了交换,命赴黄泉。
但神也待我不薄,赠条命来
这一年3月,我妻在历经六次小产后
产下一子,"面目酷似亡儿"。

生离死别就是这样朴素,
单是为了今天的好风光
我也要把这两两相忘,
也要把这人间当成天上。

2007年6月4日凌晨3点

[说明]:本诗中引文皆见冒辟疆著作《影梅庵忆语》、《梦记》。另,李孝悌的著作《恋恋红尘——中国的城市、欲望和生活》一书中的两篇文章《冒辟疆与水绘园中的遗民世界》、《儒生冒襄的宗教生活》对本诗颇有贡献,为此专门指出,以表谢忱。

在猿王洞

这里的岁月很凉快。
面对群山和森林
我 48 岁的思绪突然集中了片刻。

苍蝇,两三只,闲闲地飞着,
很清瘦,很干净。
孩子们朝它喂饼,
一位红色小姐在拍它。

此时,我注意到了一个人,
他渴望生活,
于是他喝了酒。

2004　夏

——选自《演春与种梨》,青海人民出版社 2009 年 8 月版

长　　岛

和山羊谈心

>　　前面是痛苦
>　　后面也是痛苦
>　　上帝呵，请陪我坐一会儿
>　　请和我说会儿话
>
>　　　　　　——［俄罗斯］曼德尔斯塔姆

它张眼望着我，深夜
一只山羊来到我的房间
它瘦骨嶙峋
孤零零地站立

一道几乎难以察觉的微笑悄悄地
掠过它的眼睑——
好像提醒我
在同一个夜晚
我们有着同样乏味的睡眠

寂静的黑暗里，我能辨认出
它身上长有的胎记
它陡峭的脸

有着难以模仿的
命运的痕迹……

布满血丝的瞳孔
一道来自尘世的悲凉
是那么惊异
——仿佛幽灵从天际
望着自己抛下的躯体

我想开口说话
可一句话也说不出来
正如我那桌上的白纸
早已写满黑色的沉默

"呵，请原谅我的阴郁"
在寂静的夜里
它安静的脸上
有我看到的一切
我听到的一切
我没有说出来的一切

——没有哀怨，和怜悯
只有共同的命运
站在午夜的幻象之间

2003. 12. 26

——选自《扬子江》2004年第1期

秋天奏鸣曲

秋天,音乐从树梢上升起。

在柔和的光线里,
在晚风吹拂的车窗外,
在我们不说话的片刻间。

音乐,从秋天的树梢上
升起,天空中响起流水的钢琴声!

我闭上眼:音乐穿透了我!
——仿佛鱼儿张大了嘴巴。

不说话!
静静地照亮,
水中的石头和裸露的河岸。

秋天,万物琐细的簌簌声已经响彻耳边。

我的手小心翼翼地摸了摸
被岁月清算的前额:
在颠簸的旅途上,在被
惩罚的命运中……

你开着车,一句话也不说,
——音乐也从你的泪光里升起。

2006. 11. 22

——选自柏桦主编《夜航船:江南七家诗选》,
上海文艺出版社2007年8月版

沉　河

昨日大雪记

这雪飘下来前已带着
厌世的温度，有一颗松软的良心
和老年的身体
尽管他同样听到了
窗边人群的欢呼
却何处再见
那个扑雪的少年
世事沧桑
生之洁白
已抗不过死之流水

2007．1．7

——选自川上主编《象形 2008》，长江文艺出版社 2008 年 1 月版

陈　黎

慢　郎

急惊风的我，寻找你已经半世纪了
慢郎，听说你住在古代中国
（所以又叫慢郎中）很慢很慢
生年不满百可以怀千岁忧的古代
你没听过佛洛伊德，没用过
手机，email，或即时通
焦虑，不安，神经质，镇静剂
这些词汇还没丢进你们的搜索引擎
你不知道什么叫天平座，什么叫
摆荡与反摆荡，什么叫朝九晚五
什么叫高铁，捷运，子弹列车
什么叫快感，快锅，快餐，快乐丸
你们最快，不过是用一把快刀
斩乱麻或抽之断水（而麻照乱
水更流）或者振笔疾书快雪时晴帖
一个月雪融后到达收件者手中
急啊，你知道吗，应该用快递或
宅急便，或者传简讯。我替你着急
漫不经心，慢条斯理，慢工出细活
不是我的风格。我自然也有慢处
我傲慢，我自大，对于不仁的天地

陈 黎

浩瀚的宇宙，那爬到高不及101
大楼的幽州台，前不见古人，后
不见来者，念天地悠悠，独怆然
泪下的陈姓诗人，绝不是我
我轻慢，封千百年重不可移的
礼教制度国家民族机器
贞节牌坊纪念柱纪念碑
我谩骂一切我不爽不耻不屑者
而很快地，我的骨头也重得像铜像
我不喝啤酒的啤酒肚，我很轻的
青春，很薄的一夜情，随风远飏
我轻薄一切单词重复僵硬迂腐者
腐儒腐刑腐臭腐旧腐烂文章
而我的牙齿毛发器官也不免
或蛀或落或失色或失灵——
它们来的太快，慢郎，教我如何
慢一点，让它们慢一点
让时间，让快乐，让焦急的心
在这岛上，在现代，在后现代
慢慢地傲慢，轻慢，怠慢
慢慢地老去，朽去，松去

——选自《联合报》2009年6月29日

迷　蝶　记

那女孩向我走来，
像一只蝴蝶。定定
她坐在讲桌前第一个座位
头上，一只色彩鲜艳的
发夹，仿佛蝶上之蝶

二十年来，在滨海的
这所国中，我见过多少
只蝴蝶，以人形，以蝶形
挟青春，挟梦，翻
飞进我的教室？
噢，罗丽塔

秋日午前，阳光
正暖，一只灿黄的
粉蝶，穿窗而入，回旋于
分心的老师与专注于课
业的十三岁的她之间

她忽然起身，逃避那
剪刀般闪闪振动的色彩

与形象,一只惧怕蝴蝶的

蝴蝶:啊她为蝶所

惊,我因美困惑

——选自《陈黎集》,台湾文学馆 2010 年 4 月版

陈 东 东

译 经 人

梦之军队乘风而来,侵入睡眠的
黑暗领地。黄铜号角却
辽远地破晓,唤醒朝露、武僧团
村委招待所波斯相貌的
服务员小姐……那号角又命令
晨风急刹车,闪跌大梦
在超出了睡眠的塔林小广场

另一支军队也集合起来了。引擎
轰鸣,驱动大客车奔赴——去
占领。指挥员导游的三角旗摇曳
被半导体喇叭变形为魔镜的
一副嗓子,映照中翻新了旧地
旧山门、甘露台上曾遭火刑的
两棵旧柏树、少室山下

依旧的白昼……。跟梦和
反复的日常不一样,译经人枯坐
在晦暗的廊下,在一记钟声里
透过纸张,抵达了圣言背后的
三摩地。然而凭借或许的意愿

译经人回过神,黄昏已重临
——卷帙中灯盏重新被点亮

这时候游客们撤退至半途
愈加沉闷的黑暗车厢里,游客们酣睡
肉身因汽车朝不夜城急拐而
全体倾斜,像所谓趋势,像
过时的时尚……他们那近乎
无梦的梦中,不会有译经人
垂死的脸,灯光里隐约的空幻表情

译经人空幻的形象也不属于
梦想和现实。当一支黄铜号角又吹响
收拾了时间和时间的凡俗,译经人也许
从廊下到星下,踽踽独行于细小的
林间路。他会在某座砖塔下歇息
一无所思,不在乎他是否
已经是尘土或吹来的一阵风

2000

——选自柏桦主编《夜航船:江南七家诗选》,
上海文艺出版社 2007 年 8 月版

蟾　　蜍

远离监控般远离诗人的井底生涯
这癞蛤蟆，坐上显现出行星弧度的
大地头盖骨，更向往虚空里

金色的自由。而自由是不自由
自由的幻想性，牵扯于
行星的被迫运转：向心力沦入

命运之黑暗。那未必不同于井底黑暗
黑暗中诗人书写过黑暗
……黑暗中诗人，化身为他在

时代意识里洞见的黑暗：一副嗓子
一只癞蛤蟆，一个终于披挂上金色
飞升到高寒境地的蛙神

啊蟾蜍，却又被良夜映回了
幽深的井底。当诗人吟咏
当玻璃井栏边扮演妃子的广告女郎是

新一代嫦娥，月亮和月亮中
阴影的自由，监控般为事物

提供照耀，如同电视剧，为打发

日常黑暗而去扮演了黑暗的日常
它必然要给予你阴影幻想
那金色的，那自由/不自由

那跳离头盖骨意外住进了
嫦娥子宫的癞蛤蟆诗人
虚空里——不仅蹲坐着一个向往

2001

——选自《特区文学》2005 年第 6 期

全　装　修（写给波波）

> 诗是这首诗的主题
> ——W·史蒂文斯《弹蓝吉他的人》

1

来自月全食之夜的沙漠
那个色目人驱策忽必烈
一匹为征服加速的追风马

他的头盔显然更急切

顶一篷红缨,要超越马头
他的脊椎几乎弯成弓

被要求斜对着傍晚的水景
上足了釉彩的锁子甲闪烁
提醒记忆,他曾经穿越了

浅睡和深困间反复映照的
火焰山之梦,他当胸涂沫
水银的护心镜,把落日之光

折射,如箭镞,从镶嵌在
卫生间墙上这片瓷砖的
装饰图案里,弹出舌尖去舔

去舔破——客厅里那个人
却正以更为夸张的霓虹腰身
将脑袋顶入液晶显示屏

2

一个逊于现实之魔幻的
魔幻世界是他的现实
来自月全食之夜的沙漠

在帝国时代里,他的赤裸
被几个无眠黄袍加身
茅庐变城邦……一枚银币

往返于海盗和温州炒房团
之间的无间道——重又落入他
抽离内裤,赶紧去一掬虚无的

手中之时,那个人已经用
追风马忽必烈装潢了赤裸
锁子甲闪烁,高挂于卫生间

浴缸的弧度则顺从着腰身
而一抹霓虹斜跨人工湖
没于灯海,令夜色成

夜色笼罩小区
　　　　　　令一番心血
不会以毛坯的名义挂牌

3

这情形相当于一首翻译诗
遛着小狗忽必烈的那个人
将一头短发染成了金色

他如何能设想他被设想着
脑袋退出了电脑虚拟的
包月制现实,并且用赤裸投身

超现实,镶嵌进卫生间墙上
这片瓷砖画装修的悠远
披上浴袍像披上锁子甲,凭窗

望星空,构思又一种
魔幻记忆——他曾经穿越了
浅睡和深困间反复映照的

火焰山之梦?或许他只不过
自小区水景和不锈钢假山
择路返回。这情形相当于一首

翻译诗:它来自沙漠的
月全食之夜,不免对自己说
——天哪,我这是在哪儿

——选自《作家》2007年第10期

陈　建　华

厨房系列

I

又一支倒竖的烟轻燃慢烧某个垂死的午后
烟不屑吸，在柔长的指间挑衅视线的距离
眼屎泛溢，从墓地归来又钻入一室的阴湿

泼翻淫乱的画面，手指麻木是少血的征兆
黑色的记忆网膜给画出蒙德里安的方格子
大小不一的前庭后宫，和长寿短命的帝国

生命的依恋危悬于天地人文间，前后茫茫
想起儿时的玩偶断了颈丝，眼睛吻住胸脯
唯一值得讴歌的，譬如欲望，也渐去渐远

啊女人，我在灵肉不羁的岸边徜徉而哀吟
袅袅的哀音如投影，在我夜梦的长亭衰楼
你不止是一个符号啊，女人，女人啊女人

不得不在身首离异的岁月间收割我的字句
黑底的绣枕上，镶嵌你的齿贝、红的鱼纹
和铅钮。再点燃一支烟，扬起情欲的死灰

II

别弃我而去,既然给安置了一座美的坟墓
可是你从此消逝,慷慨地留下发钗的许诺
一根别针挑破纸糊的心,我明白我的沉溺

灯烛辉煌的长梦里,爬进蒙德里安的方格
腐败已久的宫室和回廊,寻找你长眠之处
轻声点,让我们提携明天,去秋水蓝雨中

别指望我飞升。我的美人,同我一起沉沦!
多少空梦的期待,我的字句跌入肉的泥淖
挣扎,别指望在崇高和卑琐之交升起莲花

欲望的双翅愈沉甸,频频回首乱坟与废墟
踯躅在汉宫魏阙的字里行间,低回又长啸
我们的过去何在?美人啊落花奈何长恨天

燃烛壁上的画面,在我黑金的行宫里招魂
重现灿烂的淫乱吧,痴迷和狂欢作探戈舞
亚多、洛特瑞蒙,加入我吧,有美人见证!

III

只为你一句银样蜡枪的戏言,我阉割至今
生活在腐宫里,为一个奇迹的承诺而苟活
声声祈愿,总有一天你的坟墓会升起血柱

是那一回美好的秋阳,放射出醉露的光芒

我赤裸狂奔，向蒹葭苍苍的彼岸抛掷童心
试着再一次朝你走近，你愈益龟缩而胆怯

雨中锈蚀的长矛，横陈在我干涸的船体上
逆驶时光之旅，倾听波浪激起每一片桨声
捏碎脆弱的杯子，感受每一片情忏的刺痛

我已经悔过，别再称我作诗人，我的美人
柔情似叶，蚁梦如故，为什么风雪夜不归
别诅咒我的绣枕，其中仍搬演幻爱的戏剧

阳光上荡漾，你的娇态如掬，睡在我怀里
不说是，也不说不是，我们之间咫尺天涯
尽管我换了长矛，戳破的是一个纸的窟窿

Ⅳ

一手在墙边垂下，把断线的字珠撒满一地
欲望嗫嚅着，受伤的豹犹斗于语言的牢笼
烛光摇曳洞穴的幻影，笙歌沸天兮夜未央

一个妆盒久埋深海，渗出幽古粉红的记忆
我辛苦勘探，为每一件玉梳和每一枚铜镜
登记谱牒，洗出昔日三嫔六妃的绝代天骄

那个早晨，阳光把臀部撅起，煎熟了鸡蛋
云中隆隆彻响，冉冉驶过上下求索的虬龙
我在床边突发悲叹，"她们不合我的气息！"

一块染着腥红的素帕,处子和肺病的见证
昨夜偷情未了,一切留待现代伤感的素材
隔着屏风向她告别,她风姿绰约依依如昔

如今我跑来海上,在流徙中追寻新的叙事
有一个白头宫女被通缉,那一年国破城亡
她逃离深宫,剑囊里藏着一颗君王的头颅

V

撒开捕鱼的记忆,贸然跨上一只断翅的船
行在小山重叠的浅水湾,凭吊香草美人
披挂绣甲银钩之词,命定走向情场的废墟

橱窗里香草美人的花露水贴上怀旧的商标
花果飘零的悲叹扬起一片自信自恋的羽毛
惯于诅咒的大神,为什么迟迟不起我的锚?

你若怜我惜我,为什么一脸酷相欲言而止?
我还凭恃什么,头顶上,一轮明月一把刀
背驮着一瘸一拐的想象,走向暮色的风车

你竟然不羞称诗人,我们的时代早已淘空
不必等到发明毒气炉,人肉炸弹和全球化
你心中早该种植诅咒,即使收获罂粟之花

龋龋独行在一片蓝色里,月亮和太阳同房
我也困了,卷起地平线,卷起了满天皱纹
忘了插进哪一个口袋,缺一支剔剩的牙签

VI

沉没在我的深黑里,细数欲望如泣的念珠
看不见你,你倚在苍穹的天门下唱阿依达
但我能描述,我说,你对红颜如寄的咏叹

天门的拱顶,笼罩在虹色里,辉煌且透明
映衬你背影的线条,披肩如飘,长裙垂地
下沉的我离你愈远,我仍然听得见,我说

爬下山腰如带的基地,探寻我熟稔的碑铭
放一束香草在小坟,埋着死去已久的牙齿
又买下跌价的空墓,寄存远洋漂来的故事

常常坐忘在地室里,不管现代风朝哪儿吹
在一家狄更司的古玩店,辨认四周的霉味
不同朝代的兴衰和荣辱,和你永恒的悲叹

难得换来宁静如此,小草挺起鱼肚的曙色
手指从心痛的地层抽出,不经意掸落烟蒂
点燃海面,引烧陈年的油脂,火舌如蛇蝎

VII

靠听来的搬演戏文,都不如我梦中的母亲
永远不会衰老,记忆的底片有最美的一瞬
快乐些,别让母亲伤心,是她赐予我的梦

这个世上只有她,称赞我不含嫉妒,打我

没有仇恨，自从用那根文明的藤条打了我
（像拍枕头套），从此我懂得痛楚懂得爱恨

曾做过黄粱梦，唱爹亲娘亲不如毛主席亲
我从来没向妈忏悔，即使她真的听我唱过
但我做更多的美梦，没有悔恨和谎骗的梦

我曾胀破了头，猜她是哪个部位送我出世
直到有一天看着她脸红，红到了耳根脖子
于是常常做桃色的梦，从鼓胀的油泵溢出

那回真的梦见了桃子，铺满了感官的世界
仿佛欧姬芙的画，花蕊中吐出粉红的肉蒂
我小心的描画着曲线，在幼时的美工课上

VIII

楼下邻居跟我说，昨夜楼上有人整夜的哭
哭声摇动了整座房子，恐怕该让房东知道？
不会是我吧，我怎会哭？不过干号了几声

捶打龟裂已久的胸膛，爱的河床早已干涸
积淀着伤痛结成的血块，风化里又结成痂
我们走到一起，为这同声一哭，背对着背

再也回不去了，在我俩黑白相错的棋盘上
我的欲念和你的理念，不知谁在背后牵线
二十年朝夕相处，却换来各自的老境凄凉

往事如烟，尘世如网，不过中年别读老杜
悲怆如大道，我不得不走。这世界没眼泪
我不写哭诗，依旧见月伤感，成不了诗人

那些大牌诗人，三闾大夫领头，老杜小杜
还有三李他们，在地下向艾略特集体忏悔
中国诗人再也不哭鼻子，哪怕诺贝尔落选

IX

长歌挽起你湘裙的烟水，奔来找熟稔的我
找三十年前的故我，叩击马蹄得得的回廊
我已经远去他乡。我不是不爱你，我起誓

在异乡播种眼泪也收获欢笑，为新的叙述
打铸迷思之镜，我常常想起我们曾经爱过
我爱你，你从来不问我从哪里来到哪里去

你爱我，不知我是谁，想知道，却不能够
我是五更鸦，午夜一炷香，黄昏的一尾鱼
人散时游在冷滩。我是一只刚煮熟的鹧鸪

伦敦酒楼卖二十八块，跑过深圳二十二块
吃剩了头不改尖嘴的本性，钻出我的肚脐
睁一只眼又死在黎明，太阳端上大碗面汤

我曾在大洋彼岸唱我们的歌，那一首悲歌
走了音调永远不会重复。钢琴已沉入海底
拒绝那个好的故事，忘了我的手搁在梦边

X

计数孩提的往昔,迷醉每一节命运的流程
你抒情的歌音袅袅飘来,撩起阳光的裙衩
我倾听,小手踮脚攀上了雨窗,琴键叮咚

我长大了,穿越重重的宫墙和金锁的廊柱
怕真的遇上你,是怕我自己生活在幽闭里
悄步在红楼西厢之间,偷窥你羚羊的胸兜

别控告我的真实,我啊我的,多不好意思
三十年蹉跎岁月,剩几多黑山白发的镜框
镜框里有抒情中国,有我的几多长哭如斯

照见我逶迤委顿在伤心玉米地,不含羞愧
低吟儿时的小调,仿佛走在家乡的屏风里
一手错搭在地平线上,遮不住内脏的隐痛

那天牛羊下来,和你邂逅,我说我走累了
你唰地抖开了大黑披风,腰系黄昏的头颅
乌压压延伸荒山野林,点亮一颗苹果的灯

10/12/2002

——选自《乱世萨克斯风》,花城出版社 2009 年 4 月版

陈先发

前世

要逃,就干脆逃到蝴蝶的体内去
不必再咬着牙,打翻父母的阴谋和药汁
不必等到血都吐尽了。
要为敌,就干脆与整个人类为敌。
他哗地一下脱掉了蘸墨的青袍
脱掉了一层皮
脱掉了内心朝飞暮卷的长亭短亭。
脱掉了云和水
这情节确实令人震悚:他如此轻易地
又脱掉了自己的骨头!
我无限眷恋的最后一幕是:他们纵身一跃
在枝头等了亿年的蝴蝶浑身一颤
暗叫道:来了!
这一夜明月低于屋檐
碧溪潮生两岸

只有一句尚未忘记
她忍住百感交集的泪水
把左翅朝下压了压,往前一伸
说:梁兄,谢了
请了……

2004. 6. 2

——选自《诗刊》2005年第10期

丹　青　见

桤木，白松，榆树和水杉，高于接骨木，紫荆
铁皮桂和香樟。湖水被秋天挽着向上，针叶林高于
阔叶林，野杜仲高于乱蓬蓬的剑麻。如果
湖水暗涨，柞木将高于紫檀。鸟鸣，一声接一声地
溶化着。蛇的舌头如受电击
她从锁眼中窥见的桦树
高于从旋转着的玻璃中，窥见的桦树
死人眼中的桦树，高于生者眼中的桦树
将被制成棺木的桦树，高于被制成提琴的桦树

2004. 10

——选自《黄河文学》2005 年 05 期

鱼　篓　令

那几只小鱼儿，死了么？去年夏天在色曲
雪山融解的溪水中，红色的身子一动不动。
我俯身向下，轻唤："小翠，悟空！"他们墨绿的心脏
几近透明地猛跳了两下。哦，这宇宙核心的寂静。
如果顺流，经炉霍县，道孚县，在瓦多乡境内

遇上雅砻江，再经德巫，木里，盐源，拐个大弯
在攀枝花附近汇入长江。他们的红色将消失。
如果逆流，经色达，泥朵，从达日县直接跃进黄河
中间阻隔的巴颜喀拉群峰，需要飞越
夏日浓阴将掩护这场秘密的飞行。如果向下
穿过淤泥中的清朝，明朝，抵达沙砾下的唐宋
再向下，只能举着骨头加速，过魏晋，汉和秦
回到赤裸裸哭泣着的半坡之顶。向下吧，鱼儿
悲悯的方向总是垂直向下。我坐在十七楼的阳台上
闷头饮酒，不时起身，揪心着千里之外的
这场死活，对住在隔壁的刽子手却浑然不知。

2004 年 11 月

——选自许德民主编《复旦诗派诗人诗集》，
复旦大学出版社 2005 年 9 月版

伤　别　赋

我多么渴望不规则的轮回
早点到来，我那些栖居在鹳鸟体内
蟾蜍体内、鱼的体内、松柏体内的兄弟姐妹
重聚在一起
大家不言不语，都很疲倦
消瘦颊骨上，披挂着不息的雨水

2005 年 4 月

——选自许德民主编《复旦诗派诗人诗集》，
复旦大学出版社 2005 年 9 月版

陈 义 芝

仰 光

宝伞悬垂无一丝丝风
金铃也静默。日午
仍有僧侣赤足石板地
绕塔走动如一粒
褐色的念珠

三百二十六呎凌空
大金塔，赤炎炎像着了火
我仰首 Shwedagon[①]
眼中有汗，心中是
嗡嗡眩骇的光

穿透东西南北方炉烟
一缕缕，穿透绿树枝
菩提，一叶叶飘落
太阳摇晃散乱的发丝
在地面

尽管菩萨的遗骸已化成舍利

---

① 缅甸仰光市大金塔，原名 Shwedagon Pagoda。

迦蓝的园林人间遍布
但四野总是蝇蝇嗡嗡
成群的乌鸦飞上，飞下
在头顶上喊：要

我盘腿独坐树下
默诵经文如访迷宫
日光左移三吋心也游移三吋
只听得啾啾的林鸟
发出一声声单音

一百零八双僧促踏过云毡向前
佛陀，是祢引领的路吗
黄狗在吐气苍蝇在踮脚
垂眉俯瞰的是
庙宇的香火还是困苦的众生

如我，恒在祢眼中修行
在祢脚下跪拜
在 Shwedagon 的光罩下
默想无常。无人流泪
这里早已流尽眼泪

莲花茉莉香蕉花都在托钵
碧得昂，注定是佛供树
二千五百年金塔一瞬可成灰
何谓辉煌？当日光隐入层云
骤雨即将降下

——选自《新地文学》（台）2007 年第 1 期

陈 忠 村

河中的蝌蚪是我的至亲

我已经安家在城市里
把小区的名字改叫"孙庄"苑
心里装着故乡行走
小麦开花　玉米结籽

如果我错了　请允许改正
透过窗外的闪光我看到镰刀生锈
春耕的牛在田头突然停下
村里发生的事情细节看不清楚

如果我没错　窗外的春雨请快降下
那即将断流河中的蝌蚪是我的至亲

2009．3．21

——选自时东兵、陈忠村著《两腺：时东兵、陈忠村诗歌自选集》，
上海文艺出版社 2010 年 3 月版

深夜。我对着蚌埠的方向沉默

今晚,我酒后想起在蚌埠的妻子
她在给我喂水　捶背
温柔的拳头把我催入梦乡
醒来。躺在的上海是别人的

奔波让我们没有足够的时间相聚
思念在我身上解释为有伴无侣
妻子,歌唱我们的相爱吧
真正的爱情是长跑运动
奔跑着才是真正的幸福

深夜。我对着蚌埠的方向沉默
窗外升起的星星在发出祝福的光

2010. 5. 8

——选自许强、罗德远、陈忠村主编《2009～2010中国打工诗歌精选》,上海文艺出版社2010年5月版

成　　路

雪，火焰以外

散漫的天空行走着雪

女子喷出热浪的小嘴、红披肩
和树林。准确地说，一群站立着的薪柴
引伸着铁钻和木头

靠在大地上的一双脚掌
努力地把雪往实踏，但脚窝泛起了水
湮没冬至

——选自《雪、火焰以外》，宁夏人民出版社 2005 年版

安塞腰鼓

牛活了，从洪荒的大水里复活
携带着鹰扑向太阳时遗落的血海复活。

罡起的黄土　和金质的声音是牛的灵魂群

祭奠对垒的士兵　或者劳动的背影

嗨，嗨，打击鼓面的安塞处子是神的精灵
破了天　破了地　旋动了日头。

闭住眼睛，
耳朵，足够在雷鸣的轰隆中扶起轩辕氏的犁柄

——选自《雪、火焰以外》，宁夏人民出版社 2005 年版

池 凌 云

一个人劈开雨丝

一个人从雨中冲出来
从后面的雨赶到前边的雨中来,
飞快的速度像是为了毁灭。
他一路高歌,高亢的声音就像恸哭
他是否要赶到最前边的雨中
让燃烧的嘴唇冷下来?

这个早晨与平时没有什么不同
炊烟依然绕过细枝的杏树,
一个人用脑袋劈开雨丝
是否想要看看雨中有什么?
他划出一道让人不解的弧线,
像一只锚,企图拖住一艘渐离渐远的船
孤独,却全力以赴。

2006. 5. 18

——选自《池凌云诗选》,长江文艺出版社 2010 年版

六月记忆

这是令人晕眩的月份
我们之中,有苍白的骨头在活动
在毁灭之后继续挣扎
逼迫我们走向空地
等待烈日流出新的血液。

我知道,那是他们的时间
他们每一个人都呼喊过
现在已彻底失声
他们要借我们的嘴说话
要与巨石一起合唱。持续的轰鸣!

到处都是失踪的人
当他们从云朵、道路、草丛中站起
要求一个城市醒来
我不会感到惊奇:他们半途离开
那年夏天,大地多么孤单
对人间的痴情,让人倍感空虚!

2007. 6. 14

——选自《池凌云诗选》,长江文艺出版社 2010 年版

寂静制造了风

寂静制造了风,河流在泥土中延续
一个又一个落日哺育灰色的屋宇
它的空洞有着炽烈的过去
在每一个积满尘土的蓄水池
有黎明前的长叹和平息之后的火焰
我开口,却已没有歌谣
初春的明镜,早已碎在揉皱的地图上
如果我还能低声歌唱
是因为确信烟尘也能永恒,愁苦的面容
感到被死亡珍惜的拥抱。

2009. 2. 23

——选自《池凌云诗选》,长江文艺出版社 2010 年版 1 月版

玛丽娜在深夜写诗

在孤独中入睡,在寂寞中醒来
上帝知道你是什么样的人,玛丽娜

你从贫穷中汲取,你歌唱
让已经断送掉的一切重新回到椅子上
你把暗红的炭火藏在心里
像一轮对夜色倾身的月亮
可是你知道黑暗是怎么一回事
你的眼睛除了深渊已没有别的
没有魔法师,没有与大海谈心的人
亲爱的,一百年以后依然如此
篝火已经冷却。没有人可以让我们快乐
"人太多了,我感到从未有过的寂寞"
为此我悄悄流泪,在深夜送上问候
除此之外,只有又甘甜又刺痛的漆黑的柏树
只有耀眼的刀尖,那宁静而奔腾的光。

2009. 4. 26

——选自《池凌云诗选》,长江文艺出版社 2010 年 1 月版

从　　容

陌生人进入我的身体

一个陌生人进入我的身体
带着狼的气息

在水晶中
我最爱的陌生人呵
穿越了我的身体

接近狼，是为了
逃避狼群

勇敢的匈奴人的血液
在我的躯体内暗涌
溺爱我的唐明皇
也已死去千年

而我还活着
引领一个陌生人
穿越了身体
被征服的火焰
刺痛了我的眼睛

梦中的陌生人
折断了我的身体

——选自《诗选刊》2009 年第 4 期

春　树

没有想法

不要跟我提什么腥风血雨
我没见过也不相信
滚烫的愁苦从一千年前
的时空
倾倒过来

也许我们是
心心相印
的人啊

不同时代
有对肉体
的不同
折磨

我只觉得此时我的痛苦
和当初他们一样多

2001 年 10 月 2 日

——选自《激情万丈》，中国青年出版社 2005 年 1 月版

在天安门广场等人

天安门广场可真是个
神奇的地方
就是人们打扮得有点土
不管是城里的还是乡下的
我站在栏杆上
顾盼神飞
觉得自己还有那么一点理想
走过去的青年妇女　中年妇女
还有各个省的臭男人们
都纷纷看我
他们是有理由的
这时我看见一个女的走过来
穿粉红色的外套
那外套值不了多少钱
脸很白　粉擦多了
我刚起了嘲笑她的念头
突然觉得她长得有点像我妈
我真的笑不出来了
无论再走过多少人
我都笑不起来了

2001年11月29日

——选自《激情万丈》，中国青年出版社2005年1月版

大　　解

原野上有几个人

原野上有几个人　远远看去
有手指肚那么大　不知在干什么
望不到边的麦田在冬天一片暗绿
有几个人　三个人　是绿中的黑
在其间蠕动

麦田附近没有村庄
这几个人显得孤立　与人群缺少关联
北风吹过他们的时候发出了声响
北风是看不见的风
它从天空经过时　空气在颤动

而那几个人　肯定是固执的人
他们不走　不离开　一直在远处
这是一个事件　在如此空荡的
冬日的麦田上　他们的存在让人担心

2002. 12. 18

——选自《人民文学》2003年第6期

衣　　服

三个胖女人在河边洗衣服
其中两个把脚浸在水里　另一个站起来
抖开衣服晾在石头上

水是清水　河是小河
洗衣服的是些年轻人

几十年前在这里洗衣服的人
已经老了　那时的水
如今不知流到了何处

离河边不远　几个孩子向她们跑去
唉　这些孩子
几年前还呆在肚子里
把母亲穿在身上　又厚又温暖
像穿着一件会走路的衣服

2006.9.13

——选自《人民文学》，2007年第3期

丁　俭

时间的缝隙

在时间的缝隙里，总有一场好戏
譬如黄昏。我将看到
无数个时间的结合，把自己变成
一棵古树，斑驳陆离

只是天光的韵律在飘舞
淡然的坐，悠远的躺，如河、如云
宛如一老者，独钓岸边
亦或排遣自己的一副残棋

就在此，时间的风
吹在深深的山谷
我看到那些无名的蝉
张开透明的翼
把一些冷暖的门叩开

在时间的缝隙
我如同穿行在又一个陌生的故里
在浓荫馥香的街区
做了一个陶醉的问路人

——选自《骆驼爱玫瑰》，山东画报出版社 2010 年 10 月版

草起草落

我们一直在草起草落中生存
我们诞生在草地,用草擦干脐带的血
我们吃草,生病的时候也吃草
我们住草棚,草帮助我们呼吸空气
我们恋爱于草地
青草的香味激发了我们的情欲

我们的力量在草堆的翻滚中壮大
我们呐喊于草场,驰骋于草的疆土
我们又做着草的生长旺盛的实验
我们看到几千年的水在草的经络中流过
而草的根系在时间的土壤里蔓延

草又生长于我们身体
满身遍野生长于我们皮肤的每一个沟壑
我们浇灌了我们身体的每一棵草
我们不怕火
草的青绿指引着月光的沐浴
阳光下,爷爷在庭园浇草
孩子们在草地上绽放了笑容
爷爷的眼前是一片苍苍莽莽的草地
有牛马羊群的叫声,他们知道草的委屈

但光环始终在草地上产生
墓碑树立在草地
一个草莽时代又一次诞生

——选自《骆驼爱玫瑰》,山东画报出版社 2010 年 10 月版

成　　熟

蒙一层绿纱在窗上
小层盈着铜锈的光

——选自《骆驼爱玫瑰》,山东画报出版社 2010 年 10 月版

东 荡 子

喧嚣为何停止

喧嚣为何停止,听不见异样的声音
冬天不来,雪花照样堆积,一层一层
山水无痕,万物寂静
该不是圣者已诞生

2008 - 07 - 16 九雨楼

——选自江湖海主编《珠三角诗人诗选》,九州出版社 2010 年 8 月版

宣读你内心那最后一页

该降临的会如期到来
花朵充分开放,种子落泥生根
多少颜色,都陶醉其中。你不必退缩
你追逐过,和我阿斯加同样的青春

写在纸上的,必从心里流出

放在心上的,请在睡眠时取下
一个人的一生将在他人那里重现
你呀,和我阿斯加走进了同一片树林

趁河边的树叶还没有闪亮
洪水还没有袭击我阿斯加的村庄
宣读你内心那最后一页
失败者举起酒杯,和胜利的喜悦一样

2008-07-02 九雨楼

——选自江湖海主编《珠三角诗人诗选》,九州出版社 2010 年 8 月版

高居于血液之上

你看见他仍然观望,甚至乞求
面对空无一物,
但已使他的血管流干,那精心描述的宇宙
你称他为:最后一个流离失所的人

他还要将就近的土地抛弃
不在这里收住脚步,忍受饥肠辘辘
把种子在夜里埋下
然后收获,偿还,连同他自己的身体

他还要继续颠沛,伸手,与灵魂同在
高居于血液之上
可你不能告诉我,他还会转身,咳嗽
或家国永无,却匿迹于盛大

2008-07-09 九雨楼

——选自《阿斯加》,中国戏剧出版社 2010 年 12 月版

杜　　涯

秋天的银杏树

它的辉煌是世界的旗帜
它的明亮是地上的灯光
它的金黄的落叶、闪光的树干
是秋天的风、摇动、爱情、星光

我看到北国的银杏树
在平地，在不远的坡冈
我说我不想再歌唱
我说我不想再醒来
我不愿再盛开，只想凋谢
我说银杏树请你带我从此时此地离开

我已丧失太多——而银杏树绚烂、辉煌
仿佛是世界的灯光
不要告诉我有一条河流已经远去
不要告诉我有一种声音已经消散
不要告诉我有一种光辉已从世界上消失

银杏树，我看到它伫立在秋天的坡冈
宁静、灿烂、摇动、辉煌
秋天的银杏树——

……爱情、故乡、阳光、喧响
我的北国的命运和思想

2001. 10. 28

——选自《诗刊》2002年19期

远　　行

小时候，父亲带我出门远行
他牵着我的手，我们走在
旷野上，春天的寒风
在旷野上游荡
紧跟着父亲，我指指远方：
"远处一团黑的是什么地方？"
"是村庄。"
"为什么一团黑？"
"因为有树……"
"大，我们去哪儿？"
"去更远处。"

更远处，遥远，神秘，无限苍凉
却又透着迷蒙的温暖
仿佛是另一个家园
我望着那里，不再说话
我们一大一小，两个人影

孤独地走在旷野上
父亲低头看看，忽然拽紧了我
在那一年，父亲拽紧了我
像拽紧一件小衣服
像拽紧一棵就要被风吹走的
小树苗

然而，父亲，他不会知道
就在那一年，我的童年
开始加速前行——
向着未知，黑暗
向着遥远、神秘和无限

2004. 8. 21

——选自《杜涯诗选》，花城出版社2008年4月版

空　　旷

记得在过去的岁月，正月里
我总是一个人去到城外的田野，只因
无法融入满城的欢乐，新年的人群
是的，我承认，我是个黯淡的人
心里没有光明，也不能给别人
带去温暖，或光亮，像冬夜的烛光
我总是踽踽独行，怀着灰暗的思想
在落雪的日子里穿过郊外的雪原
在正月里去到阒无人迹的田野

那时没有候鸟，树木也都还没有开花
只有初绿的麦苗，和晴朗的天空
一整天，我都会坐在田野上
听着远处村庄里传来的隐隐狗吠、人声
听着来自蔚蓝天堂的隐秘声音
听着风从田野上阵阵刮过
吹过世代的寂静

现在仍是这样：二月已轰轰烈烈
翻过了山冈，春天的大路上走着新人
春天的河堤上刮过薄尘，柳树摇荡
在眼前，在远方，城镇开始了新生活
新的秩序排列人间的日夜
生活，它近在身旁，却又远隔千里
每日，我只是坐在窗前
看着地上的树木和淡白阳光
远处的河沿上不时走过一个或两个人
一阵尘烟过后，一切又归于沉寂
让人想起一些逝去的春天岁月
时间的长河带走了爱、温暖、欢乐
是的，每日，我穿过寂静的园子
心中怀着旧伤、彷徨、对旧日时光的留恋
听见风从头顶的树木上呼呼吹过
听见四周树木的微微摇动
几片去年的枯叶擦过树干，掉落地上
发出了春天惟一的声响

2006. 2. 15

——选自王光明《2006中国诗歌年选》，花城出版社2006年12月版

多　　多

诺　　言

我爱，我爱我的影子
是一只鹦鹉，我爱吃
它爱吃的，我爱给你我没有的
我爱问：你还爱我吗
我爱你的耳廓，它爱听：我爱冒险

我爱动静的房屋邀我们躺下作它的顶
我爱侧卧，为一条直线留下投影
为一个丰满的身体留下一串小村庄
我要让离你的唇最近的那颗痣
知道，这就是我的诺言

我爱我梦中的智力是个满怀野心的新郎
我爱吃生肉，直视地狱
恒我还是爱在你怀里偷偷拉动小提琴
我爱早早熄灭灯，等待
你的身体再次照亮这房间

我爱我睡去时，枕上全是李子
醒来时，李子回到枝头
我爱整夜波涛吸引前甲板

我爱喊:你会归来

我爱如此折磨港口,折磨词语

我爱在桌前控制自己

我爱把手插入大海

我爱我的五指同时张开

紧紧抓住麦田的边缘

我爱我的五指仍是你的五个男友

我爱回忆是一种生活,少

但比一个女人向我走来时

漏掉的还要多,就像三十年前

夕光中,街道上,背着琴匣的姑娘

仍在无端地向我微笑

我就更爱我们仍是一对鱼类

等待谁把我们再次发射出去

我爱在大海深处与你汇合,你

是我的,只是我的,我

还是爱这么说,这么唱我的诺言——

——选自欧阳主编《诗屋:二〇〇七年度诗选》,
珠海出版社 2008 年 6 月版

弗米尔的光

按禅境的比例，一架小秤
秤着光线中的尘埃
以及尘埃中意义过重的重量

粒粒细小的珍珠，经
金色瞳仁姑娘的触摸
带来更为细小的光亮

以此提炼数，教数
学会歌——至多晚，至多久
抵达弗米尔的光

从未言说，因此是至美

2004 年

——选自《诗歌月刊》2007 年第 6 期

白 沙 门

台球桌对着残破的雕像,无人
巨型渔网架在断墙上,无人
自行车锁在石柱上,无人
柱上的天使已被射倒三个,无人
柏油大海很快涌到这里,无人
沙滩上还有一匹马,但是无人
你站到那里就被多了出来,无人
无人,无人把看守当家园——

2005 年

——选自沉河编选《黄鹤楼诗会 2010·本草集》,
长江文艺出版社 2010 年 1 月版

一 致

我们坐着我们并排坐着
我们像没有腿似的坐着
我们与时间是一致的

坐椅在六十年内没有改变个性
没有那样的机会
永远没有

"而我们要改变这个语言!"
说完,牙齿就忽然折断
又一起沉默了七十年

类似储藏室中排列的陶罐
罐上的灰土是时间的另一种语言
已存在过上千年。

——选自《诗歌月刊》2006 年第 2 期

朵　渔

野　榛　果

在越省公路的背后，榛子丛中
我双手环抱　她薄薄的胸脯
一阵颤抖，篮子扔回地上
野榛果，像她的小乳房
纷纷滚落

她毛发稀少，水分充足
像刚刚钻出草坪的蘑菇
我将软软的阴茎放在她的腿间
她诡秘地笑，四周花香寂静

在采榛子的年龄　我们都乐于尝试
这小兽般的冲动　而快感却像
地上的干果　滚来滚去
坚硬但不可把握

——选自杨克主编《2001中国新诗年鉴》，
海风出版社2002年11月版

日　全　食

医生走后，我决定爬起来
多日以来的肠炎，让我虚弱不堪
庭院清凉，穿过槐花的光线
像一阵小雨落下
一群鸡雏在柴草间追逐
几乎全部的家畜都出门了
只有我父亲　赤裸着上身
在院子里挖土，一趟趟地
往田里运肥
汗水掉到粪堆里，焦躁挂在嘴角
和他面对，真是一种罪过。
他不行了　白发覆盖了他，
不再似当年　连夜往安徽贩大米，
把发情的小母牛　按倒在田埂上。
他将铁锨扔向井台
拉开了栅栏门，在他身后
是一大片的田野和极少数的鸟群
整个村庄都保持着沉默
只有很小的阴影跟着他
那是谁投下的目光呢？

我抬头望天

一轮黑太阳,清脆、锋利,

逼迫我流下泪水

——选自《草地》2001 年 Z1 期

今夜,写诗是轻浮的……
　　——写于持续震撼中的 5.12 大地震

今夜,大地轻摇,石头

离开了山坡,莽原敞开了伤口……

半个亚洲眩晕,半个亚洲

找不到悲哀的理由

想想,太轻浮了,这一切

在一张西部地图前,上海

是轻浮的,在伟大的废墟旁

论功行赏的将军

是轻浮的,还有哽咽的县长

机械是轻浮的,面对那自坟墓中

伸出的小手,水泥,水泥是轻浮的

赤裸的水泥,掩盖了她美丽的脸

啊,轻浮……请不要在他的头上

动土,不要在她的骨头上钉钉子

不要用他的书包盛碎片！不要
把她美丽的脚踝截下！！
请将他的断臂还给他，将他的父母
还给他，请将她的孩子还给她，还有
她的羞涩……请掏空她耳中的雨水
让她安静地离去……
丢弃的器官是轻浮的，有那大地上的
苍蝇，墓边的哭泣是轻浮的，包括
因悲伤而激发的善意，想想
当房间变成了安静的墓场，哭声
是多么的轻贱！
电视上的抒情是轻浮的，当一具尸体
一万具尸体，在屏幕前
我的眼泪是轻浮的，你的罪过是轻浮的
主持人是轻浮的，宣传部是轻浮的
将坏事变成好事的官员
是轻浮的！啊，轻浮，轻浮的医院
轻浮的祖母，轻浮的
正在分娩的孕妇，轻浮的
护士小姐手中的花
三十层的高楼，轻浮如薄云
悲伤的好人，轻浮如杜甫
今夜，我必定也是
轻浮的，当我写下
悲伤、眼泪、尸体、血，却写不出
巨石、大地、团结和暴怒！

当我写下语言,却写不出深深的沉默。

今夜,人类的沉痛里

有轻浮的泪,悲哀中有轻浮的甜

今夜,天下写诗的人是轻浮的

轻浮如刽子手,

轻浮如刀笔吏。

2008.5.12 夜草,13 日改,14 日改,15 日改

——选自《诗歌与人:5·12 汶川地震诗歌专号》,2008 年 5 月刊

方　　明

我看见岁月飞逝

　　我看见岁月飞逝，曩昔在绿意的凉亭里释辩古籍十家的精髓或从唐宋雅丽的诗词中展读风骨的心灵，如今只让四处流窜的针孔摄影机搁浅在欲念膨胀的躯壳。所谓内在美德只是体内环保排毒抽脂，而灵性的修为则被媒体煽动吹嘘的星相"达人"乩舞，或将无法释怀的宿命递交给辉煌富丽的庙堂，让镶嵌金装的满天神佛聚拢缥缈的福气，以及寄居在喧哗夜市的塔罗牌地摊之抚慰也同样有效

　　我看见岁月飞逝，记忆里敛藏忐忑期待挚爱的信笺，竟被矫健孳生的网路无情噬吞，连在同一屋檐下的亲情对话，亦要透过邮电通关密码才能取暖而世事家事心事偶有被活跃病毒疏离得更羸弱而所有的关怀与轻蔑亦只能在冷酸的键盘上流动

　　我看见岁月飞逝，无法羁系的青春一滩滩流失，我们每天剥落一点纯真来换取伪装的笑容，并开始使用过滤的语汇与众生建立各种虚实的关系。这只沦为一场沾沾自喜的演出，最后发觉不管是宠爱或挑衅同样埋葬在被遗忘的墟堆里，并不再有任何狂热或忧伤

——选自《联合报》（台）2007年4月16日

方　群

隐　名　诗
　　——戏题中生代诗人十三家

风声萧萧，你
向着阳光奔跑
陈旧的黎明仍反复逆袭
搜寻残存的苍白灵魂

席卷而来的羡慕眼光如芙蓉开落
带不走的行李引起某种敏感的勇气
我郑重睁开炯炯然的明眸
杜绝十年来三心二意的想法

陈年的奥义如灵芝隐匿
苏铁微笑着介绍相连的风景
罗列青衫的年少过往
渡江之后，也只剩
吴晟带回家的那把锄头

——选自《中央日报》（台）2005年8月25日

冯　　晏

深　　处

弃掉的还会回来，我对自己
经常说了不算。回来时
想得到更多些，如果不是玫瑰上的刺
我要的瞬间，有时需要好几年
不像草坚韧于每年的伤害
秋，金色烂漫之中暗藏清愁
像我，表面若无其事
暗处却与诗歌结拜为忧郁的姐妹

——选自《纷繁的秩序》，重庆大学出版社 2009 年 12 月版

静　　中

屋子越来越小，像一条
要被撑破的麻袋。不同的是
我在袋子里并不感到委屈
和越来越多的书挤在一起
变为终极指望，并要赶在消失之前

把书中细小如尘的文字
一个一个擦亮。花开，从不惊动
世界，好像物语开放在路旁

——选自《纷繁的秩序》，重庆大学出版社 2009 年 12 月版

深　　居

我的许多朋友都过着幽深的生活
他们用书的镜子照自己的躯体或者骨头
在浮华的事物或肤浅的娱乐中，他们
永远是躲起来的人，就像地图上
不可逾越的粗线或者细线
把世界越分越窄。我也是，无论胖了
或者瘦了，都不影响成为时间的剪影
在逆光中了解事物，边缘越来越接近真理

——选自《纷繁的秩序》，重庆大学出版社 2009 年 12 月版

耿 林 莽

荆楚诗魂

> 两岸猿声啼不住
> ——李 白

雪粒在船舷边聚积:纤细的手指的敲击?冰冻的泪水的凝固?还是荆楚诗魂在呻吟,呼唤?
(涪陵古城,老铁匠炉膛内火已暗去,手握冷冷锤柄,火星化作雪粒飘失……)

李白的轻舟载走了古代的欢娱,只留下猿在两岸的啼鸣。
当洪水猛地袭来时,猿声也听不见了。

归州的男儿裸身而行,江岸上,苦难的背负蜷成一种弧度,纤夫们烙下的脚印,是历史的铭刻,江水冲不尽。

船在西陵峡口停泊,雪下得正猛,
想听听编钟传唱昔日的楚歌。
(谁捧着一只碎了的陶罐款款而行,烛光照亮了夜的铁壁)
看不见屈子的衣冠。

屈原祠也寻不见了。规模移民,文物搬迁,遗址颠覆。
神话的洞口黎明时关闭。
荆楚诗魂,江水中沉溺。

高丘无女

> 哀高丘之无女
> ——屈　原

何处是那高丘？离天咫尺近。
云雾之中，渺不可及的崖壁柔软，窈窕中树影婆娑。
谁见过那神女？顾盼间不过是流星一掠。
丝竹之声总在耳际，月色迷离。当你倾听，它已消失。
蓊蓊郁郁的高树繁枝，遮住了她的前额。

云哦雨哦雾哦，一万年萦绕不休。
直到那人声鼎沸的日子，机器轰鸣；直到那抛石激水之声惊飞了岸边的鸭鸥；直到那一声惊雷，电闪之光亮彻宇宙。
神女安在？

人类最早的叹息，听不见了。
鸟的啼鸣，虫的吟叫，猿的呼啸，听不见了。

洞口的黄桷树叶已经落光，鸟巢倾覆。
伐木者僵立如一截朽木。
"天问"无以答对，"九歌"哑然失语。
大水漫过来了，大水漫过来了。
（历史在这里闭上了眼睛）

云哦雨哦雾哦，悄然退尽。
高丘无女。

孤城落日

夔府孤城落日斜
——杜　甫

当一段江岸因雾荡而扭曲，痉挛，
那孤城已在爆炸中覆没。
灰烬抖落，夕阳的最后一缕余晖，被染成了褐色。
尘埃翻飞，在《秋兴》的最末一句诗行上落定：
"白头吟望苦低垂"，恰拟这落日的神情。

夔门天险，瞿塘峡的壮景，如一扇墓门虚掩。毁灭的加速度，经电钮轻轻一按，便告完成。
所有的门户都无须关闭，不辞而别的人们无须恋之。回首家园，挥手之间减缩为废墟一片。

白帝城托孤，刘玄德垂泪之地，诸葛亮感慨万端。想起平生弄险的一幕，而今，被困于浩浩江波中的"白帝"，也成了"空城"一座。

青石板上布满炸裂的碎纹，瓦砾遍地。谁家坍塌的墙边，俯卧着枫树的残枝。几片红叶在秋风里抖擞。
落日多情，告别孤城时，留下了凄然的一吻。

——以上选自《绿风》2004年第5期

龚　　璇

对一只飞鸟的悲悯

坐在窗前，对着景物发呆
幻想天上飞过的鸟儿
是一道虹，灿烂又亮丽

而途经的飞鸟
却撞向窗边的屏障
洁净的玻璃上
划过一道深深的脚痕
死亡的意象邃然而生

不经意间，寂寞涌入
桌上盆栽的水草
随我的心疾而摇曳
茶也凉了，又看见杯中的叶
舒展淡淡的忧郁
我只好点燃手中的烟斗
让浓浓的烟雾
圈出一个又一个爱的故事

楼下，有人捧着那只受伤的飞鸟
试探体温的护佑

能否拯救灵魂的苏醒
甚至祈祷
也逼近眷恋的晴空
期盼翅膀复苏飞翔

是的，谁也无法阻止尘埃的凝固
这场生与死的较量
触动意志走出阴影
如何才能放开麦垄的怪圈

而我看到，墙边的草坪上
绿叶的倾诉
越来越温柔
直到阳光普照，残酷的凝血融去
天空的云
当会拥吻归去来兮的飞鸟

是谁，一声长鸣
为你充沛的力量注足营养
重返自由的云天
又会再一次充满甜蜜的遐想

2009.1.30

——选自《或远，或近》，上海文艺出版社 2010 年 6 月版

秋

谁,颠覆着秋季果园的苹果和香梨
让白云投入丰收的天空
撤离蔚蓝色的幕墙

枫叶红了,满园遍野尽染秋色
夹在书页的羞涩早已干枯
并且潜入夜行者的困惑

已到了抒情年代,谁
还在为江山美人所牵制
桃花源,也只是阅读的地理

陋室的墙壁上
处处挂着哲人的名匾
那么,我生活的词典里
会否有酒,醉着又一个秋的幻境

这条路上,成群的人沉溺于肉体和谄媚
受尽折磨,为什么
有些人却把自己藏得更深、更深

待到醒了,晨露已被阳光吸收

风都避让着树林的影子
凉意袭来,便躺在草坪上,
仰视天空,梦想自由飞翔

或许,应该好好爱惜自己
花丛中,一朵鲜艳盛开、一朵含苞待放
一朵行将枯萎
谁更爱择取一种如意的方式
就为抵达石榴树旁
摘取忍了一季的
那颗红透的果实

往南,已看不到山丘
湛蓝的海,拉长清瘦的影子
寺院的钟声也越传越远

2009.3.8

——选自《或远,或近》,上海文艺出版社 2010 年版

龚 学 敏

午门：颂朔

天气就这样定下来了。一双若隐若现的手，穿行在
那些姓氏不同的大地和念想一致的心灵之间。如同云天中的
鹤，和水中汉白玉的鸳鸯。

所有的日子都被整齐地装订在黄色封面的书中。册。
一棵只能用空旷来叙述的大树
坐在楠木抽象的椅子中央，让遍地可以和云一样
行走的草，无法生长出空旷之外。
谁是她们的水。和盛水的器皿，以及一些新鲜的传说。

门，一旦洞开。铺天而来的是朝霞们景象中红色的极致。
其实，城墙上那些冰凉的红，正在浸透，广场的脚印中
那些隐姓埋名的血液。让他们天色一样地寂静下来。
让他们仰望那只透明的鸡，并且，用祖传的鸣叫走动，
步履们，慢且轻地滞留在黄金的钟声里。然后。
一味地消失。
然后，用仅存的一袭身影，一袭来自天际，已经无法分清
天和水的那一抹红，
一动不动，成为影子自己的影子。
直到城门，洞开。
直到广场上铺张的石头，从中可以长出的草，伸进

已是纸一样恍惚和泛白的念想。

然后，用想象的血精心制作的纸，城墙一样开始红了。
然后，用就要凝滞的血打造而成的马车，在无法再远
的远方，开始走动了。
黎明的红，穿过市井小巷卖浆者遍地的名字，霞一样红的
那盏灯了。

就这么，把今后的日子送出去了。让他们一日日认真地活着。
一声咳嗽，被硕大的衣袖，城门一样漫长的洞，
放大成一些雨，一些露，一些抹不去的雷霆。

就这么，把日子捧在了手中。开花的日子就在书中遍种芍药。
娶妻的日子，就让花轿芬芳四邻，然后在，在书隐秘的角落
点上红烛。

……城门合上了。与洞开相反的方向和思考，在一双
若隐若现的手中，开始制作
新的日子。

——选自《延安文学》2010 年第 3 期

太和殿：铜鹤

听见远处水草与水草之间的杀伐声了。所谓的祥云，是一滴黄色

的汁．在羽毛掠过的书中四处弥散。最终覆盖那些声音。

在兵器的铜上缀满吉祥和云，让所有比云还轻浮的宽容，
连同四散开来的言语和水，朝上飞翔。
一种云彩上面用来温暖水的火，与她来世的焰，也要朝上飞翔。

远离她们的水，还有恣意繁衍的草的欲望。一切都将宁静，
然后，归于云。

名字是云做的。是磨砺经久的羽毛，点化之后，悲悯的心境。
永远着一种姿势，仰天长唉时，那枚用所有手艺中唯一可以丝绸
的柔，与夕阳一道，坠落成
草甸中央水草们思绪着的铜。

其实，一棵铜长成的树，在黯然的石阶上，辗转反侧
已经停止了生长。一群绮丽的衣衫，在玉和石的缝隙中
秋天的目光们意义相反的枝，摇曳成遍地的落叶
和铜一样颜色的末途。

有时，就是一枚沉重的叶子，孑然地站在云朵之上
看着雪铺满了大地。看着一块洁白的布
覆盖了他们的声音。并且，成为一朵祥云投在地上，最后的
影子。

——选自《星星》（上半月刊）2009 年第 12 期

太和殿：龙椅

一

是谁在春天鹅黄的门帘内独眠。唯一的楠木已经开出了金子的花朵。
雪的余生，坐在苍凉而平坦的地上，看着闪烁在身上的阳光
一步步地融入，楠天生的孤寂，和那束角落里的阳光，一动不动的
流苏。

最洁净的尘埃，是化过妆的雪。落在木山川依旧的楠身上。
需要用透明，传授一些关于树透明的长势和话语，
需要像刀一样，沁入刀从未体贴过的事物。其实，他们看见了
雪的细微，如同遍地的黄花。还有，看见了水的透明。
和自己脆弱的花瓣。

所有被列入椅科动物的画像中，龙需要终日涂抹。
需要终日捡拾那些零碎的阳光和回忆在传说中已经残破的前世。
需要在黑夜看穿那些入睡的葵花。

二

所有的雍容与华贵，一一来自北方。让他们在梦中已是经年的鸽子
朝北方飞来。北方是一切的水，不约而同的源泉。
是一切的花，根本的朵，无味而且空洞。

面南就是把手指向大海。从水中长出的犄角,被水

一遍遍地吹响。

响成椅子中一马平川的寒风,和迎面而来的冰。一棵裸貌似玉洁的
树,
在冰的名字中,躬身疾行。时光,被话语锋利的刀裁成两半。
一半是雨露。一半
是冰做成的雷霆。

三

可以听见左边的只有鬃毛的马车,在边疆用蹄在草上擦出的火花。
只有这种声音。血染之后,可以盛进锦匣
然后。抵达和京城有着不同发音的河边,熄灭的那火。

可以看见右边舞蹈着的庄稼,一路而来的米,在江南咳嗽,生病。
说一句空着的话,依然是锦绣的匣子
依然出现在和京城招摇过的屋檐,恰如郎中,
手心的一贴妙药,稻的病就好了。再招手一摇
稻就硕大,并且双穗了。

四

龙椅。一种是龙坐过的椅子。一种
是龙做的椅子。

——选自《星星》2009 年第 12 期

谷　禾

《胡风传》第 284 页

当他终于回到我们中间，脱下沉重的铁镣
像丢开一件救生衣，在白花花的阳光下，
发出人的哭泣，这个衰老的、委琐的、
丧失记忆的哑巴，他至死不宽恕当年落井
下石的朋友，这个肉体的残废，像敬畏神灵一样
敬畏最卑微的草芥，当他用流血的笔
揭开尘封的真，这个大地的
思想者，一次次被谩骂、殴打、凌辱
放逐、万劫不复的诅咒。他想到死，
死亡的耻辱和高蹈，"死亡就像凉爽的夏夜。"
川端康成在纸上写下"我散步去了"，就没有
回来，但是他要咬牙切齿的活着，沉默的，顽固的。
满面含羞的活下去
这个终生不跪的人，应当被我铭记，
不是用青铜的雕像和丰碑，
也不用轻飘飘的文字。

　　　　　　　　——选自《诗刊》（上半月刊）2003 年 01 期

宋 红 丽

——1月16日《××时报》

宋红丽，女，26岁，1979年出生
河南省鹿邑县宋楼村人，小学文化
身份证号码不明
1998年来京务工，当过洗碗工
广告员，在路边卖过假烟和盗版盘
擦过皮鞋，哭过，偶尔笑过，想过死（不止一次）
后到亚运村某工地做炊事一年
欠薪10个月离开
2001年在北京站做过两个月票贩子
羁押15天后释放（无记录），录像厅里
结识了四川仔王小峰（她曾经的男朋友）
2002年8月两人同居，
两个月后怀孕。流产
又过了两个月，
再怀。再流。半年后，第三次怀孕
王小峰人间蒸发
宋红丽咬牙切齿要把孩子生下来
2003年8月，宋红丽花70元买下一辆
二手板车，晃悠在通州东关一带
捡垃圾，那里许多住户都认识她——
大肚子河南女人宋红丽

2004年4月18日,宋红丽在潞河医院

顺利产下儿子宋小小

4月23日之后换到姚家园市场继续捡垃圾

(其间5天为产后休息)。

受人蛊惑,曾偷偷到燕莎附近站马路牙子

感染过轻度性病(后治愈)

宋红丽发誓痛改前非

捡一辈子垃圾也不再干这丢人的事儿

累死苦死也要把小小养大

2005年1月16日上午9时23分

宋红丽怀抱小小,身背编织袋

横穿京哈铁路时不幸被一辆飞驰而来的

货运列车拦腰撞飞(像一只鸟)

并当场断气

目击者称,断了气的宋红丽

血肉模糊,但左手死扣着胸前的小小

右手抓住背上的编织袋

几个人都不能掰开

她的板车就停在铁路对面

(到记者发稿仍停在那儿)

估计是要赶着把捡来的垃圾送过去

希望大家一定吸取血的教训

过马路要格外谨慎

尤其不要带侥幸心理

警方欢迎有爱心的人联系小小的收养事宜

垂询电话888859××

手机1390006××××

——选自《人民文学》2007年第3期

哈　　金

活　　埋

皇上终于下了圣旨——
我们开始没收书籍，
逮捕那些诋毁皇室
借古讽今的文人。

举国上下所有书籍一个月内
统统充公，除了农书、
占卜书和医书。
违者一律斩九族。

五百多文人被押到
极乐殿，由学识相当、
口才相匹配的大臣们审判。
太阳从敞开的窗子里洒进来，

我们的刀剑在阳光下闪亮。
文人们的脸唰地惨白。
他们互相指责，
耍尽花招保全自己的小命；

有的吓得尿湿了袍子，

有一个还没受审就闭了气。
谢天谢地谢神的报应!
我们把四百多人拖出去,

准备扔进一个大公墓。
真过瘾啊,扇他们的耳光,
用刀剑抽打他们的屁股,然后推下去。
看那些花言巧语现在还有啥用。

他们满脑子的智慧哪去了?
在我们的铁锹下,在焚书的烟火中,
他们拼命喊娘,大叫"兄弟饶命",
但任何好话都挡不住滚滚黄土。

——选自《哈金诗选》(《新诗》第13辑)

交　　锋

你被自己的愚蠢误导,
一心去步康拉德
和纳博科夫的后尘。你忘了
他们是欧洲白人。
记住你的黄皮肤
和那点才分——不可能
让你大器晚成。

干嘛相信你可以用英文写诗?
英语的乐感对你并非自然。

你背叛了我们的人民,
用拼音文字涂涂写写,
你蔑视我们古老的文字——
汉字坚如时间之河中的岩石,
抵制垃圾语言的潮汐。
你沉溺于仇恨,
误把消遣当成所爱。

即使你走运,某一天
在洋鬼子的庙里坐上一把交椅,
你真以为他们会
因你写出好诗而接受你?
小心啊——他们中有些人耍过无赖,
会称你为精明的支那佬。

——选自《哈金诗选》(《新诗》第 13 辑)

另一个国度

你必须去一个没有边界的国家,
在那里用文字的花环
编织你的家园。

那里有宽大的树叶遮住熟悉的面孔,
它们不会再因为风吹雨打而改变。
没有早晨或夜晚,
没有欢乐的叫喊或痛苦的呻吟,
每一个峡谷都沐浴着宁静的光辉。

你必须去那里,悄悄地出发,
把你仍然珍惜的东西留在身后。
当你踏入那个领域,
一路鲜花将在你脚下绽开。

——选自《哈金诗选》(《新诗》第 13 辑)

海　男

亲爱的琥珀

哪里有你的踪影，哪里是你的藏身之所
借助于微火的明亮，我们融为一体

这不是神仙的生活，而是你我
最简洁的熔炼，它意味着
触摸到你的距离，移出了苦役的道路
它还意味着味蕾，咀嚼并不漫长

风啸吹拂着色泽的斑驳，墙壁下面
我们以兽和鱼的方式，追逐生命的绚烂
直到我们相互默认，葵花子已经干枯
日光又西移，繁星已隐遁而去

亲爱的琥珀，晶莹的肉体
暗盒中的子宫，一旦你再次触摸
最疼痛的经验已经游离于体外
亲爱的琥珀，世上最为晶莹的肉体

——选自《十月》2008 年第 4 期

像鬼一样芬芳四溢

当我决定,让生命或语词
像鬼一样芬芳四溢时,你走开了

你走开了,你要从西部的苜蓿中走出去
你越过了沙丘和那座村庄
你带着全部的野牛和困兽
你自己也是一头英武的困兽

当我渐渐地像鬼魂一般逼近你时
我秋天的语词,跌落了许多次
它们最终会像西南方向的阳光摇曳着你
让你的肉体回转过身来,犹如红色一样热烈

犹如鬼一样芬芳四溢的是我的语词
现在,我在低矮的灌木丛中目送着你远去
我迷惘的肉身,已送你远去
我留下来,是为了像鬼一样芬芳四溢

——选自《告恋人书》,花城出版社 2010 年 4 月版

受 孕 日

她张开腿,银色的树叶中
受其压迫的肉体,她体内的皱褶
随同树叶一阵阵朝前推动
仿佛在推动着她肉体的历史

在从前,她的肉体像是上了锁
在从前,她曾经是花冠,是晶莹之露体
在从前,她的守望犹如一道海边的长堤
在从前,她胸前飘曳的长发掩饰了欲说

她张开双腿,四脚间挣扎着
仿佛要熔炼一切世间喊叫
仿佛已经推动了岩石,并馈赠了誓盟
种子已经在她体内坚固地变成血肉

——选自《告恋人书》,花城出版社 2010 年 4 月版

最仁慈的，自然是鹤

最仁慈的，自然是鹤，它们顺着水草地
或湖泊的内陆地，飞翔中
带来了它们洁白无瑕的双翼
它们挣脱了束缚中的伪证词语

词语中出现的一些淤泥
曾经使她们唇词艰涩
而如今，她们替代了最仁慈的鹤
从水路和陆地给你带来了好消息

好消息像是新酿出的蜜罐
使闪烁中的语词，甜美地
丧失了阴暗的历史。而她的头
翘首着，仿佛是鹤扑进了水底

——选自李森、（美）施罗德编《新诗品》第1卷，
云南大学出版社2008年1月版

韩　东

读　微　依

她对我说：应该渴望乌有
她对我说：应爱上爱本身
她不仅说说而已，心里也曾有过翻腾
后来她平静了，也更极端了
她的激烈无人可比
言之凿凿，遗留搏斗的痕迹
死于饥饿，留下病床上白色的床单
她的纯洁和痛苦一如这件事物
白色的，贫寒的，谁能躺上去而不浑身颤抖？
"无论发生了什么事，至少宇宙是满盈的。"

——选自马铃薯兄弟编选《现场：网络先锋诗歌风暴》，
江苏文艺出版社2005年5月版

一只棕色沙发

一只棕色的布面沙发
扶手被袖子磨得发亮

缺了一条腿，右下角上
垫了半块红砖
多少出众的屁股坐下去
腾起的细灰有半米来高
它歪斜着，像一个老怀抱
时而沉重时而感到空虚

——选自马铃薯兄弟编选《现场：网络先锋诗歌风暴》，
江苏文艺出版社 2005 年 5 月版

寒 烟

遗 产
——给茨维塔耶娃

你省下的粮食还在发酵
这是我必须喝下的酒
你省下的灯油还在叹息
这是我必须熬过的夜

你整夜在星群间踱步
在那儿抽烟,咳嗽
难道你的痛苦还没有完成
还在转动那只非人的磨盘

你测量过的深渊我还在测量
你乌云的里程又在等待我的喘息
苦难,一笔继承不完的遗产
让我走向你——

看着你的照片,我哭了:
我与我的老年在镜中重逢
莫非你某个眼神的暗示
白发像一场火灾在我头上蔓延

在星空下

你抑制不住地抬头
仿佛要从星空这部浩瀚的词典里
查找自己的出处
一颗星突然明亮得像一颗钉子
将你垂直地钉在那儿

就这样被命名,被点亮
在最晦暗的时刻
就这样被逐向无垠的旷野
像一个乞丐那样,去捡拾
星光撒落的点点面包碎屑

投进心里的每一缕星光
都会如期长成一块磐石
——你曾经怎样仰望
就将怎样匍匐

——选自《上海文学》2005 年第 1 期

死后的信仰

会有一双孤儿的眼睛张开
说出这世界遗物般的重量
会有一只狗,一路嗅着
在你腾出的空旷中流浪
会有一棵被星光瞄准的树
继续在黑夜里歌唱
会有一匹预言大雪的马
在世代的旷野上重复你的沉默
会有,会有一束鲜花
与墓碑倾谈——

为什么等死后才开始你的信仰?

——选自《诗歌》总第 7 期

庭　　院

清贫的月光多么慷慨
洒满光辉的庭院里

孩子静静成长

外婆活着,燕子衔泥
记忆的萤火熠熠闪烁
我掉落的第一颗牙齿
硌痛岁月的青苔

哦,童真的庭院在时光中鲜活
狗轻吠,水井照看星星
葡萄藤欢乐的触须
伸进梦境……

——选自《芸萃》2008 年第 1 期

韩　宗　宝

那个站在潍河边上发呆的人

那个站在潍河边上发呆的人
看上去有些让人担心
他始终背对着我
这样我就只能看到
他的背景和他的侧面
我不知道他在想什么

那个站在潍河边上发呆的人
他的头发不长　但有些凌乱
因为他是一个人站在那里
他旁边的空地看上去就格外空旷
他是谁呢
他在潍河边上已经整整站了一天

在潍河滩的秋天
很少有人到潍河边上去
潍河滩的秋天　天很蓝　河水很凉
那个站在潍河边上发呆的人
我没有惊动他
他也没有惊动他身后的村庄

——选自《花城》2006 年第 3 期

三个在潍河滩上拾麦穗的女人

三个在潍河滩上拾麦穗的女人
我看到她们的时候
她们正弯着腰
在收割过的麦田里
捡拾收割时丢落下的麦穗
那是她们自己家的麦田
她们身后是潍河滩一望无际的
收割过或者没有收割过的麦田

天就要晌午了　没有一丝风
头顶上的太阳很毒辣
三个在潍河滩上拾麦穗的女人
她们穿着褪了色的蓝粗布衣服
沿着一个畦子
在割得整齐的麦茬上面
慢慢地向前移动
她们是背对着我　有些逆光

三个在潍河滩上拾麦穗的女人
阳光在她们有些疲惫的身子上
镶了一圈很耀眼的光边
和她们旁边高大的麦垛相比

她们显得过于矮小
可正是她们　用镰刀
把站着的麦子们割倒再捆成捆
然后在地里垛成一个一个的麦垛

下午的时候男人们会套上马车
把她们上午捡的这些
以及那些垛成垛的麦子们运回村庄
三个在潍河滩上拾麦穗的女人
她们的脸上已经满是尘土
但眼睛却十分明亮
我知道　在她们的身后
很快会有深深的车辙经过

————选自《花城》2006年第3期

韩 作 荣

毕 节

硬座车厢里
我的对面坐着一位少女
她干净得没有杂质的目光
声音的清醇
让我面临青春气息的逼迫
当列车停靠在另一处站台
她下车了
车厢顿时暗淡下来
我的心里倏然间像丢失了什么

那个车站,叫毕节
二十几年了
我从未去过这座城市
可偶尔见到毕节这两个字
心里仍会动一下
虽然,我已记不起那少女的模样
可生动鲜活的气息
并不因为时间的延续而衰老

——选自《人民文学》2004年第10期

偶　　然

石头，在被雕凿中改变了自己

它被刻上文字
石头便有了笔触和思想
它被雕成石人、石兽
便栉风沐雨，守着君王的墓庐

它被雕成石狮
一身媚骨，抑或威风凛凛
为人看门护院
它被雕成佛祖，成了偶像
便有香烛缭绕
和无数人的顶礼膜拜

可它被凿成基石
便被埋没，一生都负重累累
它被凿成石板，铺在村巷
终日承受碾压的辙印
留下永不闭合的伤口……

石头，是谁决定了你的命运
是自身的质地

还是那块磨利斧凿的石头？
抑或是锤的击打
以及使用锤凿的双手

或许，只是体积、形状
弧线、平面、凹槽
刀凿的深入或浅出，分寸的差异
和石屑的多寡
让石头丧失了石头

石头无力抵御斧凿的犀利与生硬
是谁，让形式决定了内涵
让线条围困了石体

也许，这一切
仅仅出于偶然……

——选自《诗刊》（半月刊）2004年第13期

何 袜 皮

关于噩梦有许多种

关于噩梦有许多种
梦到阴谋
成了犬儒主义
梦到政治
洗心革面
梦到凶杀
看见鸽子
梦到爱情
眼前一片橙色
如果梦到高潮
汗滴禾下土?

我梦到的是陷阱
噩梦中最糟糕的一种
二三十万个机关
不是紧锣密鼓地追赶
而是耐心等待我的踏入
可失误能有多少次?
每人只有两只脚

二十二岁那年

我梦见的是生活

这是噩梦中最厉害的一种

——选自马铃薯兄弟编选《现场：网络先锋诗歌风暴》，
江苏文艺出版社 2005 年 5 月版

草　原　夜

已经不是第一次

梦见和她接吻

我住在空旷漆黑的草原上

研究地板缝里的风铃草

她走了三十里路

来看我

合起来，我们

就有了两盏煤油灯

天边滚过粉色的闪电

暴雨将至　我害怕她离开太快

像追狮子的马赛女人

短暂的

总是光线刚刚好的性爱

她走后　我的生活

不比她来之前更糟

可我再也看不清楚

三百九十页上那行字:

1922年,

赞比亚的那次干旱

——选自马铃薯兄弟编选《现场:网络先锋诗歌风暴》,
江苏文艺出版社2005年5月版

鸿　　鸿

不管我在哪儿

不管我在哪儿，我都不在那里
不管我说了什么，我都是别的意思
不管我梦见什么，我都一样清醒
我爱，但我爱的不是别人，也不是你

如果我的心剧烈跳动，那只是因为
他们的心也跳得同样剧烈，同样无声——
那些睡在陌生人身旁的新娘
那些离乡背井的工人
那些在革命广场上呐喊
却突然感到茫然的学生
那些被自由束缚的情人

注视我，我便在你眼里
吻我，我便在你舌尖
握紧我，我便在你手掌中呼吸
忘记我，我便永远在你心底

——选自《鸿鸿诗精选集》，新地文化艺术有限公司（台）2010年4月版

侯　　马

麻雀。尊严和自由

这样的诗句让我心领神会
"一出门，就能看到亲戚和麻雀"

没有深切的乡村体验
就不知道卑微的麻雀多有尊严

有谁见过：
笼中的麻雀

只有踢翻的米盅
和一具横倒的尸体
抓过雏雀的手
会终生出汗　拿不稳刀剑

它离人类最近了
但永远是邻邦，绝非家奴

饱经沧桑的人知道
他们是自由的精灵

没有道义可以审判不羁的灵魂
甚至良知也对不住自由的追求

——选自《诗探索》2010 年 06 期

风声乱我心绪

风声让我心神不宁
因为儿时无所事事，发现大自然如此陌生

风声让我心神不宁
因为它来自高远，督促我远离家乡

风声让我心神不宁
曾经我羽翼太窄　担忧太多

风声让我心神不宁　今夜
我睡意全无　忧心死去

多少事情
恐怕此生来不及

——选自《诗探索》2010 年 06 期

侯　马

静　电

嗷——
这冬日的小刺
门扶手、衣架和栏杆上的
小炸药包

干燥气候中
摩与擦有一个小默契
让我们大叫
唬我们一跳

给我们的食指
一个小刺激
在细微的恐惧中
找感觉
一瞬间想到死
品味着死里逃生的快感

有时是一位陌生的女郎
相触刹那
轻微闪电
仿佛一见钟情
这甜蜜中怀有仇恨

这冬日的小排放

恼人的触摸

死亡的小把戏

——选自《精神病院的花园》，河北教育出版社
2003年6月版

胡　　桑

久雨夜读

雨回到江南,犹如异客。
我隐身于一本清朝的诗集,
与诗一起出走。故乡很远,
两百里公路,我从未涉足。

杨梅顺从时间,日益变肥。
我返身,一种坚固的修辞
迎面而来。它扶着一个敏感的
灵魂。格律如河水,从唐朝

流到晚清,但洗不掉栀子花上的
工业尘土。我和雨声,一并
跌进往事。孤独能否在绝句里
保持尊严?"爱"走在聚丰园路上,

患得患失,而长安的夫妇像琴声
点到为止。我有理由相信,直到
十八世纪,古人的生活像檐滴一般
富于节奏。白天平,晚上仄;

与兄弟对仗,与情人比兴。蚊子

被挡在繁体之外。固体的象形文字
建筑起山水，才赋，和坚固的悲痛。
但那些幻影的作者，已丧失了属性。

典故早就枯萎，历史已被污染。
紫外线漏进简化的汉语里，切割不朽。
但聚丰园路分明是条快乐的街道。
我饮酒，聚散，循环，完成自己。

2008年6月11日，凌晨

——选自《诗江南》2009年第1期

临苏轼洞庭春色赋

夜，坐在窗口
春天溢出纸外，墨很新鲜
苏东坡和它一起醒来

此时，太湖显得有些庞大
一尾鲫鱼游过客厅
衔来的梅花摇曳着露水，一脸羞涩

白鹭刚好踏入青天
就像一种完美的无，几位老人

进入江南,游戏。工业泊在天涯

凉亭里,孤鹜抱着落霞
飞走,一枝毛笔面壁而立
两袖清风,不谈政治

几个部首面目模糊
一些笔画异常安静
酒里的苏州城依然小巧玲珑

　　　　——选自杨克主编《中国新诗年鉴2008》,花城出版社2009年10月版

黄　梵

中　年

青春是被仇恨啃过的，布满牙印的骨头
是向荒唐退去的，一团热烈的蒸汽
现在，我的面容多么和善
走过的城市，也可以在心里统统夷平了

从遥远的海港，到近处的钟山
日子都是一样陈旧
我拥抱的幸福，也陈旧得像一位烈妇
我一直被她揪着走……

更多青春的种子也变得多余了
即便有一条大河在我的身体里
它也一声不响。年轻时喜欢说月亮是一把镰刀
但现在，它是好脾气的宝石
面对任何人的询问，它只闪闪发光……

——选自《人民文学》2005 年第 2 期

二 胡 手

过去的日子是人民的,也是我的
是野花的,也是制服的
是码头的、处女的
也是河流的、毒妇的
下午醒来,我说不清
自己是盾牌还是利剑?

广场上,有人拉着忧伤的二胡
他有理由让弦曲中的毒蛇伤及路人?
他的脸儿整个隐没于旧时代的黑暗
如果来得及,我愿意
让女儿也把两只小耳朵准备

此刻,我感到过去就是他的表情
不再渴望新生活,像哭湿了的火柴头
与今天再也擦不出火花
过去变成泪珠,但没有地方往下滴啊
蒙尘的盆花也害怕它来洗刷

过去离现在到底有多远?

——选自马铃薯兄弟编选《现场:网络先锋诗歌风暴》,
江苏文艺出版社 2005 年 5 月版

胡　　弦

钉　　子

现在我看见两枚钉子
一枚在工具箱里
一枚在墙上
一枚有点不安
特别是和锤子躺在一起
一枚曾狠狠咬了墙壁一口
从此被墙壁死死咬住
承载铁丝毛巾之类
依赖看不见的另一半

由此我想到第三枚钉子
一枚我一直看不见的钉子
完全楔进了黑暗里
没入水泥或木头的骨髓
它对世界的理解可真深啊！我想
像一种痛，如此强烈、持久
却让你难以摸到它
连折返的锤子也不能

由此我想到更多的钉子
它们到处流浪

它们是一个多么锋利的家族啊!
叩问,不停地叩问
进入了世界的缝隙
爱,并消失在那里

——选自韩忠良主编《2003年诗歌》,春风文艺出版社2004年2月版

石　头

1

怎样让它写下
自己的名字?怎样
让山岗写下苍茫之书?

哦,也许一切都是徒劳,相对于
我们的命名
它另有自己的语法体系
——花岗岩、页岩、暴烈金砂,马蹄踢打的
粗砺山石……

相对人类的命运
它另有自己的裂缝和花纹

2

生活在继续。生活

坚硬之结解开……

多久了,一块巨石在我脑海里
滚动,仿佛
古老事物的遗体
紧随其后
一粒小石子也在滚动
——它那么小
但它
在替庞大的事物打磨着灵魂

3

怎样打开一颗石头的心?
它们有没有另外的身份?

我见过铜石、白花、青岩……密布
斑点、线丝……生命的尘埃
扩散
——但从未正降落

在江边,我见过雕刻的狮子、老虎……
它们温顺,已弃恶从善
我还见过冰凉美丽的少女
……她们从未将任何人拥抱

4

除非手握铁锤
除非冷

除非一再地叩问……
否则
我们怎样取出里面的火星?

除非把它敲打急了
谁来骂我们一声坏种

除非像它一样沉默
否则
该怎样珍藏
玉、水晶、云母、泉水……

除非像它一样,怀抱
纯净的黑暗
否则
我们向谁学习
在寒冷中手持苦难的灯盏

——选自《飞天》2006 年 01 期

传奇:夜读——

与她的欢快如风相比,我是
木讷的
我想跟上她的节奏

这怎么可能？我是在

重复树叶做过的游戏

风吹一遍，她变成了小妖

风吹二遍，她剪烛，画眉，吐气如兰

风吹着光线，她像阴影一样跑来跑去

她说立志做个良家妇女，这怎么可能？

她比我至少大一千岁，却又出现在

我怀恋的年少时光里

一千年前她被编造了出来

一千年前，她拐进传说里就不见了

但打开书本又会跑出来

不谙世事，让我叫她

小狐狸，这怎么可能？

她笑，没有目的，也没有年龄

她就像风，一千年前她就被

放进了风里，犀利的发丝

吹着，吹开宽大的衣袖

然后，吹开书生迟钝、呆板的心

吹开繁体字、简体字

和一本书

哗哗作响的内心结构

——选自《诗刊》2006 年第 24 期

胡 赳 赳

黄 狗

这一只狗,狗日的王
是我在家里唯一怕的动物
我最害怕的动物,在我前臂上留下犬牙交错的痕迹
也是在后院,天那么蓝
白花花的肉翻了起来,停顿了那么两秒
血从月牙形的肉内涌出来
我不知道自己为什么发笑
——连内心都在发笑
我咧着嘴,十二岁的少年脸上露出龇牙咧嘴的笑容
我比狗对我更凶猛。

这一只狗,狗日的王
整夜在我写作的屋外徘徊
它不识我,淡忘我的气味
在它狗日的还小时,我带着它散步
漫山遍野奔跑,用自己碗里的肉喂它
这狗日的东西,胆敢在我屋外徘徊
我故意弄出些动静,以致于它愚蠢地咆哮
——却不得其门而入
我反锁了房间,这日光灯下的孤堡
灵魂与睡眠打架,黄狗在叫魂

爷爷说他的爷爷，一百年前建起这间大院
而我，却想起傍山面水的祖坟上
升起袅袅青烟

这一只狗，狗日的王
白天锁在井屋，晚上所有人睡去时
父亲把它放出来，占领黑夜
吞噬安静，警醒地四处游走
仿佛这里的真正主人
要是在白天，我靠近它时
它一边狂哮，一边摇尾
它的肢体语言，让我不知它是在示好还是示威
我远远盯着它，像盯着我的《豹》
困兽困兽，杀了你取狗肉
困兽困兽，饶了你卖狗命
闪光灯过后，这只狗
两只眼珠子在数码相机中变成两团白光
我和它，互相，毛骨悚然

这狗日的王，日夜扰我心神
新年将至，将一整年的疏远暗合的时辰
这狗东西，保卫了我全家
却软禁了我
我想起父亲有一次清明上坟时
将祖坟所在的一面山都烧着了
我半夜被拍门声扰醒
我的小时候的睡眠又将我拉回到梦乡
谨小慎微的父亲在夜晚被警察带走了

奶奶拿出她的积蓄将父亲赎了回来
母亲唠叨了一阵子：
"怎么可能是你爸烧的山呢，他那么过细的一个人，
是谁也不可能是他啊。"
无论是栽赃还是实况
父亲记忆中的死灰复燃变成了一个谜团
我撬不开他的口，我套不出这家族的秘密

在以往，新年过后的清明节
父亲带我们去上祖坟
那是野游、暴走和观光以及朝圣的混合时间
烧完纸后，父亲照例等香上完、纸烧尽
用铁锹挖土将其掩埋，
以免留下口实，以免留下火的种子
那山照烧不误，这个荒谬的时辰
我盼了很久，却在我盼之前就发生了
这个谬误，不带来巧合
却带来回顾的蹊跷
我十二岁时被姑妈家的狗咬了
前两个月，我听说姑妈送钥匙来时，被我们家的狗咬了
黄狗，一边吃肉一边吃屎，不改脸
土狗，一脸黑黄一身黄黑，不自卑
杂种，耳朵半立尾巴半竖，不认人

这狗日的东西，还咬过弟弟
它似乎也是"杀熟"的主，它几乎没有机会对陌生人下口
它长期被锁着，每天下午定时被父亲牵出去放风
它的牙齿一定痒痒的，它的爪子一定遏制不住建功立业的冲动

它的姿态,注定了它的孤独

它孤独而不自知,这加深了它的孤独

这孤独的王,每一声咆哮

都带着年久失修的潮气

都从时间深处涌来

都在称孤道寡。

──选自《我不愿被祖国视为英雄》(自印诗集),2008年

从　　前

话说一个人活着有许多牵连

有许多不痛快的事发生,有许多值得忍受的理由

横直都是最高贵的游子　南奔北走

履如平地

话说校园是最值得怀念的

有许多同伴和自由的意志,狼奔豕突

高举双手,在台阶上一起纵声大笑

天真的知足者的笑声　响彻云霄

话说一个人活着有许多命运

埋伏在前途等待,让你刻骨铭心

只有羔羊才会迷途,暂时披着狼皮

通过陷阱与荒凉构成的沙场

话说一个人只能爱一次
一次只能爱一个人,千山万水踏遍
都不是你跟随
任谁都能把我风干

话说沉默是聪明者的选择
我为什么需固执的发言?
固执地执着你的双手
过去和未来,一百遍向你倾诉

2000.10.29

——选自《百感交·集》,原乡出版社(澳大利亚)2004年8月版

黄 灿 然

冬天的下午

冬天的下午,在一个小公园,
三五个老妇人,侧着各自的脸
在想着什么,或没在想什么,
一片阳光,在她们脚边消磨。

就在她们脚边,不多移近一寸,
她们也不移近,接触它的温暖:
也许它并不温暖,她们已习惯
这样活着,沉默,不再有疑问。

小公园外,英皇道上,交通繁忙,
她们从前上班坐过的巴士匆匆驶过,
她们曾经靠着巴士窗口,像巴士上
那些乘客,看不到她们这样活着。

现在是二〇〇〇年,正月初十,
春节已经过去,人们正在上班,
一个世纪过去,一切都很正常:
阳光、小公园、英皇道和巴士。

——选自凌越等著《从最小的可能性开始:中国诗歌评论》,
人民文学出版社2000年12月版

但今夜你将失眠
　　——给谢萃仪

当我们的小汽车一路穿乡过镇，
继而翻山越岭，终于抵达
茂林下那幢农家旅舍，黄昏已经降临；
好像是出于仁慈，最后一抹霞光
多停留了一会儿，让我们看清远山的轮廓
和房子周围的树木，作为今天的纪念；明天
我们将迎着晨光，在微风中步行两个小时，
其间两次被几条看家狗挡住；
你将泡咖啡，把藤椅移到屋外，
并突然来了兴致，修理好那两个破旧的大喇叭，
让整幢房子回荡巴赫多色彩的协奏曲；
接近中午时分，我们将收拾行李，
再次翻山越岭，穿乡过镇，回到市中心，
我将发现有几位朋友在等待我；
再过两天，我将在一位朋友的阳台上
巧遇今年第一阵秋风；
再过几天，这幢房子，
这高大而宽敞的客厅，
这从客厅地板下穿过的潺潺流水，
这不时被流水声淹没的蝉鸣，
将成为幽深的记忆，也许将使我缅怀好几年

——但今夜，在吃了简单的农家饭，
读了杜尚，听了古尔德，看了星星，
谈了你的梦想之后，也许是由于秋天
提早来到这里，凉意驱散睡意，
也许是由于这里太偏僻了，
安静得使灵魂产生了警惕，
也许如你所说，是窗帘下
流水声过于喧哗：你将失眠，
感到整幢房子在呼吸，
而我将三次醒来，三次
看到同样无边的黑暗。

——选自《青年文学》2005年第5期

回到山上来

当阳光从不远处的山顶
悄悄下移，他站在山腰
一块生着小草的石头上
俯望笼罩在一片尘雾下的
城市高楼群，微笑着说
从空气清新的山上看下面
就像一个上了年纪，渐渐达观的人
——他这样的人——

回想早年混乱的生活；

如今心境平和，尤其是

每天与树木和花鸟为伴

身体也变得舒畅多了，

尤其是沉闷时，想到明天

一大早又可以回到这山上来

就感到一阵莫名的喜悦

——此刻他脸上的喜悦：

两排整洁的牙齿，红里透亮的皮肤，

让我想起待会儿要照临的阳光，

而如果是在尘雾下的街道上，

在水果档前，在茶餐厅里，

我会想起善。

——选自《书城》2004年02期

杜　　甫

他多么渺小，相对于他的诗歌；

他的生平捉襟见肘，像他的生活。

只给我们留下一个褴褛的形象，

叫无忧者发愁，痛苦者坚强。

上天要他高尚，所以让他平凡；

他的日子像白米,每粒都是艰难。
汉语的灵魂要寻找恰当的载体,
而这个流亡者正是它安稳的家。

历史跟他相比,只是一段插曲;
战争若知道他,定会停止干戈。
痛苦,也要在他身上寻找深度。

上天赋予他不起眼的躯壳,
装着山川、风物、丧乱和爱,
让他一个人活出一个时代。

——选自《星星》上下半月合刊 2004 年第 3 期

黄 礼 孩

劳 动 者

到处都是缺乏雨水的生活

恍惚的下午　一个乡下来的劳动者
拿着石头　蹲下来
看一群蚂蚁在搬家

教堂的钟声
飞过了建筑群

　　　　——选自黄礼孩编《70后诗人诗选》，海风出版社2001年6月版

一 棵 树

夜笼罩着树的身影
树叶被雨打湿
仿佛黑　一层层积压
看上去有些重

树站在黑暗里

看着周围

小小的心　紧紧裹着

不闪耀它自己的皮肤

它听见黑暗的周围

风吹过来

有低低的喘息

像叶子就要飞起

——选自《诗歌月刊》2005 年第 9 期

小　　兽

一只小兽从草丛穿过

我与它隔着一米月光的距离

草色晃动

淹没了夜晚的尾巴

像传说中的女神

把梦铺开

柔软地晾在大地上

一个干净的人

福音要降临到她的身上

我低下头来

凝视裸露的脚

大地已安息

我依然感受到你身体内

流动的月光

——选自《花城》(双月刊) 2006 年第 4 期

黄 玲 君

白 崖 寨

喧闹之后,
只有那些垒叠的崖石留了下来,
小长城一样,蜿蜒着。
颜色已由白变成了黑。

只剩下迷雾和松树。
漂着白山茶花瓣的溪流,
因为雨水微微涨满……

以及十一月,小径上
锈色的马尾松针叶,
多像一地凋落的火焰。

在那些黑色崖石的基部,
苔藓即将枯萎,尝试变回
最初的白

2008 - 11 - 08

——选自《微蓝》,合肥工业大学出版社 2009 年 7 月版

旅途之中

旅途之中,我不能够永久保持
我的穿越和上升
有时候,我无法阻止重力
就像不能够阻止
风。以及马鹿在动物园长出犄角
起码,我能够
阻止或者延缓,我的坠落
即便我也不能够阻止或者延缓
我的坠落,那么
在下坠的过程中,希望我能够保持
我的姿态。像中矢的飞鸟
半空中仍持有静止的滑翔
在着地的一瞬
闻到花香

2006-02-10

——选自《微蓝》,合肥工业大学出版社2009年7月版

归　　乡

远远的
我在外婆的眼睛里停留了三秒钟
然后她缓缓地转身　在路旁
抱一捆玉米秸去灶屋
三秒种　我以为她看见了我
其实　那只是她每日的
习惯

2004

——选自《微蓝》，合肥工业大学出版社 2009 年 7 月版

吉狄马加

康杜塔花

在高高的安第斯山上
你为谁而盛开?
或许这是一个不解的谜
当一千种声音
把你从四面八方包围
孤独的枝叶,在夜色中
将伸向星光的欲望变轻
黎明时分,晨露晶莹剔透
太阳的光芒,刺穿沉寂
那一尘不染的天空
流有回音,你终于
在大地的头颅中睡去
没有丝毫的犹豫,特立独行
就像一场轰轰烈烈的爱情
在等待漫长的瞬间
我知道,康杜塔花
印第安王国美丽的公主
只有听见那动人的排箫
你才会露出圣洁的脸庞

——选自《民族文学》(月刊)2010年第3期

孔多尔神鹰

在科尔卡峡谷的空中
飞翔似乎将灵魂变重
因为只有在这样的高度
才能看清大地的伤口
你从诞生就在时间之上
当空气被坚硬的翅膀划破
没有血滴，只有羽毛的虚无
把词语抛进深渊
你是光和太阳的使者
把颂词和祖先的呓语
送到每一位占卜者的齿间
或许这绵绵的群山
自古以来就是你神圣的领地
你见证过屠杀、阴谋和迫害
你是苦难中的记忆，那俯瞰
只能是一个种族的化身
至高无上的首领，印第安人的守护神
因为你的存在，在火焰和黑暗的深处
不幸多舛的命运才会在瞬间消失！

——选自《民族文学》（月刊）2010年第3期

自　　由

我曾问过真正的智者
什么是自由？
智者的回答总是来自典籍
我以为那就是自由的全部

有一天在那拉提草原
傍晚时分
我看见一匹马
悠闲地走着，没有目的
一个喝醉了酒的
哈萨克骑手
在马背上酣睡

是的，智者解释的是自由的含义
但谁能告诉我，在那拉提草原
这匹马和它的骑手
谁更自由呢？

——选自《人民文学》2004 年第 7 期

火焰与词语

我把词语掷入火焰
那是因为只有火焰
能让我的词语获得自由
而我也能将我的全部一切
最终献给火焰
(当然包括肉体和灵魂)
我像我的祖先那样
重复着一个古老的仪式
是火焰照亮了所有的生命
同样是火焰
让我们看见了死去的亲人
当我把词语
揽入火焰的时候
我发现火塘边的所有族人
正凝视着永恒的黑暗
在它的周围,没有叹息
只有雪族十二子的面具
穿着节日的盛装列队而过
他们的口语,如同沉默
那些格言和谚语滑落在地
却永远没有真实的回声
让我们惊奇的是,在那些影子中

真实已经死亡，而时间
却活在另一个神圣的地域
没有选择，只有在这样的夜晚
我才是我自己
我才是诗人吉狄马加
我才是那个不为人知的通灵者
因为只有在这个时刻
我舌上的词语和火焰
才能最终抵达我们伟大种族母语的根部！

——选自《民族文学》2010 年第 3 期

蒋　　浩

乙酉秋沪熟行三题赠李少君

之　一

午觉好漫长。窗外椰树长进了烟屁
　　股，
大海输出的又一卷手纸描了数盏青
　　灯。
我腰背都涩，小气的车按摩过的路面伸入楼梯口；邀请来自岛外的大地
　　震；
本地台风先于半月前抱来半世纪残
　　缺。

那天，我在上海，休斯敦空了，奥尔良还在水中；诗借波浪筑一道堤，防
闲租界接武的吹嘘；拆除人民广场后旧青楼时，凭吊者像徐光启在吃炒田
　　螺；
大闸蟹还没上市呢，先来点削价书
　　吧？
海南带去的人民币掘地歌陆沉，痛快！

2005年10月11日，海甸岛

之　二

时尚山水带来小费大税。盲目于旅
　　游，
看山是山，看水是水。眼下的破山寺易改兴福寺，曲径直通虞山后尚湖的
太公钓鱼处，泡妞的饵泡出句脱口秀："饱餐清风还有味，细嚼明月更无
　　渣。"
嘿！太多的柳如是，太少的翁同龢叻！

"深山藏古寺，门外尽劳人。"香花桥下的溪水源自院里空心亭。读书台悬
在山腰，小姐太子们流连于树林野
　　餐；
玩麻将扑克，也是明眼熟睛的文选
　　理？
"解脱门开谁肯入，浮生梦醒自知
　　归。"
山光画出合影：言子墓旁墓是四高
　　僧。

2005 年 10 月 16 日，海甸岛

之　三

航班取消了。同济校外扁平的清蒸鱼在女生胸衣游弋。夜色温柔，风生物
语，催动恋人练练草坪的影子的影
　　子，
沉重得坏了名堂。手机也偏坏在中
　　途，

满地桐叶恰似短信无主。我似一个
 人,
在宾馆读地图,电视里的达维比演讲

还荒唐。昨天在尚湖,上午在彩衣堂,这里的吴侬软语谈论诗歌像坐火车吃大闸蟹,到京时只剩下一具完好空壳;我的五指山该给张氏李氏带瓶万泉河,借本地珍贵的专用蟹具应付外滩一夜。

2005 年 10 月 19 日,海甸岛

——选自《诗林》2006 年第 2 期

江　离

南　歌　子

长久的漫游之后，我来到南方
在这里，我将会得到一小片土地
——这已经足够。
如果我愿意我可以种下笔直
或者曲折有致的树木，还有秋菊
在忍冬花的黄昏，我会想起
我快乐的日子像霜一样轻薄
并且庆幸因为固守它们而使我的生活
拥有了木质的纹理。
这就像园艺，为了精致
或者枝干更加挺拔，你必须修剪
它们的枝蔓。舍弃是一种艺术
当我们渐渐理解，多并不意味着
美，简朴也不是缺乏
那么在我的生活中，我必须留出
足够的空间。习惯于在清晨
打扫小小的庭院，习惯于在夜间安睡
而收获一粒豆子就是收获一片南山。

2002.12.31

——选自潘淮肖、向云主编《野外诗选》，浙江文艺出版社 2009 年 9 月版

个 人 史

我睡着了,在一个洞穴中
如果还不够古老
那就在两个冰河期之间的
一个森林中,我看见自己睡着了

在那里,我梦见我自己
一个食草类动物,吃着矮灌木
长大并且进化,从钻石牙齿的肉食类
一直到我们中的一个

那就像从 A 到 K,纸牌的一个系列
今天,我出来散步
玩着纸牌游戏,我忧伤和流下眼泪
这全不重要,我仍然是没完成的

一件拙劣之作,时间的面具
只有一件事是值得注意的:
我醒来,如果有一天我醒来的话
发生的一切就会结束,就是这样

2003.11.16

——选自韩忠良主编《2004 年诗歌》,春风文艺出版社 2005 年 1 月版

不　　朽

一个寒冷的早晨，我去看我的
父亲。在那个白色的房间，
他裹在床单里，就这样
唯一一次，他对我说记住，他说
记住这些面孔
没有什么可以留住他们。
是的。我牢记着。
事实上，父亲什么也没说过
他躺在那儿，床单盖在脸上。他死了。
但一直以来他从没有消失
始终在指挥着我：这里、那里。
以死者特有的那种声调
要我从易逝的事物中寻找不朽的本质
——那唯一不死之物。
那么我觉醒了吗？仿佛我并非来自子宫
而是诞生于你的死亡。
好吧，请听我说，一切到此为止。
十四年来，我从没捉摸到本质
而只有虚无，和虚无的不同形式。

2005．3．14 作
2007．5．5 改定

——选自孙文波主编《当代诗·1》，文化艺术出版社 2010 年 8 月版

江　涛

在流水响①

1

就是不转出,我的自我小天地。
素指挑动,东海之波,
跨出一步,长江、黄河就成了属地之臣——
我的最天真的野心;
就是要做小国寡民,闭关自守,
曲径通幽,藏进别有洞天,从外面看,仿若有光;
就是要唱自己的歌谣,在刻板的井田上
播种有机情歌,以雨水浇灌。
有时我也担心,毕竟,地势才是真正的鬼斧神工,
所以,我爱上随波逐浪,每遇拐弯,
总向自我回流。自己冲撞自己,左右交臂,
莫失莫忘,紧紧拥抱颤动的双肩,像抱住
命运无常的身不由主——
当陶潜遭遇桃花林,缘溪行,忘路之远近……

---

① 流水响水塘位于香港新界北区东部八仙岭郊野公园之内,龙山东北一带,也是军地河的主要源头。流水响水塘原是一个供农田灌溉用的小型水塘,早于清朝嘉庆二十四年(1819年)编的《新安县志》已有记载:"流水响潭、在五都发源处有数石井,天造地设,深约寻丈,春夏涨如惊涛瀑布,秋冬潺湲细响"。

2

你听见过流水不响的

江河溪流么?

午夜时分,

万籁此俱寂,

而流水潺潺,

彷佛是宇宙的枕边耳语。

流水响,

此时,

流水最响,

流水想,

想说什么?

你在听么?

你听一遍。

再听一遍。

再听一遍……

3

在隐秘山谷的寂寂的水塘,有流水

在响。今夜,流水在响,如一条湿软的草绳

缓缓松开,释放夜蛙和蜗牛的鸣唱,放跑

野地蟋蟀,和步履慌张的招潮蟹……

在流水响,我听到响水流,我听到自己

的呼吸,我听到自己对自己耳语……

流水响,回声还是响水流,就像我大声叫喊自己,
听到的仍是我自己。流水响,响水流

让我知道,我还在。还好,我还是我。
在一个隐秘山谷的寂寂水塘,我听到了我。

还好,没有什么能伤到水的筋骨,
没有什么能截断水流,水的心事是一条

温泉蛇,没有钢铁的意志,
只有柔韧,长流不息,像汩汩温泉

保暖冰冷而不绝望的内心。
无路可走的时候,踌躇,徘徊,

或跳跃,俯冲。没有高峡出平湖的野心,
自由,也是幸福的野性。

幸福是自己给自己的,正如方向指向方向。
流水响,响水流。听我说:无非此,无非彼……

4

命运的航道已泛滥,似乎已没有什么再能改变运
气的天机,哪怕此去可能会流出仿若自闭的水塘,
流出深奥的幽湛……不为人知的源泉,显然的地
势……流水响啊,告诉我,为什么每一次颠覆自
我,其实都是静水深流的反复僭越,回声应和呼

声，如同溺水的弱水，一次又一次，领受命运的
溺爱，秘密交易的神恩？

2009年2月，3月，11月

——选自《诗++》诗刊（香港），2010年创刊号

索罟湾的渔火①

不安的鱼，像往事，动荡
在香江黑色的潮浪中……这小岛，
我的心坟……夜的渡轮。
大海，是一张好大好大的网。
"渔火闪闪，擦浪涛，随那海浪舞……"②
我的小船，搁浅在
一个小小的心眼，等待天光。

2009年12月

——选自《秋萤》诗刊，2010年夏季号

---

① 索罟湾：位于香港南丫岛东岸的海湾。罟：捕鱼的网。
② 引自80年代香港粤语流行歌《渔火闪闪》。

靳　晓　静

耶稣爱你

那个晚上，街灯刚亮
层层叠叠的灯，使我的城市
迷离得如一座巨大的珊瑚礁
一尾一尾的人和车
游在其中，无所谓去
无所谓归　景象繁华

我在其间，心怀红尘的爱
有一间蛋糕坊在街的拐弯处
是外省人开的
灯光柔和，柜台里的女孩
伏在柜台上，看一本又大又厚的书
我好奇地走过去
女孩笑着合上书，是《圣经》
女孩眼睛亮亮地说
我刚受过洗，你呢？
没等我回答，她声音带笑地说
耶稣爱你

那个晚上，在迷离的城市中游弋
女孩的声音一直跟着我

她像我前世的妹妹
电视里播报，橙色预警
华北的大雪已是五十年一遇
而更远的地方，暴雪一直下到欧洲
它是想让太过喧嚣的世界
安静一些，纯白一些

在这个背景上，那蛋糕坊，
那女孩，都有些行迹可疑
她来自外省，我常去那里买早餐
那晚她说，耶稣爱你
她也许是很多人前世的妹妹
这声音
让我面对喧嚣如同面对大海和旷野
我该向北还是向南传播福音
我该对谁喊出 耶稣爱你

———选自《诗选刊》2010 年第 5 期

盲眼的孩子

他走路在天上
他的前额照着远处
在近处是触摸的手
那手，急切而贪婪

我被他的前额看见

在六岁的院墙外

有草,有藤

有可闻的春天

那一刻我记住了

造物的一个画面

以此不敢轻视

天上的鱼

地下的鸟

当目光不及时

使用前额遥望

或者举手四顾

而他的眼奋力向着天光

这画面至今未改

大地上,我们多么无助

多么骄傲

——选自黄礼孩编《狂想的旅程 新女性诗歌》,
海风出版社 2002 年 8 月版

一堆篝火

我深深地记得,在丛林中

牛血般的火焰

照得我手臂光滑
我渴望,因为我是女人

用如铁的树枝去拨火
我的手腕上有铜
而柔软的耳垂上有银
火光之外,大地有梦
我是有梦的女人

一堆篝火
当我用舌头摹仿它的火苗
泪水便从上面来浇灭它
那是滴下的水,是盐
那是我身体的一部分

进退两难之中
你不要眺望千年雪地
一只红狐就是自焚的景象
面对这堆嘶叫的篝火,我深信
我渴望,因为我是女人

——选自《诗歌月刊》2002 年 3 期

莱 耳

木 棉

它们开始发出甜蜜的气息
它们开始飞
开始用一朵花覆盖另一朵花
用一片叶子替代另一片叶子
它们红色的脸庞
开始腐烂的脸庞
它们在雨水中光芒闪烁,并且
迅速憔悴

被春天伤害是迟早的事情
没有谁,经得起它们的叫喊
仿佛一场卷过云天的爱恋
仿佛一只钟,坐在水上,静得出奇

——选自《诗歌月刊》2004年第8期

黑暗中的流水声
　　——读《恋爱中的布莱希特》

黑暗中的流水声
撞在南墙,没有任何负担和坚持

流水能够走多远,能够
把身体里面的痕迹消除得有多干净

"我有我的悲哀,你有你的,
我有我的想念,你有你的。"

她记得,流水如何漫过玫瑰甬道
且任钉子在体内生根的时候还可以

展开情欲。一生的悲哀不过是
在可以独自呼吸的时候,拒绝呼吸

流水的悲哀,不过是在光里不懂得安静
在凌晨抵达,在暴雨之后过分温柔

流水在黑暗中继续冰凉,黑暗中的黑
仿佛前生的安慰,一座逃亡的城市,流水
在逃亡中洗尽繁华,而曾经哀愁的心

在能够诉说的时候，那个人已经死去多年
那么上苍慈悲就给她一场流水的想念
用一个夜晚的流水声取代一生的眼泪

——选自王光明编选《2006中国诗歌年选》，
花城出版社2006年12月版

蓝 蓝

百 合

她昏了过去。

香气托起她的腰
慢慢把她放倒在沉醉里。

一群迷惘的蜜蜂
将它们做梦的刺
伸进花萼温柔的弯曲中。

——选自中国作家协会创研部编选《2005年中国诗歌精选》,
长江文艺出版社2006年1月版

矿 工

一切过于耀眼的,都源于黑暗。

井口边你羞涩的笑洁净、克制

你礼貌，手躲开我从都市带来的寒冷。

藏满煤屑的指甲，额头上的灰尘
你的黑减弱了黑的幽暗；

作为剩余，你却发出真正的光芒
在命运升降不停的罐笼和潮湿的掌子面

钢索嗡嗡地绷紧了。我猜测
你匍匐的身体像地下水正流过黑暗的河床……

此时，是我悲哀于从没有进入你的视线
在词语的废墟和熄灭矿灯的纸页间，是我

既没有触碰到麦穗的绿色火焰
也无法把一座矸石山安置在沉沉笔尖。

——选自《上海文学》2005 年 10 期

真　　实
　　——写在石漫滩

死人知道我们的谎言。在清晨
林间的鸟知道风

果实知道大地之血的灌溉
哭声知道高脚杯的体面

喉咙间的石头意味着亡灵在场
喝下它！猛兽的车轮需要它的润滑

碾碎人，以及牙齿企图说出的真实。
世界在盲人脑袋的裂口里扭动

……黑暗从那里来

——选自武宝玲主编《诗歌卷》，河南文艺出版社2008年10月版

雷 平 阳

亲 人

我只爱我寄宿的云南,因为其他省
我都不爱;我只爱云南的昭通市
因为其他市我都不爱;我只爱昭通市的土城乡
因为其他乡我都不爱……
我的爱狭隘、偏执,像针尖上的蜂蜜
假如有一天我再不能继续下去
我会只爱我的亲人——这逐渐缩小的过程
耗尽了我的青春和悲悯

——选自《诗刊》社编《第二届华文青年诗人奖获奖作品》,漓江出版社 2004 年 8 月版

小 学 校

去年的时候它已是废墟。我从那儿经过
闻到了一股呛人的气味。那是夏天
断墙上长满了紫云英;破损的一个个
窗户上,有鸟粪,也有轻风在吹着

雨痕斑斑的描红纸。有几根断梁
倾靠着,朝天的端口长出了黑木耳
仿佛孩子们欢笑声的结晶……也算是奇迹吧
我画的一个板报还在,三十年了
抄录的文字中,还弥漫着火药的气息
而非童心!也许,我真是我小小的敌人
一直潜伏下来,直到今日。不过
我并不想责怪那些引领过我的思想
都是废墟了,用不着落井下石……

——选自《诗刊》社编《第二届华文青年诗人奖获奖作品》,
漓江出版社 2004 年 8 月版

我的家乡已面目全非

我的家乡已面目全非
回去的时候,我总是处处碰壁
认识的人已经很少,老的那一辈
身体缩小,同辈的人
仿佛在举行一场寒冷的比赛
看谁更老,看谁比石头
还要苍老。生机勃勃的那些
我一个也不认识,其中几个
发烟给我,让我到他们家里坐坐
他们的神态,让我想到了死去的亲戚

也顺带看见了光阴深处
一根根骨头在逃跑
苹果树已换了品种；稻子
杂交了很多代；一棵桃树
从种下到挂果据说只要三年时间
人们已经用不着怀疑时光的坚韧
我有几个堂姐和堂妹，以前
她们像奶浆花一样开在田野上
纯朴、自然，贴着土地的美
很少有人称赞，但也没人忽略
但现在，她们都死了，喝下的农药
让她们的坟堆上，不长花，只长草
我的兄弟姐妹都离开了村庄
那一片连着天空的屋顶下
只剩下孤独的父母。我希望一家人
能全部回来，但父亲咧着掉了牙齿的嘴巴
笑我幼稚："怎么可能呢
生活的魅力就在于它总是跑调。"
的确，我看见了一个村庄的变化
说它好，我们可以找出
一千个证据，可要想说它
只是命运在重复，也未尝不可
正如这个阳光灿烂的下午
站在村边的一个高台上
我想说，我爱这个村庄
可我涨红了双颊，却怎么也说不出口
它已经面目全非了，而且我的父亲
和母亲，也觉得我已是一个外人
像传说中的一种花，长到一尺高

花朵像玫瑰，长到三尺
花朵就成了猪脸，催促它渐变的
绝不是脚下有情有义的泥土

——选自《雷平阳诗选》，长江文艺出版社 2006 年 12 月版

梅里雪山

经幡升不上去了，它已经
穷尽了人的虔诚
我匍匐着来到这儿，不为登高
也不寻找天堂的入口，只想在山脚
做几天一尘不染的异教徒
用它那没有尽头的高、白、冷
和无，教训一下体内的这头怪兽

——选自《云南记》，长江文艺出版社 2009 年 12 月版

木 头 记

用木头，我们建起了寺庙
或教堂，也建起了宫廷、战船和家族

的祠堂。紫檀或沉香，雕出的佛像
念珠和十字架，今天，我们还佩戴在身上
尺度和欲望不同，木头的建筑
大的，享有专用的邮政编码
小的，小如尘埃。"你看，这根廊柱
粗得不可思议！"在老宫殿里
人们常常忍不住惊叹。景区的宣传册
一般都会重点强调，这些原木
出自遥远的南方，江水上浮来
九万九千根下水，到了这儿，只剩下
九百九十根……多么幸运
这些木头，它们还活着
以宗教或宫殿的名义，肃穆、庄严、神圣
金碧辉煌。那些走丢的、下落不明的
被焚毁的或腐烂的，它们的传奇
已经不会被调查、记录和讲述
它们成长的山峦，变成了梯田，化肥
和农药，让泥土患上了健忘症
然而，这些晋京的木头，只是木头中
的少数。在人口替换最快
恩仇最多的地方，木头，一轮接一轮
被肢解，被强行地命名：梁、柱
棺、门、轴、床、桌、椅、凳
柄、柜、桶、盆、柴等等
而且，每一个命名，还可分解出
更多的子命名，它们只是一个氏族
一种姓氏，个个都香火不断，子孙浩荡
个个都一代顶替另一代；个个都一再地
花样翻新，形成了一种最为古老的

传统文明。针对木头，我们发明了
火、斧头、锯子、凿、雕刀、工字尺
墨斗，练就了砍、雕、凿、镂、烧
劈、锯、刨等一身超人的技艺
分出了伐木、木匠、设计、粉饰
搬运、安装、验收、维修、造纸
等工种；出现了监工、师傅、徒弟
和户主等四个阶级；派生了漆匠、胶工
画师、鉴宝先生、收藏家等人类
划分了活计、技术、艺术、瑰宝等等级
这个领域，更多的人，生活在乡下
俗称贱民。他们和木头生活在一起
所以也分不出木头的贵贱
他们用核桃木做床，用红木或柚木
做饭桌，用檀木和樟木做板凳
木柜和衣柜，他们采用松木
刀柄、锄柄和扁担，不管用什么木
必须像惊堂木；屋梁和柱子
也不管用什么木，必须像棺木
我们都了解木头的阶级性和政治学
在某些人那里，它特指红木、花梨木
乌木、榧木、红豆杉、紫檀
特指绝迹和正在绝迹；有时候
他还是明代和徽派；是宫殿上拆下的
是旧的，但锃亮如新；是某某帝王的龙椅
是鬼斧神工的松竹梅、神话和佛典
是匾；是妙到毫巅的反自然……
唉，所有由木头支撑的家庭

都是暴君；每个以木为生的匠人
都是刽子手。我的故乡，有过一个木匠
为人做屏风和门窗，雕下的木屑
可以换取等量的黄金。我想象过木头
与匠人的世仇，也在树木生长的山上
铆足了劲，鼓着腮帮，大声地歌唱过
它们的繁殖力和生命力，可是，一次次
我最终都呆若木鸡，木讷、麻木不仁
朽木不可雕也，内心的木偶
化为灰烬。最极限，也最动人心魄
在木头的命名史上，有两个名词
木艺和木炭。木艺：以杀木雕木为艺
木炭：木头被烧了一次，还要再烧一次
另外，还有两个成语，木已成舟
和独木难支，它们的遗憾和惋惜
令人脊骨结冰。有些不可救药，我一度
想为木头弹奏安魂曲，然而，太多的乐器
以木而成，令我难以下手；也曾想
制一批木斧、木剑、木刀、木枪
和木人，分发给山上的树木，让它们
学会保护自己，可这些木头
谁又愿意成为我的手下亡魂？我就像那
木偶戏上的主角，已经被操控
泯灭了巨大的道德，体内残存的一棵胡杨
它的泪，在我的眼眶里，变成了沙砾

——选自《花城》2009年第6期

李 成 恩

汴河，白龙

那一年洪水滔天，白龙上天
汴河水横冲直撞，第二年，白龙下地

天与地都分不清
鸭棚倾倒，巨浪带着鸭群上天

那一年我六岁，见证人间奇迹
那一年我欣喜若狂，见证白龙上青天

2006．3

——选自《汴河、汴河》，西苑出版社 2008 年 3 月版

春风中有良知

春风中有良知，翻起层层细浪
我看见池塘深处多年前的淤泥，像一个人的内心
羞愧得如此清澈

春风中有良知,翻起枯枝败叶
我看见树木的脸上下翻飞,像一个人的内心
心绞痛绞杀了他的羞愧

春风中有良知,翻起故乡的炊烟
我看见人类的故乡死而复活,像一个人的内心
堆集在小小的黄土坟上

春风中有良知,翻起历史的旧帐
我看见马匹掀翻了强盗,像一个人的内心
燃起细浪、炊烟与枯枝败叶

2009.3.21

——选自《春风中有良知》,中国戏剧出版社2009年8月版

高楼镇,赵寡妇

你这个快活的赵寡妇
一清早就在高楼镇的大街上滑雪
像一只花母鸡
咯咯咯的叫声发自赵寡妇肥胖的胸部

她跑动时高楼镇都在颤动
她摔倒时高楼镇的肋骨也撞击了一下

赵寡妇牵着她心爱的马匹
去上坟
马背上背着香火、馒头与烈酒

赵寡妇在山冈上哭
她的哭像唱歌
先是哭你这个死鬼
你这个风流鬼怎么还不回来
再骂你这个死鬼
在山冈上享福
好像死了是一件快活的事

赵寡妇坐在镇长家门槛上
她要讨她男人的工钱
她的男人在天上看着她
看她慢慢在门槛上睡着了
赵寡妇在高楼镇的清早
挑着一担马粪
肥胖的胸部里发出风箱一样的呼哧声
她散出的寡妇特有的热气
融化了她家地里的积雪
她蹲在地里
一边拔萝卜
一边骂她死去的男人

2010. 1. 10

——选自《高楼镇》，九洲出版社 2010 年 11 月版

李 建 春

街心花园祈祷

我怎能忍受,在仿佛被提高之后,
怎能再下去呢?怎能离开呢?
你说这是命令,"你要学着我。"

世界之美在你身内闪耀,你是为此而来的。
我如此难堪,我的上帝躲起来,在平常的
街道。在超级市场的出入口。

人群中我忍受。他们冷漠地走向
各自的洞穴,如当年,当人子被钉上十字架后。
你教我说那词,对冷漠,对遗忘,说"爱"。

爱能熔化水泥,钢铁,玻璃。我爱。
午后的云燃烧起来。贸易广场附近的转盘中央,
片刻的宁静。难得的开阔地,天空

下垂并且倾听。那云如乳房悬在干涸的
喷泉上方。人们离去,或步行或乘车回家,
我呆立在十字街口。我的嘴

如街头雕像的嘴,模糊的视线中

没有障碍之物。我的心大声地喊你,
求你不要离弃。我竭力地摇晃身体,

"成了",黑暗如漩涡卷入。求你不要离弃。
我的喊声里有愤怒和恐惧。我枯干如
谷壳,腐败如葡萄,在成熟的天空下。

午后的云散去。求你怜悯我狂乱的心。
我学着你,这几乎是不可能的。
我爱世界,就不能停下。
如你所命,我戴上了美的刺冠。

     ——选自凌越、廖伟棠编《新诗人》(广州),2002年

方言的乐趣

矮而圆的山,多半清秀,
像打工妹的身材,羞涩地任人
回顾,这里本是她的家乡。

樟树,楝树,灌木丛,无甚可观;
杉树幼林,匆匆掠过一瞥;
枫叶的胭脂红得太突出。

这里不像北方。多雨云连着

树的胡须。密的情绪,密的
叶子,一声低语,就绿成一片!

白杨是本地汉子,沙沙,用
舌尖交谈,不带"儿"尾。
法国梧桐一律被割断了咽喉。

在公路边停下来问路,用平调,
目光柔顺,仄到上声为止,
哪儿也不"去"。颚音的悲恸

从正午开始,滚烫的水
握住稻根。渐渐地,你会喜欢
这风格:亲切,多产,有点甜。

从客车上下来,行人渐行渐少。
沿着土坡拨草儿,如果有鹌鹑
轰的一声,那是乡下孩子的惊诧。

——选自沉河编《黄鹤楼诗会2010·本草集》,
长江文艺出版社2010年1月版

李　　耕

蝶　魂

一朵八月的冷火，一朵在花丛中游动的魂。

一朵远年的被狂飕所击溃的蝴蝶，隐匿在郁金香及紫金花丛之中，围伴着一些盆景，在细风细雨中小心翼翼地飞舞。有时触着花瓣，有时沾着污泥。

不是逃亡的鹭，不是远涉的僧，也不是失意的政客，只是一只心悸时在雷鸣电闪中游动的蝴蝶。

一朵八月的冷火，一朵仍有它自己品格的玉，撞碎在江南一口雕着龙的小井圈上。

一朵游动的蝴蝶魂！

撞碎了又在梦中粘合起，飞去寻找它已失踪的花木。

小　雨

淅淅沥沥的小雨。淅淅沥沥于屋檐，淅淅沥沥于瓦角，淅淅沥沥于檐石全都围在淅淅沥沥的小雨之中。小雨的淅淅沥沥之中，漂着漂泊的雨伞。漂泊的雨伞，漂泊在漂泊的雨路上。漂泊去一片烟波。

雨

雨

雨……

雨，滴醒了蛙鼓，滴醒了山野一窜冬眠的梦。

暴　　雨

鸟巢。

坠落。

在不可回避的遭遇中此鸟巢恰恰筑在遇雷击而断折的桔枝上。

泥墙，

坍塌。

隐居于洞穴的蛐蛐惊于此生虽未从此了结大概又需迁徙去其他墙角。

岩峰，

无恙。

毕竟是一条经历过冰川纪遇风暴不颤遇地狱不屈膝的铁汉子。

——以上选自《暮雨之泅》，时代出版社 2003 年 6 月版

李 笠

红色明信片

咧嘴的石狮,红色的高墙。墙内
草木嗅到血腥的暴雨

广场上,游人追赶着阳光
他们都在墙外。照片上石狮像羊

——选自《金发下的黑眼睛——一个漂泊者的忏悔》,
上海文艺出版社 2006 年 4 月版

1997 年元夜的李白

黄河的落日已在北欧森林里熄灭
我把酒放在斯德哥尔摩效外的雪上
月光飘起
我喝,凶猛的狗吠变成低语
我喝,残忍的市场露出我离弃的皇宫
哦家如此之近:一个伴我狂舞的影子!

——选自《金发下的黑眼睛——一个漂泊者的忏悔》,
上海文艺出版社 2006 年 4 月版

重返哥特兰岛

我拖着落日返回。残破的城墙和钟声走来
用旧日的激情
　　　　　把我搂住,搂成影子
梦中飞转的风车静立
　　　　　　露出十字
星空闪现。废墟
渐渐与背景——夜空——融合。改变记忆,
　你才能重返故乡

　　　　　　——选自《金发下的黑眼睛——一个漂泊堵的忏悔》,
　　　　　　上海文艺出版社2006年4月版

无泪的葬礼

玫瑰飘落。一个年轻的声音
从棺材里升起:"死于激情,死于冷漠,死于
　我
试图改交的背景!"
额角的弹孔打开星空

一个孩子站在星光的废墟上歌唱
没人流泪。十字架闪成两个碰撞的舌尖

——选自《金发下的黑眼睛——一个漂泊堵的忏悔》,
上海文艺出版社 2006 年 4 月版

特朗斯特罗姆在故宫

轮椅被高大的门槛挡住
你站起身,弃下装备

空龙椅和铜狮走来
向你要诗,想看见自己

宫殿里,日晷转成轮椅
发出火车夜间的轰鸣

我们在终点站!墙。血色
人脸像米粒在拥挤

但皇帝已改变旅程
他们的笑响成了刀光的市场

——选自《金发下的黑眼睛——一个漂泊堵的忏悔》,
上海文艺出版社 2006 年 4 月版

李　　琦

下雪的时候

我每年都要写到雪
对于雪的热爱，在我
相当于旷日持久的爱情
那种清白，那种透彻之净
开始只是喜欢，尔后逐渐迷恋
时至今日，已经接近于崇拜

看见雪花，心会有种隐秘的激动
下雪分明是寒冷的开始
却常让我心头一暖，时而还有
某种心酸的感觉
在人间逗留
见过太多的斑斓和芜杂
这单纯之白，这静虚之境
让人百感交集
让人内疚

下雪的时候，世界苍茫
微弱的雪花
像最小的善意、最轻的美
汇集起来，竟如此声势浩大

一片一片，寒冬的滞重
被缓慢而优美地分解了

我钟爱这样的时分
随着雪花的舞动
许多过去的好时光
一些铭心刻骨的时刻
会悄悄地回来

我会不断地写下去
那些关于雪的诗歌
我要慢慢写出，那种白
那种安宁、伤感和凉意之美
那种让人长久陷入静默
看上去是下沉，灵魂却缓缓
飘升起来的感觉

————选自《诗潮》2009 年第 5 期

我一百零三岁的祖母

我一百零三岁的祖母
在这座城市，因为高寿
屡次成为报端的新闻

祖母有些不好意思

像是抱歉地说
风吹乱了阎王的手册
把她这一页翻过去了

一百多年的世事，
多么巨大的数字
值得她深情回忆的
却只是一些
睫毛一般细碎的事情

一生喜欢读书
常年蓝色的布衫
这个至今手不释卷的老人
把自己变成了一本书
沉淀成来路悠远的靛蓝

祖母在上
古稀之年的父亲和姑母
无法坦然确立老人的身份
而我，有一些过错自然会被谅解
虽人至中年
我还是一个
不懂事的孩子

祖母，我年迈的亲人和朋友
我常握着她温暖的手
端详她脸上菊花瓣一样好看的皱纹
我有时甚至渴望
像她那么衰老

李　琦

满脸沧桑
穿着干净的蓝布衣衫
望着窗外的天空，轻声说
我小时候……

　　　　　　——选自《李琦近作选》，时代文艺出版社 2008 年 10 月版

李 轻 松

爱上打铁这门手艺

爱上铁这种物质
爱上一门手艺。爱上那种气味
带着一种沉迷的香气
带着一种迸溅的状态,我向上烧着
我的每个毛孔都析出了盐
我咸味地笑着,我把它们都错认为珍珠
我听见了它们撒落在皮肤上的声音
简直美到了极致!

有一种痛是迷人的。有一种痛
是把通红的铁伸进水里
等待着"哧啦"一声撕开我的心
等待着先痛而后快

我每天都推开"生活"这道门
与"平庸"相撞,而我抗拒的方式
却是越来越少,我的铁质也越来越少
连骨头里都是厌倦
我感冒,咳嗽,腰椎里藏着骨刺
肺里也堆积着黑洞和尘土

请把我的血肉和精神放在一起
让血肉欢聚 也让精神欢聚
我血里的沉渣全都泛起
被精心地打造成精品
我不知道坚硬的铁可以这么软
不知道铁可以像水一样地流
它流到我的嘴唇上,我就亲吻
流到我的骨缝里,我就战栗
而灵感像一只拿捏的手
我被打出一把锋利的匕首
还是一枚绣花针
都由不得我

今年夏天,我学会了打铁这门手艺
今年夏天,我以一位铁匠自居
面对着炭火与水
我坚硬如铁

——选自《诗刊》2002 年 4 期

再次遇到铁

是风遇到了树林,风就有了歌声
是歌声遇到了哑者,手语就有了深意
是铁遇到了铁,铁就有了生命。

有了属于我的磁性。我像一小块儿碎屑
散落在风的褶皱里。不被戏剧呈现
我快要被风化,成为爱的鱼刺
被凭吊过的葵花带一点疯狂
还有我手刃的思想,屠杀的美。

我的发丝垂落下来。我的手是软的。
我的血稀薄。我有着鸟儿的骨头。
我噤声:这悲凉的里面藏着世界的刺
这软骨症的命运里埋着一丝乡愁

是铁把我挖出来。你需要扒开废墟
那些余震中的冒险
那些身体里的滑坡与滚石
我被击中的部分正在垮塌
给我点水,我就能坚持到余生
给我点铁,我就能炼成钢

让我带着余温爱你。带着我的呼救
我将要被你剔除的那些锈
还有我自己的阴影。也许那是精华
是铁中的铁,钢中的钢
是钢铁的碰撞叮当作响
我因此而具有了金属的光泽
连那些伤口都有了自愈的可能

铁,你就是我的真理。我的历史。
或者我的王国。我过去都用身体发言

用我胸口上的灯火

用我沸腾的泉水和血液

现在我要用铁。用铁的硬度

让我们彼此挖掘吧！直到掘出矿藏

我们深处的金子带着斑点

带着天才的缺憾，却可以互相映照。

——选自《无限河山》，春风文艺出版社 2009 年 12 月版

我们的手笔……

亲爱的，我已无法停止战栗！

我的每一个毛孔都已张开

我的炉火蔓延成灾。我刚刚知道

世上最美的音乐原是出自我们的手笔

我与铁的重唱：带着重金属的颤音

这是谁的铁器？谁的砧板？

谁的肉体在灵魂里疾走？

亲爱的，来吧，我已备好了釜底的薪

雪中的炭。为我致命一击吧！

我需要在击打中获得快慰

在淬火中获得坚韧

在茫茫的爱情里获得尊严

有多少碰撞，都在打铁里兑现吧！

我似乎爱过所有的铁，我确认
却不曾爱过其中之一
爱对我来说总是茫然。总像一场戏
除了你，我还能在哪里闪现
是以幽灵的形象出现，还是魔鬼？
而打铁与写诗竟是如此的相似
仿佛就是一体。仿佛就是现实
让我把铁与诗融在一起，给你的！
让我把汗水与珍珠混在一起，也是给你的！
我不怕冷却，我坚信冷下来的铁
会比热着时更有分量——

铁，你是写在我身体上的诗篇
你用火焰写我：那静静地落在我胸口的灯
你用海水写我：那漆黑地穿越了我小腹的溪流
你用铁写我：那沉默地雕刻了我皮肤的刀——
你写下了我，属于诗歌的光荣
神迹的密所。体内的仙境
对人、对所有人的信仰——

——选自《无限河山》，春风文艺出版社 2009 年 12 月版

李　　森

田　　鼠

月牙照着大地上的铁栅
黑夜的黏液在流淌
煤井的深渊里，矿工成批死亡

有的田鼠忙于打洞
有的惊慌失措，竖着小猪的耳朵
有的在附会明月，反对阴影

有的田鼠直立着，观望四周
不停地抬起脚鼓掌，鼓掌
有的田鼠在宣扬，沉默的权力
嘴一张开，露出了一口假牙

月牙照着铁栅，夜龇着牙
处处摇晃着老鼠尾巴
田鼠借助月色在广袤的大地上行走
它们，都能洗净黑夜的黏液
奔向黎明，附会红日

红日，狂躁地升起

一个世界上最大的赝品

2006.4

——选自《李森诗选》，花城出版社 2009 年 3 月版

旗　　帜

一块布，只要用心去剪裁
用心涂上各种颜色，画上各种图案
挂在高处，或者举在前头
再制造出一堆说法，就成了旗帜
英雄的玩法，孩子的游戏，如此简单
可是，朋友啊，简单就是神秘
像黑夜中移动的磷火，制造了鬼
磷火和旗帜，都让人毛骨悚然
有人终其一生，制造旗帜
而有人，则要漂洗旗帜上的颜色和图案
把一块块鲜艳的布，漂洗干净

2003.6.3

——选自《李森诗选》，花城出版社 2009 年 3 月版

林间水塘

我不会忘记
在原野上,在那个
透明的林间水塘
一个个闪亮的瞬间
一只又一只青蛙
喘气的比喻
把周围的景物
都从虚无中引领出来
水的引领,水的比喻
不停地创造着
永无休止
林间水塘,就在中心
它借助山峦顶上的光照耀
山峦,又借助天光
拔地而起
上面和下面,一切事物
都平静地变幻着
像健康的心那样
从容不迫
一头银色的母鹿
也曾被引领

来到林间饮水

迷失在我的心里

2001.9.29

——选自《李森诗选》,花城出版社 2009 年 3 月版

李　少　君

抒　　怀

树下，我们谈起各自的理想
你说你要为山立传，为水写史

我呢，只想拍一套云写真集
画一幅窗口的风景画
(间以一两声鸟鸣)
以及一帧家中小女的素描

当然，她一定要站在院子里的木瓜树下

　　　　　　　　　　——选自《天涯》2008 年 04 期

自　　白

我自愿成为一位殖民地的居民
定居在青草的殖民地
山与水的殖民地
花与芬芳的殖民地
甚至，在月光的殖民地

在笛声和风的殖民地……

但是,我会日复一日自我修炼
最终做一个内心的国王
一个灵魂的自治者

——选自《诗江南》2008年创刊号

南 山 吟

我在一棵菩提树下打坐
看见山,看见天,看见海
看见绿,看见白,看见蓝
全在一个大境界里

坐到寂静的深处,我抬头看对面
看见一朵白云,从天空缓缓降落
云影投在山头,一阵风来
又飘忽到了海面上
等我稍事默想,睁开眼睛
恍惚间又看见,白云从海面冉冉升起
正飘向山顶

如此——循环往复,仿佛轮回的灵魂

——选自《诗江南》2008年创刊号

神降临的小站

三五间小木屋
  泼溅出一两点灯火
我小如一只蚂蚁
今夜滞留在呼伦贝尔大草原中央
  的一个无名小站
独自承受凛冽孤独但内心安宁

背后,站着猛虎般严酷的初冬寒夜
再背后,横着一条清晰而空旷的马路
再背后,是缓缓流淌的额尔古纳河
  在黑暗中它亮如一道白光
再背后,是一望无际的简洁的白桦林
  和枯寂明净的苍茫荒野
再背后,是低空静静闪烁的星星
  和蓝绒绒的温柔的夜幕

再背后,是神居住的广大的北方

        ——选自《诗探索》2008年02期

碧　玉

国家一大,就有回旋的余地
你一小,就可以握在手中慢慢地玩味
什么是温软如玉啊
他在国家和你之间游刃有余
一会儿是家国事大
一会儿是儿女情长
焦头烂额时,你是一帖他贴在胸口的清凉剂
安宁无事时,你是他缠绵心头的一段柔肠

——选自《敦煌诗刊》2009 年 1 期

李 小 洛

一只乌鸦在窗户上敲

一只乌鸦背着影子
在天上飞
没有人知道它引领的亡魂
那些影子
足以压垮一只乌鸦的重量
他们只知道
乌鸦的沉默

一只乌鸦在窗户上敲
它告诉那些睡在夜里的人
要看好自己的影子
不要让他们走夜路
也不要离开房间,离开灯盏太久

没有人理它
也没有人听它的
他们用树枝,石头驱赶它
他们把它叫做乌鸦

只有那些被上帝圈点过的影子
在最后的夕光里

抓住了它的羽毛
爬到了它的脊背上
这些过惯了享乐生活的人啊
他们要最后一次抓住享乐的翅膀
抓住乌鸦,飞着去天堂

而那只乌鸦
就背着他们往前飞
从沼泽、荒草上往前飞
没有人知道它最后要去哪里
没人知道它最后的巢穴在哪里
当初上帝在造它的时候
也没有考虑过其它的颜色
没有在后来分配工作的时候
发一张表格给它
想起来问一问它
一只乌鸦的理想是什么

所以,一只乌鸦的一生
就是命中注定的
就是一只乌鸦的一生啊

——选自《我的三姐妹》,天津社会科学院出版社 2005 年 6 月版

他说起一头狮子

他说高原上有一头狮子

在黄昏里唱歌

庞大的歌声从乌云

从鹰翅,从夜里不曾睡下的石头

和森林中穿过

他说,你信不信

那头狮子在唱歌的时候

样子漂亮极了

像月光,像草地

像雪山,抱着自己庞大的影子

在天地间走来走去

安静的棕毛

安静的胡须

我说我相信

相信那头会唱歌的狮子

他已经来了,在这个世界上

这个灰暗的秋天里

——选自《我的三姐妹》,天津社会科学院出版社 2005 年 6 月版

李 亚 伟

河西抒情（六首）

第一首

河西走廊那些巨大的家族坐落在往昔中，
世界很旧，仍有长工在历史的背面劳动。
王家三兄弟，仍活在自己的命里，他家的耙
还在月亮上翻晒着灵魂里的财产。

贵族们轮流在血液里值班，
他们那些庞大的朝代已被政治吃进蟋蟀的账号里，
奏折的钟声还一波波掠过江山消逝在天外。

我只活在自己部分命里，我最不明白的是生，我最不明白的是
  死！
我有时活到了命的外面，与国家利益活在一起。

第二首

一个男人应该当官、从军、再穷也娶小老婆
像唐朝人一样生活，并且在坐牢时写唐诗
在死后，在被历史埋葬之后，才专心在泥土里写博客

在唐朝，一个人将万卷书读破，将万里路走完

带着素娥、翠仙和小蛮来到了塞外
他在诗歌中出现、在爱情中出现，比在历史上出现更有种

但是，在去和来之间、在爱和不爱之间那个神秘的原点
仍然有令人心痛的里和外之分、幸福和不幸之分
如果历史不能把它打开，科学对它就更加茫然
那么这个世界，上帝的就归不了上帝，恺撒的绝对归不了恺撒
只有后悔的人能知道其中的秘密，只有往事和逝者重新聚在一
　　起
才能指出其中十万八千里的距离

第三首

爪哇国的星芒射向古地图的西端，
历史正被一个巨大的星际指南针调校，
是否只有在做爱时死去，这条命才会走神进入别的空间？
我飘浮在红尘中，看见巨大的地球从头顶缓缓飞向过去。

王三要回家，这命贱的人，这个只能活在自己命里的长工，
要回到他生命的原始基地去，惟一的可能难道只是他女人的身
　　体？

哎，散漫的人生，活到休时，犹如杂乱的诗章草就——
我看见就那么一刻
人的生和死，如同一个句号朝夜郎国轻轻滚去。

第四首

河西走廊上的女人仍然呆在她的属相里
她的梦中情人早已穿上西装、叼上万宝路离开了这个国家

唐朝巨大的爪子正在她的屋顶翻阅着诗集

做可爱的女人是你的义务
做不可爱的女人更是你推脱不了的义务
说远点,珍珠和贝壳为什么要分家,难道是为了民主?
蛾、茧、蛹三人行,难道又是为了青春和梦想?

远行的男人将被时间缩小到纸上
如同在唐朝,他骑马离开长安朝历史之外走去
如果是一幅水墨画,他会在去年走进深山拜望一座寺庙
他会看见一株迟开的桃花,并且想起你的脸来

第五首

古代的美人已然长逝,我命中的情人已然长逝,
她们的碎镜仍在河西走廊的沙丘中幽幽地闪烁。
所有逝去的美人,将要逝去的美人,
都只能在唐诗中露出胸脯、蹄子和口红。

而当宇宙的边际渐渐发黄,古老的帝国趴在海边
将政治的梦境伸入天外
在人间,只有密码深深地记住了自己,
而当翅膀记住自己是一只飞鸟,想要飞越短暂的生命,
我所生活的世界就会被我对生与死的无知染成黑色。

政府的摩天大楼在一张失传的古地图上开盘,
有人正把行政和司法分开,让历史之眼居中低垂。

但是,我的兄弟,从宪法意义上讲,我只不过是你地盘上的一

个古人。

第六首

雪花从水星上缓缓飘向欧亚大陆交界处，
西伯利亚曾经腾空了世界宽大的后院。
王大和王三在命里往北疾走，再往北，
去改变血统，改变或者加大生与死的成本。

在中国，在南方，春雨会从更辽远处一滴一滴滴往人间，
雨中，我想知道是何许人，把我雨滴一样降入尘世？
我早已不知道，在今天，我是那些雨水中的哪一滴？

当政治犯收敛在暗号里，双手在世上挣着大钱，
当干部坐在碉堡里，胡乱地想着爱和青春，
当狐狸精轻轻走在神秘的公和母的分水岭上，
我有时会看清我是谁，有时却不知我和王氏有何差别！

祖先常在一个亲戚的血液里往外弹烟灰，我因此感到
在生之外的夜空里，有一只眼睛在伊斯兰堡、一只眼睛在额尔
　　古纳
那人一直在天上读着巨大的亚洲。

　　　　　　　——选自《豪猪的诗篇》，花城出版社 2006 年 1 月版

梁　秉　钧

维也纳的爱与死

我们在宽敞的回廊散步
看那些可敬的塑像
各自长着不同形状的胡子

有阳光，后来就下雨了
"人们最后达致的形相
唯有凭借爱才可以完成"
你说爱情如何影响了
那些不同形状的胡子？

我们要在过去解剖尸体的
大课室朗诵鬼魂的诗
你待会要和我对谈，问起
历史、死亡和……如何再生？
现在你不知怎的老谈着爱情

走过世纪末门廊，我们的形象
每一刻都随着光影变化
你今天变得轻快不再凝神？
我看咖啡室镜子里的反映
微笑可又变沉重了，试看谁

带出了我们的残酷和仁慈

一尊女子的雕像
你环绕观看
看出许多不同的形状
一尊缪斯
一尾蛇
无声在脚下蜿蜒

我们要在大众的课堂剖开胸膛？
公开说出心中隐藏的话？
不经意流露的诗行
经生活种种伤害成形

我们写诗
我们爱与被爱
我们的容貌
经过阳光经过雨
经过爱
一点点地改变

一尾蛇无声蜿蜒游过

（二〇〇〇年五月，给老顾）

——选自《书城》2003年第6期，署名"也斯"

白　粥

谁人在微明中举火

最能温暖你的肠胃

混和了不同的长短与新旧

在汤汤的热气中轮回

尘世的煎熬从无间断

笑脸令你阴沟里翻舟

苦海的漩涡驱使不幸者兜转

涌翻上来刹那间又再消沉

有谁端来一碗热暖

熨贴你宵来酸苦的胸膛

一旦心里打满了纵横的细结

有那双灵巧的手可以舒解

若是无聊举杯积聚无数腻意

哪堪再搬醋盐的酸咸

不如面对空茫的回转

端看你投入的是什么东西

皮蛋瘦肉舒缓上升的虚火

柴鱼花生总结稻米浪荡的良宵

小艇摇橹呻吟或是塘畔风月

只剩下黎明的鱼眼呼唤你的灵魂

腐竹皮蛋猪骨鲮鱼肉

突出自己也逐步溶化了自己

你我在热汤中浮沉
有人炫耀鲍鱼瑶柱的极品
且细尝一碗平淡白粥里的众生

（二〇〇四年）

——选自《蔬菜的政治》，牛津大学出版社 2006 年版

梁　　平

吊卫元嵩墓

一个僧人，居然上书周武帝删寺减僧
疯疯癫癫折腾了整个南北朝
却没有时间测算自己
以致那顶"惠应希微真人"的桂冠
连同自己血肉身躯和思想
淹没在雍城的深处

这是"西川佛都"的最隐秘的地方
雍城接纳了一个反叛
一个崇佛、从道
一夜之间不事佛道、唯孝周祖
顶礼"国治岂在浮图"
佯狂浪荡的高人

卫元嵩装疯卖傻的外衣
掀开来，却是精明的阴阳历算
还有谁？能通晓佛儒道三教典籍
那是曲高和寡的演出服
那是胸中积学的保护伞
一介贫僧，偏偏怀抱一腔经邦济时之略

朝廷上下曾经呼风唤雨

大街小巷随口预言国事

那人，却在暮年怅然离去，走失在风雨

一粒微尘，落在云雾笼罩的盆地

非佛非儒非道，非官非民

回到太极

——选自《诗意什邡　什邡历史文化阅读》，巴蜀书社 2006 年版

西川佛都

朱元璋坐在大明的龙椅上

钦点什邡为"西川佛都"

这与唐时的罗汉寺有关

这与禅宗八代祖师马道一有关

晨钟暮鼓滋润的什邡

古柏立地成佛

八百六十四平方公里

都是净土

禅坐在殿堂上的五百罗汉

历经一千年的修炼

开口便笑，笑对世间红尘

凡事付之一笑

大肚能容，容纳大地天空

于人何所不容
额头上总是灿烂阳光
袈裟里浩荡三月春风

野火烧不尽禅法
在几次灰飞烟灭的楼阁飞檐间
能够毫发未损
能够无边无际地生长
这是得道的深度
芸芸众生里剃度的马道一
以生命的轮回
成为禅宗的仰望

——选自朱丹枫、梁平主编《四川诗歌地图：当代中国诗人笔下的四川》，四川美术出版社2007年8月版

红卫兵墓

沙坪坝是这个城市惟一的平地
公园里的树绿得发冷
即使在最热的季节进来
笑声也会冻僵
有一段围墙缺了又被堵上
堵了又缺

这段围墙不是一个人在堵
这段围墙也不是一个人在拆
堵墙的人拆过墙
拆墙的人又会把墙堵上
这里依然是一个公园
这里依然游乐

残垣以外有一片风景
原来是沙坪公园的一部分
后来有一堵墙把它隔离开了
可能与公园不协调
可能与季节不协调
可能担心出现更多的可能

墙内的草木都进入了保护区
有花落地有树枯萎
墙外的石头,从来无人看管
不见落叶和尘埃
我在每一个清明时节路过
豁口吞吐不朽的哀思

与此相临的教堂早已没有了钟声
冷冷的十字架下
那个没有任何遮蔽的坟场
保存最为惨烈和完整
一百颗八九点种的太阳
在那年,在墙外,封存了体温

——选自《诗刊》2002年09期

梁　晓　明

无论我愿不愿意

无论我愿不愿意，天还是黑了下来，
它从门外黑进窗台，又从屋顶黑到了桌面，
它很快黑到了我的手指
我如果不开灯
我心里就会装满黑暗

我的心里已经黑暗，它挥着欢快的小手
挤在眼睛边，它要走遍我的全身
它要在血液里扎根和发育

我要起身开灯，但我却丝纹不动
我看到黑暗降临大地
我不能幸免

遥远的星星自己发光
像一粒粒
自在的萤火虫
他们亮晶晶的
一点点照亮了我这里黑暗

　　——选自王光明编选《2007中国诗歌年选》，花城出版社2008年1月版

林中读书的少女

纯。而且美。而且知道有人看她
而更加骄傲的挺起小小的胸脯
让我在路边觉得好笑、可爱、这少女的情态
比少女本身更加迷人

少女可以读进书本里去,也可以读在书的旁边
读在树林,白带似的小河,一辆轿车
也可以读在我这半老男人注意的眼光中
唉,少女,多可怜的年龄和身体
娇细的腰,未决堤的小丘和
疑狐未婚的心

少女纯白的皮肤让人心疼,而且她还读书
而且还在林中,而且还骄傲地觉得有人在看
哪怕我走了,她还骄傲地觉得
有下一个人……

——选自杨克主编《2001中国新诗年鉴》,海风出版社2002年11月版

梁　雪　波

修灯的人

他扛着梯子走在书间，他无意攀援
却将手高高地擎过头顶，旋转，旋转
熄灭的事物轻易就亮了
他不露声色，一盏接一盏拧上
姑娘们的脸庞变得生动起来
像某个节日，某个秘密的时辰
人们假装拨准了内心的开关

他绕过书，沿着梯子上上下下
他有着比一本书更为专注的神情
他小心翼翼地攀登使我想到
童年的矮墙，烛光中展开的情书
暴风雨来临之前记下的战栗的诗行
一架铝白色的梯子划开空气
我看见从他鞋底掉落的一小块泥
让初春的书店松软起来

而一个修灯者可以无视我的存在
仿佛我还跋涉在远行的中途
凄迷而痛切
仿佛千里之外的雪吹打着单薄的想象

群峰之上,隐约的天光像一卷圣书
因此我站在自身的幽暗里
作为他们的背景,无声的乐器
因此我看见越来越多的
光的瀑布从高处流泻下来
黑夹克的修灯人正攀援于书的峡谷

——选自冯娜等著《中国诗歌 第9卷》,
人民文学出版社2010年9月版

列美平措

白　　塔

我始终为自己的无神而自豪　说自己
走过苦难岁月也是一尊荒庙中的佛
直到内心被自己紧紧囚住之后
我为时常信念的茫然而苦恼

走过了许许多多的地方
见过了大大小小的塔子
我却被墙上各种白塔的图案吸引
神往几年后上百种千奇百怪的塔

传说中修塔的白芙杂纳法王
我们没见过，曾经的一百零八座塔
至今已无从考证，而一百二十座
各式各样的佛塔就将在近年建起

我为无数有着坚定信仰的人们感动
一位买香火的老妇，背着零散的万元钞票
为自己选中的两座塔奉上虔诚
她们在内心默默地建筑着自己的神圣之塔

那些道貌岸然的人不是常在说吗

你们都应该做些有益的事情
我为自己明哲保身的修为而羞涩
我还在为自己不知道的命运而苦恼
我在雍忠佐钦岭寺后面的塔址上沉思
当一百二十座奇妙的塔子建起
我还会在此,在顶果山梦幻的月光下
或许,到那时我真的能找到失去的许多

————选自韩作荣主编《十家民族诗人诗志》,作家出版社 2010 年版

月亮照耀下的核桃树

还在二十六年前,我见过这样的月色
那是在康北,玛尼干戈悬空的月亮
今夜我们也和山上的信徒们一起等待
一位远来的高僧,夜深沉,火把点点

月亮就这样悄然从山坳里升起了
先是一圈光晕,火把渐弱
人群寂静,远来的人们欢呼起来
见惯不惊的信徒们大度地微笑

月亮缓慢地越升越高也越升越近
她就像装在自家屋里的镜子
我们不停地拍照,却摄不下她的明净

我就这样后背靠上了这棵大树

在三千多米的山上,多么高大的核桃树
传说中它是首位大圆满活佛的舍利子长成
它像一位威武的将军,守护着古老的寺庙
阻挡着来自西面隘口逼来的煞气

在错过核桃收获的季节后
我们只能羡慕信徒们脖子上
一个个核桃装饰的护身符
它支撑起艰辛岁月一张张和善的笑脸

——选自韩作荣主编《十家民族诗人诗志》,作家出版社 2010 年版

林　　莽

一夜北风后的大树

伫立窗前
我看见了那棵一夜北风后的大树
它已不再有深秋的苍郁
几片未落的叶子
在冬日的阳光下随风翻动
那些飘落的叶片铺满了树下的草坪

如一张张经历了风雨的纸
时光让失血的事物飘零
在人们的心中沉淀为尘封的钟声
有时我们的生命
真需要一把血和泪的锤子

在这个周末的下午
几行文字突然让我坠入了回忆

合上手中那本读了多遍的诗集
伫立窗前
我看见了那棵一夜北风后的大树
初冬的阳光下

它银色的枝杈上

还有几片未落的叶子

2002 年 12 月

——选自《人民文学》2003 年第 5 期

我想拂去花朵的伤痕

我总想拂去花瓣上轻微的伤痕

轻轻采摘那些微微泛黄的叶子

让美好的事物更加纯粹

也许因此我是个诗人

把理想放在最高的地方

不但欣赏　而且实践

那些卑鄙的人在你的四周暗藏杀机

他们为自己阴暗的心理

伸出了肮脏的手

他们让我知道一些美好的事物必然受到伤害

但我依然如故

2005 年 5 月

——选自《人民文学》2006 年第 7 期

林　　雪

关岭的少女

在关岭出生的少女啊！告诉我，在六月
我们的爱情向谁索取？

崖头上苹果一天天熟了。撑船的人
离开了岸，在船头唱着浑河北岸小曲
那南岸青草已把他遮密

散了的马市，唱完的曲子
青春多么安静。青春一代代消去
只有一朵花，开在模糊的马蹄里

豌豆的手链，葵花的头饰
我们每天的布衣素食
在关岭出生的少女啊！今天
我们靠得这样近，这样平淡
你的眼睛里流出一个问题：
"我们的生活，该是什么样子？"

水边跳起的沙子惊动了鲤鱼
这个问话惊动了我的心
一个村妇的命，夹在时间的
书页里。生活的风暴就要掀起

在这个世界的什么地方，到处的
贫穷啊！使我们对亲人心生歉意

关岭的稻秸，只有一季。那就是
关岭少女的美啊。我们失手打碎的
玻璃，半空中烟云拢住水汽
这么短，这么容易破碎！在 4 月
我们播下种子，生命原型或素材
在 10 月里结晶。这是时间的最大善意

我们今天相见时，这只让来让去的苹果
使我忧伤成瘾。那些岸边的诗句
随着潮水出发，一次轻轻的暴力

多少年后，芦苇还会复述这傻傻的
话语："在什么时候、在哪里
我们想要的幸福，得与谁相遇？"

菜园边的房子，盖得多好啊！
使关岭看上去更低。在浑河对岸
燃烧着炼油厂的火炬
它从父亲二十岁时就开始燃烧
如今父亲六十五岁。四十五年的光阴
罩住了关岭出生的
在落日的光芒消失之前，还在执著地问：
"哪里有人爱我，
我们就该在哪里死去？"

——选自《大地葵花》，春风文艺出版社 2006 年 10 月版

风中的少年

现在，玫瑰向着飞鸟欢呼
现在，雾气冲淡了酒精
酒厂的中巴是习惯超载的，良心
不会因诗意而醒来。我的兄弟们
在风中缩紧了骨头，为了能在
这班通向工地的车，这只放大一万倍的
甲虫里面，忍受甲烷的臭味，并且
别掉下去。别被丢下。活着。吃饭

现在，永恒的谷物和流程
每个人心灵的醉态。我用诗歌
写下自己人生的旁注。不过是一种肉馅
的经历，被塞向铁皮桶。"皮薄馅大啊！"
有人开玩笑说："妈的，还不是早晚的事情！
现在，将来，有一天，砰——"

葡萄在黑暗的工艺中向着出口奔逃
现在是手里的杯子，现在是
赫图阿拉那抽象的时间
村民们喜爱的机器，压榨着我们的天性
我们担忧的眼神，终结着葡萄之美
葡萄进入生活，然后才是哲学
我愿用这首诗作为原告

愿用每一个字作为证据

我的诗来到这里,却改变着自己
它本来的初衷是赞美。劳动啊
但没有一种蓝,像语言在河面上飞驰而过
语言依附着抚顺山地的苍穹气息
当河岸上的石块儿掉到
你我的内心,那些让人惦记的事情
总是在牵挂之后,在灵魂里深深扎根

风中的少年,伸出那被葡萄汁
染紫的双手。他们面无表情
那些还没有到来的契约,保险,劳保用品
什么时候才能来临?这首诗离开了最初的
灵感,她不去写粗犷、力量,山川美景

而是不小心写出了灾难:在劳苦,性
生育,争斗孤独和命运之后
她看见了死亡,和诗歌一起迈开大步
一天天向我们的苦难逼近

——选自《大地葵花》,春风文艺出版社 2006 年 10 月版

土 豆 田

如果我是一个单身女人，我会
只需要一个土豆。削下它的皮
带走它的花，把洗好的土豆
放到我的篮子里。我的需求
从来就不多。我只能向
那命运中属于我的事物靠近

如果你和我在一起，我们会
需要两个土豆。两个土豆
使我们沉在生活中。土豆
涨满了手掌，正好可以用来暖手
我们对着吃土豆的季节，天气
都是暖的。那些外面的冷
或自己内心的冷，都像可以忍受了

如果你，我，再加上我们的孩子
我们将需要一块土豆田
你和我这两块大土豆，将会使
土豆多如繁星

站在逐渐阴沉下去的田垄边
等待那从乡间来的，运送土豆的

马车。我的诗句就在这悄无声息的
等待中找到我。孩子的手
放在我们的手中。我们是不是
还要像以前那样分开?

风从开有蓝花的土豆田吹过
土豆在我们的想象中生出嫩芽
那些嫩芽越过了自己的不幸
用旷世的温暖拉拢着我们

——选自《诗刊》2005 年 04 期

灵　焚

街　道

　　街道随行人扬长而去。
　　听不见残阳在抬头纹里龟裂。晚风掀起的衣角无法遮拦蔓延而去的暮色。
　　蹲在街边,不知该跟谁打招呼,如同橱窗里的模特儿,在时间里杳无音讯地死去。
　　那时,所有的激情都在疯狂地投射出最后的一枚锦币之后退潮。
　　面对公用电话亭,我孤独得更远。
　　那么请吧,在伸手之处,随意捡拾我佝偻的身影,我抱成一团的姿势,不是呐喊也不是沉默,只是一片沿街散去的行色。

1990 年 10 月东京野毛
1993 年 7 月 7 日改于丰桥爱大校园

——选自《散文诗》2005 年第 17 期

忘　却

　　误入此刻不知来自哪一个时光的路口。

达摩用枯黄的经书引火,焚烧白色无语的墙。

而墙的另一边,对语者正脱下袈裟自慰。

正是此刻,此刻的晚天溅满血迹。夕阳,又是几度少女失身后的红晕?
发问的人们茫然肃立。

听寺院的钟声回响远处。

看昏鸦们裹着嘶哑的夜色,在摇篮和墓地之间往返。

1996 年 6 月 21 日 于丰桥

——选自《散文诗》2005 年第 17 期

九一年五月某日夜晚

为什么孤独总是跟随着,在这轻风吹拂着的城市的一角。

这里,夜色正在包围。

远天,布满星座的明眸。

我已无力逆流而上,进入你的源头,你的云聚波涌的深处。

那里山高水险。

那里原阔星垂。

我总是一个人啊!一株水草,默默地。

街道在身边梳着。

街灯摇曳我的身影你的身影他的身影她的身影许许多多的身影呀!
身影如水。

纵身而逝时无身影相依的那人在五月的卡拉 OK 唱着:
落叶那边消逝的人啊,
借宿何处?
今宵的夜色。

1991 年 5 月某日 于丰桥山口公寓

——选自《散文诗》2005 年第 17 期

凌　　越

在乡间公路上

在远离风景区的一段乡间公路上，
我看见了夜色中沉睡的郊野，
它呆在那儿，像一个安详的老人，
它深知静谧的力量。
静卧其上的田畴，屋舍和远处模模糊糊的树林
被平等地展示着，
一如它友善地接纳尘土飞扬的公路，
远道而来的客车和旅人。
在夜里，它变得更加深沉宽广，让我想到人世，
让我想到种种不幸和哭泣终会归于恢宏肃穆的沉寂。
在郊野之上还笼罩着我曾经熟悉的星空，
依旧闪动着早年的光芒，
并没有因为我这些年陷于尘世的俗务而鄙视我。
那些年代久远的，曾经令我牵肠挂肚的，而后又似乎消失殆尽的
亲吻
　　　告别
　　　　　厮守，
还在这郊野的底片上显影，
还在搜寻着不断老去的肉体，
要求实实在在的形体。
像我身后低矮的客栈，

几个人围坐着,就着昏暗的灯光吃宵夜,
并不美丽而且平庸,
然而,它们是此时此刻可以触摸的形体。

我知道这是生命的法则:
凌晨时分
一切隐藏并消失在夜的强有力的覆盖下,
以便突出天幕上
  那最主要的星光。

——选自《书城》2003 年 11 期

我贪恋庸常的时日

我贪恋庸常的时日,
我专注于岁月的折痕。
光不再照亮脸庞,
不再服膺精致的夜所捏造的情节。
暮色照例降临,
在我需要的时候,我会动心,为失神的瞬间。
我愿意为俗务所控制,追随晨昏更替的节奏,
——智慧允许那片刻的迟疑。
夜晚带来慰藉,
远处模糊的灯光里有更多的猜疑,
蛙声提醒我追忆之前的某个不眠之夜,

但岁月教会我和它同样的面对,安静地。
学会和自己为伍,
　　不见得是羞耻的事,
痛下的决断和爱情一样易折,
不是寻求永恒,而是探求事物细致的纹理:
电脑、铅笔、书本、酒和窗帘,伸手可及,
物质的有形和触觉让我忘却生之意义。

——选自《花城》2010年第4期

这城市属于我

这城市属于我,
我是无家可归者,
所以整个世界开始属于我。
而你们每天蜗居在一起,
体面的、光鲜的、高傲的,
——真是太可笑了,
你们每天风尘仆仆赶回到那个叫做家的角落,
就是为了躺在床上打呼噜?
我在街道上流浪,
我走过熙攘的人流,
我惊异于路人表情的贫乏,
我惊异于人类自娱自乐的执著,
我也惊异于你们用漂亮衣物

遮掩起来的身体竟是如此机械。
我制造这群体的盲目，
我是泄露机密的那个人，
不修边幅，无所事事，
把行走归还行走本身，
把自己归还给世界和空无，
——我算是初尝了人生的真谛，
我走过高楼大厦，
（玻璃幕墙闪着诡异的光）
我走过高架路下局促的小公园，
（树枝和草坪被整齐地修剪）
我走过城郊结合部那寒伧的店面，
（油垢从五金器具沾染到女售货员的脸上）
我走过阴湿的城中村，
（涂脂抹粉的老板娘在乱抛媚眼）
我的渺小被还原，
我的狂躁病被唤醒，
我的形象就是这城市的徽章。
我到处走，
迷惘的情绪像头顶的乌云跟随着我。
我一个人不认识，或者说我认识他们每一个，
我到处走，物象在我的视网膜上被动地变幻。
我到处走，
在这崭新的世界上，我留下我的脚印，
在这过分精密构造的世界上，需要一颗狂乱的心脏，
——我到处走。
太奇怪了，干净的市民在频频向我致敬，
我领受这礼物，

我的脸是安详的,
没有什么能让我停下来。
晚上,万籁俱寂之时,
当我累了,我尝试着拥抱大地,
在人行隧道或是街心花园;
我把我的身体贴紧大地,
疲倦刺激着我的感官,瞳孔里有电流经过。
我听到向来沉默的大地的乞求:
"我需要你的覆盖和温暖。"

——选自《今天》2010年春季号

刘　漫　流

青石板压在我们身上……

青石板压在我们身上
冰封的大地压在我们身上
我们并肩躺在一起
依旧那样亲密
你累吗，我的爱
你冷吗，我的爱
过去的时光流过我们的身边
一切并无太大的改变
姓名与姓名相连
并且终于融入了大地

鲜花开在我们身上
温暖的大地盖在我们身上
我们并肩躺在一起
依旧能够听见彼此的呼吸
闻到你身上的花香
闻到你发间的青草气
过去的时光流过我们的身边
一切并无太大的改变
肉体与肉体的交融

并且终于成为大地的一部分

——选自《太阳》2001年第9期

圣　　迹

我指给你看，一处圣迹
推倒丛生的荆棘
我的手也在滴血
你看见一个圣者
和因之升华的
远山
一处血迹
被苔藓吸收

伸出滴血的手
荆棘也在月面丛生
鲜红的月亮
也如一个垂死的圣者

你去了远山
圣者在目光寒气逼人

积雪中的圣者
他的血迹

可以握在手中

喝干最后一滴御寒的酒

你将成圣

在月面行走

——选自《现代诗笺注》，北岳文艺出版社 2008 年 5 月版

归　　来

我要归来

我要在归来的时候归来

我要重新举起

我的剑

杀尽后院的菊花

我要把一个人的尸体

拦腰砍断

让这个时辰凝血

再一次断裂

成为另一个人

一具尸体

直到晓风把我吹寒

我要重温所有的离别

温情

以及一刹那的寒冷

我要烧掉我的

所有诗篇
我要回到末日
砸烂我的遗像
捣毁我的墓园
我要开棺验尸
我要记住我的脸
润色我的悼词
我要大声地念
让所有人都听见

——选自《中国诗歌的脸》，中国文化出版社 2008 年 1 月版

路　也

江　心　洲

给出十年时间
我们到江心洲上去安家
一个像首饰盒那样小巧精致的家

江心洲是一条大江的合页
江水在它的北边离别又在南端重逢
我们初来乍到,手拉着手
绕岛一周

在这里我称油菜花为姐姐芦蒿为妹妹
向猫和狗学习自由和单纯
一只蚕伏在桑叶上,那是它的祖国
在江南潮润的天空下
我还来得及生育
来得及像种植一畦豌豆那样
把儿女养大

把床安放在窗前
做爱时可以越过屋外的芦苇塘和水杉树
看见长江
远方来的货轮用笛声使我们的身体
摆脱地心引力

我们志向宏伟,赶得上这里的造船厂
把豪华想法藏在锈迹斑斑的劳作中
每天面对着一条大江居住
光住也能住成李白

我要改编一首歌来唱
歌名叫《我的家在江心洲上》
下面一句应当是"这里有我亲爱的某某"

2004

——选自《诗刊》2004年16期

木　　梳

我带上一把木梳去看你
在年少轻狂的南风里
去那个有你的省,那座东经118度北纬32度的城。
我没有百宝箱,只有这把桃花心木梳子
梳理闲愁和微微的偏头疼。
在那里,我要你给我起个小名
依照那些遍种的植物来称呼我:
梅花、桂子、茉莉、枫杨或者菱角都行
她们是我的姐妹,前世的乡愁。
我们临水而居
身边的那条江叫扬子,那条河叫运河
还有一个叫瓜洲的渡口

我们在雕花木窗下
吃莼菜和鲈鱼,喝碧螺春与糯米酒
写出使洛阳纸贵的诗
在棋盘上谈论人生
用一把轻摇的丝绸扇子送走恩怨情仇。
我常常想就这样回到古代,进入水墨山水
过一种名叫沁园春或如梦令的幸福生活
我是你云鬟轻挽的娘子,你是我那断了仕途的官人。

2004

——选自《诗刊》社编《第三届华文青年诗人奖获奖作品》,
漓江出版社 2006 年 1 月版

身体版图

我的身体地形复杂,幽深、起起伏伏
是一块小而丰腴的版图
总是等着被占领、沦为殖民地
它的国界线是我的衣裳
首都是心脏
欲望终止于一条裂谷

我把它横陈、折叠、翻转、弯曲缠绕
它属水质,可随物赋形
潮润的皮肤如滩涂,带着熟了的芒果的芳香
汗水在脊背的礁石上开花

隐秘的国门打开来又合上
合上了又打开
在你的面前

根据相关条约
我的金矿煤矿油田，有色金属和天然气
统统交给你来开采
你还可以在这版图上修铁路建港口
盖上一座教堂

你对我的侵略就是和平
你对我的掠夺就是给予
你对我的破坏就是建设
疼痛就是快乐
粗暴就是温柔
雷电交加是为了五谷丰登

但大多数没有你的时候
这版图空着，荒着，国将不国
千万里旱情严重到
要引发灾害或爆发革命
其质地成了干麦秸，失了韧性和弹性
脆到要从中间"咔嚓"，一折两半

2003

——选自王必胜、潘凯雄选编《诗歌秀》，
春风文艺出版社2004年4月版

卢 卫 平

高处的事物

高处的事物在高高的高处
比如鹰，白云，日月和星辰
我曾经爬上树梢，站在楼顶
登上山峰，伸开双臂
高处的事物仍高不可及
直到我学会铺开稿纸
高处的事物才渐渐向我走近
薄暮时分，倦鸟归林
我不止一次看见神秘的鹰
收拢翅膀，在稿纸上慢慢走动
握住它，比握住一支笔还轻松
还有那白云，经常变成一群羊
在稿纸绿色的格子里放牧
它们靠着梦想成长
我一声叹息它们都能听见
至于日月和星辰
它们在夜深人静照亮稿纸
让黑暗中的我闪耀着
灵感和智慧的光芒

——选自《各就各位》，九州出版社 2009 年 12 月版

谁

谁握着闪电的鞭子
谁在雷的呐喊中抽打着乌云
谁撕裂午夜的天空
谁在照亮大地的瞬间
泪雨滂沱

站在窗前的人
内心一次次响起
刀划过玻璃的声音

——选自《诗刊》2009年08期

栗 树 林

三十年后,我再次走进这片栗树林
不见种树的人。从栗树斑驳的身上
我看见岁月隐秘的时钟
沿着我当年的想象,栗树高过乡村的屋顶
雨走后,栗树梢上常常晾着云的衣裙

这片栗树,可以造一百只船
可以打一千套家具,一万张犁
可以是诗人写诗的一百万张稿纸
我可以把所有与树木有关的事物
和这片栗树联系起来
但当我看见栗树背着那么多背篓
背篓里的鸟儿正在教树叶唱歌
当我看见在大风中,栗树抓住大地
像怕失散的儿子抓住母亲
我就祈盼,经过这里的人
永远不会想起斧柄

——选自《诗刊》2009 年 08 期

卢 文 丽

九溪烟树

你总在我的寂寞中升起
如一缕青烟
深入云际
放慢尘世颠沛的步履

我的心忽然感到无比安详
好像一下子走过所有村庄
流过多少光年的幻境
有若千百度跋涉之后
蓦然回首的讶异

我一无所有
只带着黯淡的热情
总会有这样的时刻
被一朵花或一个眼神
击中，我的忧郁
自爱上你的瞬间开始

寻你，溯萋萋芳草而去
溯缥缈白云而去
多少个春天在长途丧失
唯有你照见

我谜一样的本性
一种收不回的倾慕
温暖如风如旧的唱片
滑过朦胧视听,使泪水充盈

那般遥远年轻的绿
陶醉于被鱼儿痒吻的脚趾
蓦然远飞,上升为快哉之风
目光之网撒开,清澈扑面而来
越过重重叠叠山
曲曲弯弯路
叮叮咚咚泉
高高下下树
不敢惊动树梢
那一对交颈的黄鹂

且将我心
放逐于林海亭
放逐于溪中溪
放逐于潭中潭
放逐于波光柔曼的醉乡
即便日暮孤寒
终有一缕笛音相伴
小住为佳,且吃了赵州茶去
日归可缓,试同歌陌上花来

——选自《我对美看得太久 西湖印象诗100》,
浙江文艺出版社2009年12月版

断桥残雪

长久沉默以后
天堂的漂泊者
被古典的紫竹吹送
清冽,吉祥

它们飞扬,静与虚
像来历不明的黑夜
一种细碎而入侵
皮肤的声息
与幸福相似
比痛苦更深

手持一根火柴
她步入第十二夜
多么寂静的时刻
天堂里已没有人来人往
那一败涂地的美
推开遥远和光明

越来越冷的风
越来越淡的桥
幽蓝色湖面上

越来越寂寞的烟花

她挂着守财奴一般
宿命的笑
将内心的海市蜃楼
反复清点

呵，满世界的阆苑奇葩
呵，满世界的云水光中

——选自《我对美看得太久　西湖印象诗100》，
浙江文艺出版社2009年12月版

洛　　夫

苍　　蝇

一只苍蝇
绕室乱飞
偶尔停在壁钟的某个数字上
时间在走
它不走
它是时间以外的东西
最难抓住的东西
我蹑足追去，它又飞了
栖息在一面白色的粉墙上
搓搓手，搓搓脚
警戒的复眼，近乎深蓝
睥睨我这虚幻的存在
扬起掌
我悄悄向它逼近
搓搓手，搓搓脚
它肯定渴望一杯下午茶
它的呼吸
深深牵引著宇宙的呼吸
搓搓手，搓……
我冷不防一掌拍了下去
嗡的一声

它又从指缝间飞走了
而
墙上我那碎裂沾血的影子
急速滑落

——选自《诗选刊》2005 年 07 期

无声（禅诗四帖）

花落无声

大丽花
开在后院里
月亮翻过篱笆时
顺手带走一丝春天残余的香气

叶落无声

梧桐
被烟缠得面红耳赤
一阵秋风把它们拉开
落叶满阶

月落无声

从楼上窗口倾盆而下的
除了二小姐淡淡的胭脂味

还有

半盆寂寞的月光

雪落无声

一行脚印……

冷清的寺院外

雪

落在老和尚的光头上

化得好慢

——选自《绿风》2004年05期

吕　约

欢爱时闭上的眼睛

欢爱时闭上的眼睛
在仇恨中睁开了
再也不肯闭上
盯着爱情没有看见的东西

欢爱时的高声咒骂
变成了真正的诅咒
去死吧，去死吧
直到死像鹦鹉一样应和
喊着爱情没有宽恕的名字

2008 - 6 - 11

——选自张清华主编《2009年诗歌》，春风文艺出版社 2010 年 1 月版

姐　妹　花

在法国马恩河畔

我遇上美女桑蒂娜
落日下,长亭外,古道边
我们一起抽烟
我抽爱喜,高丽造
她抽万宝路,美国造
我讲一个段子,中国造
她哼一支小曲,法国造

白浪滔滔,天下大同
姐妹花做了三天两夜
依次交换名片烟草口红拖鞋安眠药
以及对于敌国男士、领袖
和新生活运动的意见
混乱中
有人给我们按下一张合影
她只有左脸,我只剩右脸

事隔三年,我已昏聩
记不清姐妹的模样
到死之前,也没力气
前去寻找她欠我的那一半脸
更无法向那半球
递过我的左边脸
像递一片5g重的安眠药

2004 - 6 - 23

——选自伊沙编《被遗忘的经典诗歌(下)》,
太白文艺出版社2005年1月版

马　莉

爱一个人能有多久

爱一个人能有多久
行走在极端小心翼翼的世界上
没有事先约定,也没有预感
在亿万年前还没有到来的时刻
比时间还要久远的时间里
比空间还要寂寥的深邃中
爱一个人能有多久,比死亡,比尘埃
比我们的祖先还要受伤的世界上
风吹拂你的额头让我听到了你的呼吸
你的咳嗽,空荡荡的心跳,爱一个人究竟
能有多久,草尖上的光芒也感到了疼痛
让我问问时间吧,还差多少年
还要等待多久,让我问问死亡
亲爱的死亡,爱一个人能有多久

——选自《马莉新作快递:金色十四行》总第30期

马铃薯兄弟

温暖普照

有时我会想到生
想到恩慈的阳光
和爱
带给我那么多欢乐的儿童
我的心里很温暖

有时我会想到死
想到水流的安详
黑夜和静寂
那么多我爱的人
带着伤病

有时他们因寂寞而欠身
也在把他们的亲人回想
他们虽然觉得过去有一百种好
也不愿惊醒亲人的梦
他们在安心等待

想到所有的这一切
我的心很温暖
就像棉花
把自己坦然地舒展

开放
虽然已轻微受伤

  ——选自《马铃薯兄弟诗歌新作快递：情人节鲜花夜》总第 4 期

春天如此蔓延

春天一路向北
比马车快
比火车慢

  ——选自《马铃薯兄弟诗歌新作快递：情人节鲜花夜》总第 4 期

春天的花园

这些美好的身体已让我们探索不尽
哪里还有时间拐进心灵

  ——选自《马铃薯兄弟诗歌新作快递：情人节鲜花夜》总第 4 期

麦　城

缝　纫　机

一九六六年
大年初一的前一天
我跟活在皮肤里的姥姥说
把这台缝纫机
卖了吧
换了钱
把节日赎回来

姥姥听后
气哼哼地回答
卖了它
家里这么多的伤心事
如何缝
又如何补

随后
姥姥脚踏上缝纫机
嗒嗒嗒，嗒嗒嗒
她刚刚的那一份表达
随针线一起
织进了我的蓝布衣里

多年以后
放学回家的路上
蓝布衣上的一根线头开了
我顺手一拽
姥姥的那份表达
被我越拽越长

2003 年 3 月 12 日

——选自《词悬浮》,人民文学出版社 2005 年 12 月版

形而上学的上游

一

火车轮子
大声盘问着逃进铁里的轨
铁,总是输给车轮

轨道下的枕木
控制着木匠的野心
坐在尾节车厢里的男孩
端起玩具枪
瞄父母离婚的背景

二

你没有多少向往地站着

像看着玻璃电梯里的我
那样地站着
嘴角似乎沾了一个歌词
歌词，正拉拢离你最近的旋律
唱我的孤独

三

天堂的后视镜
把分不开山羊和绵羊的懿翎姐姐
从乡下拽到了城里
山羊在镜子里
啃着城里的百货

四

实验室里的乡音
将远和近递给了物理
水，一定在水流的上游活着
玻璃上的雾气
使窗户把窗外看得格外重

五

祖母和外祖母
脸上的皱褶
被手风琴收起来
敲门声与啄木鸟,
混响在一起
空杯坠落，清脆地说
神碎了一地

——在你身后

六

我踮起脚尖
够油画里的那把钥匙
这里那么多的门
没有一扇有锁孔
看来，钥匙也是一种假设

七

几个线条
就把狗的忠诚
逼得离你这么近
狗。西方的狗
忠诚落到纸上
也是杂色的

狗的目光
刚刚赶到狗的眼睛里
这条狗
便从画的技法里
蹿了出去

傍晚，狗叼着一块
被肉抛弃已久的骨头
向画的深处走去

八

戴上手套

用手套上的手指

一层层地揭开亲人的伤痕

你捂住双耳

掩盖着来自身体左侧的哭

九

盘子端过来的时候

我正好从筷子上

往田间走

盘子越来越接近盘子的事实

它呆在南方的菜谱里

看，谁最先娶走胃口

你的挑来挑去

从自己开始

再由自己结束

十

药方领着病情

赶到了乡村邮局

寄我牙齿上的疼

邮票，贴在往事的右上角

请于下周二

查看你的邮箱

十一

乌云、高尔基的大胡子

暴风雨比他的外套

来得还要早

小说里的核心人物
端着乡愁的木碗

谁最先浮出水面
谁就先拥有上游

十二

童年，就是一枚绿扣子
从鞋帮
往上钉
一直钉到领口

十三

一个词
惊动了一个人的写作动机
也惊动了人间的香火
所谓的文学虚构
被踢翻在地
隐喻和反隐喻
划了两道长长的口子
血，从另一个人的阅读里
向外地流

十四

一则广告
贴在小区的楼道里
本人，管道工
具二十余年工作经验

专修暖气阀门

和疏通上下水管道

如需要，亦可

疏通各种社会关系

并负责权力的安装

调试和维修

联系方式

列宁在一九一八

十五

清明节

去郊外基地

我的哀思和埋在这里的

一个人的尊严

于十点一刻

秘密接头

尊严在高处

我慢慢向上走

在第十二个台阶下

不慎滑倒

倒下去的姿势，好像

与埋在深处的死亡

重叠在了一起

我抬了一下眼睛，发现

我的影子还呆在原处

十六

骰子共有六面

六面绝不是机遇的六种
四个人
隶属东西南北四个风向

发财的"發"字
蹲在幺鸡的身后
鼓捣它把游戏里的财富
叼过来
喂你当下的命运
那个矮胖子
不停地摇晃着手心里的骰子
他身后的阿拉伯表哥说
运气,摇是摇不出来的

我第一手抓来的牌
是一对西风
第二手
是个南风
第三手牌抓起来一看
竟又是个北风
还未等我看到东风
窗外树上的叶子
已落满街道

十七

铁轨
从毛泽东时代的夜色里
铺过来之后

一个人影
和他的前程
开始交付使用
忧郁倚靠着火车的时速惯性
哀求着悲伤
在下一个山谷
减速

十八

车站扳道工身后的那个
乡村孩子
目睹了扳道岔的全过程
他的好奇
与道岔的移动
合并在了一起
他暗暗自语
什么时候
他八岁的向往
能被扳道工
从这一边扳到另一边

另一边,是哪一边?

2004.2.10—18 于大连

——选自《作家》2004 年 05 期

纸灯笼里的纸光芒

姥姥跟我说
她打小的时候
仅用一个纸叠的灯笼
守岁

姥姥拎着它
东家走走,西家看看
凭这盏纸灯笼
想把这么大的节日照在窗户上
或照亮的童年里的疑问
真是难上难

讲着讲着
我忽然看见一个人影
比穆仁智还穆仁智
拎着大红灯笼
从京戏的地方口音里
迈步出来

一个黑暗向另一个黑暗奔去
灯笼里现有的光线
无法照射出一个角色的全部困境

由此,我发现
贫困,不反光

尽管,姥姥叠的那盏灯笼
早已不在
但,纸灯笼里的纸光芒
却还在照着姥姥的脸

2004年2月8日

——选自《磁悬浮》,人民文学出版社2005年12月版

芒　　克

虚掩的门

睡眠时的光一身赤裸
黑暗像是一扇虚掩的门

忽听额头上欢声笑语
抬眼见一块块巨石宛若一群女人
她们躯体敞开摇摇摆摆
风绕着她们的腰

夏日未到
梦里却已热得使人难熬
热的皮肉
热的心跳
热的欲望时而发出尖叫

睡眠时的光一身赤裸
黑暗像是一扇虚掩的门

忽觉身旁有人在动
猛醒却不见任何人影
心烦人躁

那滋味就好像

心脏是一只被击伤落地

而在挣扎扑腾的鸟儿……

——选自《今天是哪一天》，作家出版社 2001 年 3 月版

美梦长眠

当心血耗尽

火也突然变得那么冷

火光凝固

美梦长眠

人的生命毫无神秘可言

想你一生简单而又短暂

想你一生仿佛只是一天

从清晨上路

到日沉西山

你的踪影便被掩埋在黑暗里面

而死亡漫长

孤独久远

唯有你生前未了的心愿

还仍将伴随着你

并时常把你搅得不安

死也不安
唯有美梦长眠
死也在活着
因为你依然还固执地
宁愿去继续忍受那永无休止的折磨

——选自《今天是哪一天》,作家出版社 2001 年 3 月版

明　　迪

弗里达的劳伦斯

深入，深入到骨子里，一见钟情
的后遗症。私奔，远走他乡，
与查特莱夫人，母亲，姐姐，情人。
深入到魂魄，身体开花，天堂落难。

沁入，沁入心肺的暗香。21岁遇到你
的宿命，内分泌紧张。紧张于
那些生词带来的刺激，那些画面引起的
错乱，奔走，奔走美利坚坚挺的梦幻。

乔治亚·奥琪芙在土屋外，躺在牧场
看一棵松，看到眼睛里流出色彩的斑斓。
红土，红树，红墨西哥，弗里达
快乐的乌托邦，朵莉丝打字，梅宝尔煮饭。

英国老师布置作业，恋爱中的女人
Usula与乔伊斯"画像"比个较，
我兴奋得神魂颠倒，连写带画，连唱带跳。
烟台同学说让他们结婚吧。我瓦解，溃烂。

她没有崩溃，她爱，疯癫冷酷地爱，

目中无人地爱，如同维拉，
纳博的她。接受他，意味着接受他的
她，心灵或肉体。不包括 160 英亩暗算。

41 岁遇到另一个你，气喘吁吁
于你的高度，你的眼神，你的气息。
电流通身。痴恋，如贝壳索取，
珍珠奉献。星座，流星于星象的浅滩。

三个女人吃醋，弗里达一气之下
将你的假骨灰和进水泥，砌成
祭坛。她不知道真骨灰已被人
撒进海里，法国，意大利，阴魂不散。

不是我，是风，将画面重叠，
北京的高楼，印第安人的矮屋，
水煮鱼，爱情，玉米，情爱，
去吧，去吧，陷阱，浅的仙境一般。

2009. 11. 10

——选自《明迪诗选》，长江文艺出版社 2010 年 6 月版

蜂　　巢

十月才是最残忍的季节，

风卷落叶，想念如捅了蜂窝一样
涌出，刺伤我自己。
留给你的是蜂蜜，香甜或苦涩
全看你从哪个角度去品尝。
词语漫天飞舞，却筑下最坚实的蜂巢，
你不要躲避，仔细看一下
它们的结构吧，六角菱形，
多神奇的建造，它们一定是比天使
还纯粹的小精灵，用最少的材料
构架出最大的空间，储存最丰富的
秘密。你知道蜂窝比人参燕窝
更珍贵，可以治病。
一棵树上挂了很多蜂窝，对此
你有什么联想？
不要害怕说出来。我和蜜蜂一样
会为你保密。我知道你把想象藏得很深，
藏在蜂窝结构的最深处，
连蜜蜂也感觉不到它们的存在。
它们却蔓延着，沁透着，
只有捅得更深，才能发现。
发现是一种痛楚，因为一定会被蜇伤，
尤其是在秋天，有风的季节。

2008．11

——选自《明迪诗选》，长江文艺出版社 2010 年 6 月版

分　身　术

在大西洋边的日子里,
我习惯开车去 Cape Cod①,
从那里向东望,不要说每一艘离岸的船,
就连细小的浪,也能把我
脆弱的部分,带回彼岸。
到了太平洋边,我反倒不适,
很长一段时间找不到方向。
一转身,才发现一直往西走,就是东,
回家的距离很近。
比这更近的方向问题,反而糊涂我,
譬如朋友要分手,我不知向哪边好,
父母要离异,曾让我心如雷劈。

下午去超市,在停车场看见一种植物,
从绿墙上攀出,垂悬于微动中,
每一朵花都像裂开的两只风铃,
面朝东西——同一株花蕊,分而不离。
生活可以如此简单,如此美丽。

2010. 5. 4

——选自《明迪诗选》,长江文艺出版社 2009 年 6 月版

---

① Cape Cod 为美国马萨诸塞州的一个地名,面临大西洋的一个海角。

默　　默

今夜，我的眼睛睁成失眠的太阳

今夜，我想睡在大街上
与郑州的逃荒者蜷缩在一起
我想对一个满头白发的婆婆叫一声奶奶
我想对一个满脸皱纹的大爷叫一声爷爷

月光是那么寒冷
星光是那么忧郁

今夜，我想睡在大街上
与上海的无家可归者蜷缩在一起
我想对一个愁云密布的男人叫一声爸爸
我想对一个茫然失措的女人叫一声妈妈

月光是那么寒冷
星光是那么忧郁

今夜，我想睡在大街上
与西安的拾荒者蜷缩在一起
我想对一个垂头丧气的少年叫一声弟弟
我想对一个面容污秽的少女叫一声妹妹

你们耕种的稻谷在谁的嘴里喷香
你们种植的棉花裹着谁在冬天暖如春

今夜,我想睡在大街上
与北京的乞丐蜷缩在一起
一个男孩嘴上咬着家乡麦秆的
我想轻轻叫他一声儿子
一个女孩发梢上还插着家乡野花
我想轻轻喊她一声女儿
太阳升起的时候
大街不会是你们永远的家园

月光那么寒冷,星光那么忧郁
我的双眼睁成了失眠的太阳

4月9日于郑州

——选自罗晖主编《中国诗歌选:2004～2006》,
海风出版社2007年7月版

娜　夜

大　悲　咒

这些窗子里已经没有爱情
关了灯
也没有爱情

——为什么没有？为什么上帝和神一律高过我们头顶？

——选自燎原、白垩主编《中国独立诗人诗选》，
中国戏剧出版社 2010 年 8 月版

写　作

让我继续这样的写作：
一条殉情的鱼的快乐
是钩给它的疼

继续这样的交谈：
必须靠身体的介入
才能完成话语无力抵达的

让我继续信赖一只猫的嗅觉:
当它把一些诗从我的书桌上叼进废纸篓里
把另一些　从废纸篓里
叼回到我的书桌上

让我亲吻这句话:
我爱自己流泪时的双唇
因为它说过　我爱你
让我继续

女人的　肉体的　但是诗歌的:
我一面梳妆
一面感恩上苍
那些让我爱着时不断生出贞操的爱情

让我继续这样的写作:
"我们是诗人——和贱民们押韵"
——茨维塔耶娃在她的时代
让我说出:
惊人的相似

啊呀——你来呀　你来
为这些文字压惊
压住纸页的抖

——选自《娜夜诗选》，甘肃文化出版社 2003 年 8 月版

南　　鸥

怒放的野菊

没有姓氏,或者已经被剥夺
但依然昂着头颅
细小的根茎依然把血液输向天空
你依然像向日葵一生怒放

没有出生的地方,没有居所
你依然躲在秋天的边缘偷偷歌唱
金黄色的小脸
是荒坡唯一的语言

暗香扑面。你总是在暗夜悄悄燃烧
像一位表情古典而又风情的女子
一张典雅的脸,隐藏了太阳的光芒
你的表情是秋天与生俱来的暗伤

沉默,如一位被遗忘的哑女
朴素和卑微,注定你一生的荣耀
时间总是在你的脸上断裂
我看见荒凉的目光,再一次荒凉

我知道,无言也是另一种诉说

是向黑暗索讨被割让的阳光
你的血液是属于天空
而你怒放的脸,再次让我无地自容

看到你,我才知道时间还在流淌
知道洞穴里的蚂蚁还在歌唱
天空的飞鸟、群山
以及河流,正等待着你重新命名

我内心的暗伤如火焰缭绕
正越过荒坡,越过你怒放的脸

2005 年 4 月于贵阳

——选自张清华主编《2008 年诗歌》,春风文艺出版社 2009 年 2 月版

谁在眺望暗伤密布的秋天

这是山坡,黄昏一片片涂在脸上
涂在刚刚收割的玉米秆上
而那些饱满的果实经过人们的胃
已经变成另一种物质

此刻,落日的阴影在地上移动
谁拉断你的腰肢,取走了你的孩子?

那些嫩绿色的内衣烂在地里
你躬着背，眺望暗伤密布的秋天

这是一种来自命运根部的剥夺
可是你依然要穿过农历的月份
飞鸟刚刚停落，又飞走
你说这是一种归属。是另一种抒情

现在是盛夏，可你要站到秋天
你要穿过土地空旷的胃
带领你的家族，成片地倒下
一片火焰，带走你最后的孤独

弯曲的身体立着季节的问号
你说：这是命。是归宿。是存在

2005 年 6 月于贵阳

——选自《山花》2005 年第 7 期

玫瑰与舞女

一只白猫优雅地端坐在明亮的客厅
玫瑰　高脚杯和葡萄酒
是舞女灵魂中永远闪耀的哲学

一夜之间　玫瑰和舞女成为午夜唯一的风景

酒吧漂在水面　玫瑰飘出寒冷的气息
温馨的烛光忽明忽暗
高贵的葡萄酒　流淌一位美女病入膏盲的记忆
所有的眼睛都躲在太阳的背后
我听见月亮的泪水滴入晶莹的酒杯
而柔美的音乐和少女一样　滑落深渊

今夜　太阳是谁的丈夫
而月亮又是谁的情人
我看见阳光　玫瑰和舞女是绝美的风景
又是幽光粼粼的陷阱
我们怀揣圣经　我们仰天长叹
在黄昏　在玫瑰和舞女翻飞的夜晚

当时光如新娘步入洞房
当情人和玫瑰洞穿时光
我们的头发开始腐烂　我们的牙齿开始脱落
最后一缕阳光被最后一只玫瑰吸干
我看见眼睛和手成为垃圾
宝落色的花瓶盛开血红的骷髅

天空伸出一双白净的小手
我却摸到一堆黑色的骨头
坐在情人的花园　我们成为囚犯
摘下第一朵鲜花　我们走向死亡

当玫瑰午夜一样盛开
当舞女的舌尖如月光舔着我们的脸庞
剑　早已躲进命运的根部
早已躲进我们姓氏和血液的入口

2003 年 6 月于贵阳

——选自《山花》2003 年第 9 期

牛　汉

无　题

我和诗，一生一世相依为命，
从不懊悔，更没有一句怨言。

六十年来，在遥远而虚幻的
美梦里，甘心承受现世的苦难。

经历了一次苦过一次的厄运，终于
在苦根里咂出了一点未来的甜蜜。

未来的甜蜜本是为下一世人生酿的，
尽管眼下还尝不到一滴，却已经
神奇地甜透了我已逝和未逝的人生，
写诗，还不就是为了这点尝不到的甜蜜吗？

2000 年 11 月 23 日晨

——选自《北京文学》2001 年第 2 期

火化聂绀弩

  聂绀弩在人世的最后几年,浑身疼痛难忍,双腿弯曲如弓,无法伸直,可他仍笑着写诗,他说:"诗让我忘了疼。"向他的遗体告别时,见他头上戴的还是那顶油渍斑斑的旧蓝布帽,帽檐压得很低,未看清楚他的眼睛是否已闭上,身躯仍佝偻地侧卧着,到死未能伸直。

三月,正当春暖花开的解冻时节。
吃了整整一个蜜橘之后,
聂绀弩安静地睡着了,
永远,永远……

火化聂绀弩,
多么庄严而美丽的五个汉字,
一首诗的响亮的题目!

静默地垂着头颅,
我独自兀立在八宝山公墓的
高墙外,凝望茫茫的天空:
哦,一个人的灵魂
即将从这里升天!

翘望了很久很久,
看不见有什么升天的迹象,

是一缕青烟吗？
是一柱火光吗？
人的灵魂是什么形状，
我从来没有见过。

但聂绀弩的灵魂，
即使化成青烟，化成火光，化成雾气，
化成白羽，化成轻风……
我一眼会认出他来：
我会向他挥手告别
哦，老聂，是我，牛汉！
祝你升天，天路平安！

我抚摩过浑身疼痛的聂绀弩，抚摩过他的
历历可数的胸骨，瘦削灵巧的手掌，掌心火热火
　热，
还有他僵硬而弯曲的腿骨，尖削的膝头……
聂绀弩苦笑对我说："我的诗，一首一首
刻在了我的骨头上，每个字都带给我痛感，
是痛快的那个痛！"

我摸着他的热胸，对他说：
"诗，也写在你的心上。"
绀弩的心脏跳得轰轰响，
握笔的手不住地颤摇，
可挥写出的诗，每个字都
出奇的潇洒，出奇的美丽！

……

哦，我望见了，
感觉到了：
是绀弩，
是绀弩的魂，
是绀弩的气象，
是绀弩化成的——

一缕烟，浓黑的烟，
正从一丛树梢冉冉冒起，
是他，是他，是绀弩，
可为什么不是直直地突突地向上升，
而是弯弯曲曲，颤颤巍巍，
哪里是升天？
天哪！
绀弩化成烟，他的魂体仍没有伸直啊！

绀弩的魂，
那一缕沉重的黑烟，
久久地停滞在离地面不远的空间，
那不是天宇，更不是天国，
他仍佝偻着，变成了永远疼痛的一缕烟。
地上的路走不动
上天的路也走不通啊！

火化聂绀弩，
灵魂难于升天！

第一次悟知：
天为什么要下雨！

牛　汉

雨是灵魂化成的泪吗?
火化绀弩的那天,
先是晴天,转阴,
随后下起蒙蒙的细雨,
绀弩化成泪又回到了人世间。

——选自《黄河文学》2002年第2期

我和石头

我的书架上
摆放着许多大大小小粗砺的石头。
多少人久久望着石头问我:
为什么如此敬爱石头?
我沉默不语。
我是一块站立的石头。
我听见每块石头都跳动着大山的心灵,
我日夜听着它们卜卜地跳动着……
我与失落在人间的石头们相依为命。

2001年

——选自《人民文学》2009年第10期

欧阳江河

泰姬陵之泪（节选）

1

没有被神流过的泪水不值得流。
但值得流的并非全是泪水。
在印度，恒河是用眼睛来流的，它拒绝灌溉，
正如神的泪水拒绝水泵，仿佛干旱是鹰的事务。
在干旱的土地上，泪水能流在一起就够了。
泪水飞翔起来，惊动了鹰的头脑和孤独。
鹰的独语起了波浪，
鹰身上的逝者会形成古代吗？
恒河之水，在天上流。
根，枝，叶，三种无明对位而流。
日心，地心，人心，三种无言因泪滴
而缩小，小到寸心那么小，比自我
委身于忘我和无我还要小。
一个琥珀般的夜空安放在泪滴里，
泪滴：这颗寸心的天下心。

2

有时单一的眼睛里流着多神的泪永，
有时神自己也被渎神的眼泪打动。
有神无神，人的眼泪都持恒常流。

然而，人无论流多少泪，擦去之后都成了圣宠
和物哀。神赐予泪水，却并不赐予
配这些泪水去流的眼睛。
除非婴儿的眼睛在古人眼里睁开，
除非泪滴里嵌入了一个子宫般的宁静，
除非神和人的影子彼此成为肉身，彼此的泪水
合成一体流，但又分身流。
在目力所及之外流。在意义之外流。在天上流。

3

并且，将天上的事物搁在大地上流。
从前世流到现世，从恒河
流到阎牟那河，不介意肮脏和倦怠，
不区分洁身的水与下水道的水，
不区分小便与百合花的香味，
不区分红尘与灰尘的颜色，
不问去留，不问清浊，不问谁的眼睛在流，为君王流
还是为贱民而流。

4

这些从古到今的泪水在我眼里静静流了一会儿。
这些尊贵的泪水不让它流有多可惜。
这些杯水就足够流，但非要用沧海来流的泪水。
这些因不朽而放慢步伐，但坚持用光速来流的泪水。
这些从孔雀变身而来、折成扇子还在开屏的泪水。
这些夺魂的泪水，剜心的泪水，断骨的泪水。
这些神流过，古人流过，今人接过来流
像罪人一样流的泪水。

5

看善和恶两颗泪滴对撞在一起有多美妙。
它们彼此粉身碎骨,彼此一刀砍下。
已经很多年没有刀的感觉了,
刀砍在泪的小和弱上铁变成木头,
神留出一些圣洁之物给泪水流,爱与死
因相互照亮而加深了各自的黑暗,
因忍住不流而成为神眼睛里的泪非泪。
神身上的旷古之泪,越是壮阔地流,越是不见古人。
而今人越是万有,越是一无所有。

6

泪水就要飞起来。是给它鹰的翅膀呢,
还是让它搭乘波音767,和经济奇迹
一道起飞?三千公里旧泪,就这么从北京登上了
新德里的天空。时间起飞之后,我们头脑里
红白两个东方的考古学重影,
能否跟得上超音速,能否经受得起神迹的
突然抖动?我们能否借鹰的目力,看着落日
以云母的样子融解在一朵水母里?2009年的恒河
能否以虹的跨度在天上流,流向1632年?
要是飞起来的大海像床单一样抖动,
要是今人在天空深处睡去,古人会不会
蓦然醒来,从横越天空的滔滔泪水醒来,
从百鸟啁啾醒来,醒在鹰的独醒和独步中?
鹰,止步:航班就要落地。
俯仰之间,山河易容。

7

1632年的泪水，2009年还在流。
一个莫卧儿君王从泪水的柱子
起身站立，石头里出现了一个女人的形象。
泪水流入石头，被穿凿，被镂空，完全流不动了，
还在流。这些江山易主的泪水，国库
被它流空了，时间本身被它流尽了。
武器流得不见了武士。
琴弦流得不发出一丝声音。
酒拿在手中，但醉已流去，不在饮者身上。
黄金，器物，舞蹈的砷和锑，流得一样不剩。
还有记忆和失忆，还有肉身的百感交集，全都经不起它流。

8

即使是神的泪水也不够它流，
有时它只为一个女人而流。
是否整个印度欠这个女人一个镜像？
是否镜子过于寒冷：皓月入泪，鱼却在阳光中游？
是否镜子里的女人已经从鱼变身为鸟儿，
她想要飞起来，想要被梦见？
一千光年的泪水，在鸟儿身上沉沉睡去。
一千个重合的镜像，彼此是空的。
一千只眼睛跌落在地上，
看见什么，什么就一起碎身。当镜中人
收回女人的神授之身，当她从鸟儿的半神
分身出鱼的半人，以为能游到镜子外面，
但鱼哪来的力气从水星游到火星上去？水中月

没有那么多的玻璃,也没有足够的奥义,
可以造一个浑圆,一个镜子的深海。当这个深海
借助神的一口仙气,宁神地,通体亮透地,
灯一样,被吹入泪滴。

9

泪痕和雨痕,彼此留有余温。这隔世的
女人手的触摸,仿佛雨一直用眼睛在下,
而泪滴只是一些现成物,只是小我
从一个更小的我获得的服从和追忆,
但又无从追忆。因为眼泪不是对生命
而是对生命之不可知、不可问的强有力提问。
眼泪说着一种无语的语言,一种用否定说出的
肯定的语言,冰与火的语言,同时用二十种语言说。

10

在印度,有一百种方式可以擦亮泪水,
但只有一种方式保存它。你可以选择玛瑙,
也可以选择冰雪,选择古物,选择夕照。但会不会
整个印度次大陆的悠悠干旱,
美的,至善的,低法和高法的干旱。
一眼望去,此生无涯的干旱,
是神的选择。是神为保存泪水
而作出的,弃绝的选择?

11

眼泪从一到百,被充满,被溢出。
从一流到一百:是减少呢,增添呢,

还是相互对流,终究各自归零?
情一忍住眼泪,心一洗涤眼泪,神一照临眼泪。
多,最终将听命于一,使眼泪变得更加稀有和清洁。
但那些不洁的黑暗的泪水能不让它流吗?
那些泪水里的白垩和铁,那些矿层,那些泥沙俱下,
那些元气茫茫,生死茫茫,歌哭茫茫,年轻时泪流,
老了,厌倦了,也流。
眼睛流瞎了,也流。有眼睛它流,
没眼睛,造一只眼睛也流。这颗色即是空的
灯笼般的孔雀泪,开不开屏它都是蓝色的。
谁又能忘却海的颜色,任凭太阳的颜色吹拂泪水呢?
比如,从印度蓝吹来的,纱和丝的印度红。
比如,用火眼睛流泪的中国红。

12

眼泪像被借用但还错了眼睛似的
不在钟表里。古人和今人彼此的眼泪
是反的。一千年旧爱,
比十分钟电视新闻离得更近。千年之外
我们排起了长队。在泰姬玛哈,在晚报
与古老的书卷之间。我们不过是些游客,
无论是否流泪,琥珀都不是眼睛。
有时鸟儿的泪水也会弄错眼睛,当鹰眼
被移入一只猫眼,当我们隔着防盗门
从互联网朝外星空望去——小偷
偷走了轻盈的泰戈尔。他会留下庄子吗?
当全球通短信将北京的一场夜雪
错下在阿格拉的早晨。春天的快门

一闪：2009 年，我拍下了 1632 年的我非我。
我被我自己丢失了吗？

13

泰姬陵是一个活建筑，一个踉跄
就足以让它回魂。泪水从圆到方
堆砌在一起，仿佛泪之门是大理石做的，
词是它的窗子，它的拱顶，它的器物
和深深的迷醉。而在词的内心深处，肉身的火树银花从圆到尖
上升到灰烬顶点：这众泪的最初一滴泪。
诗歌登上了这颗泪滴的至高
和绝对，并将它从星空摘取下来，
写成三段论的、手写体的波浪。
泪之花潮起潮落，催开泪之树上的海景，星象，
以及树身的刻痕。古老印度的眼界和身高
少年般，刻在一棵菩提树上。
树并无嘴唇，但感到亘古以来的深渴。
恒河与黄河相互生长，相互磨损，
给诗的脖子留下深深的勒痕。
那么，泰戈尔，恒河这滴眼泪想流你就流吧。

14

诗歌并无自己的身份，它的彻悟和洞见
是复调的，始于二的，是其他事物施加的。神与亡灵的对视
水仙般，支吾着一个元诗歌的婀娜
和芬芳。眼泪从词的多义抽身出来，
它一边流逝，一边创造自己的边界和可塑性，
因为诗歌的行吟的泪水是雕像流出的，

里面流动着一些知觉的材料，
比如，夜莺深喉里的那些水晶，那些小金属。
但在乡村印度，为什么孔雀的叫声如此哽咽，
为什么词的历史会再次成为尘埃的历史？

15

为没人流过的眼泪建造一个悬搁。
为从未诞生的孩子生下一个父亲。
如果没有足够的荣耀，用失败和耻辱
也要生一个父亲：因为人是宇宙的孤儿。
用光了肋骨，就用泥土去生。那么女人
又是谁的泪水呢，自己从自己
流淌出来，眼睛和子宫，并蒂在脸上流，
从燕子回流到鹰的根部，
头发流向韵脚，河水流向袖子，心流向玉。一颗玉的心
摔碎了多少石头脑袋！
是否人在神身上反复老去，死去，而神
依然是个新生儿？
神也是女人生的吗：按人的样子生下的？
神：这个亡灵，这个圣婴。母亲
最终是谁的小女孩，她像小女孩一样微笑，
并用小女孩的哭泣概括这个世界。

16

玉碎高不可问：因为神宠之手将心碎
放在帝宠的掌心里。
只是，泰姬，无论三千宠爱有多少玉石堆积在你身上，
轻轻一碰，顿成尘土。

心整个是玉,心痛,玉也跟着痛彻。
玉碎的芭蕾舞脚尖,垫起一个玉生烟,
并且,玉碎将自己的前世今生从修辞到肉体
轻放在全人类共有的心碎之上。
2009年,镜像回头一瞥,递过1632年的隔世之约。
昨是今非:回音里传来佳人敲月的声音。
这并非泰姬对别的女人在说话,这是心像
被建造在物相的实体里。心泪,滴下了物的眼泪。飞起来
飞起来该多好,但泰姬泪
不是你所看见的任何一只燕子,
因为她是所有的燕子。
在鹰的睡眠里,你醒着,走着,一个趔趄从是到不
跌落在两生花的世界,丢了魂似的
听见沙贾汉以泰姬的名字叫你,而你是中国女人,
是孟姜女,湘妃,李清照,太平公主。

17

没有一棵树
是以它本来的样子被看见的,菩提树
与菩提无树相互缠绕,从天空之锁
退出鹰的钥匙,退出终极之爱的无助和无告。
天使们撒下身体的尘埃和落叶。木兰花,
减字才会绽开,并以雪的面容淬火。
泪之树,看上去像着了火一样浓烈。泪水中
那些树根和块茎的顺流而下
伸出云一般的芭蕾舞脖子,从蜡烛之尖顶
缓缓升起,停在树叶和冷兵器的刻度上。
眼泪这柄孤剑,敢不敢与森林般的战争对刺?

爱之剑，只是几片落叶而已。
剑心指向人心，三千里迎刃而吹的泪水
从二十四桥吹了过去，从吾国吾土，从金戈铁马
往竹子的空心深处吹，
多么悱恻的白色笛子像月光。
四百年了，泰姬用眼泪在吹奏恒河。
只是，泰姬，你吹不吹奏我都能听见你。黄河
也被吹入了这颗叫做泰姬的泪滴。
泰姬，你不必动真的刀剑，
几片落叶，已足以取我性命。
你不必死了多年，还得重新去死，
还得往剑刃上掏真心，流真的眼泪。眼泪
可以是一些残花败絮，一些事先写下的台词，短信，
将古道西风与东印度公司的航船
幽灵般，组装在一起。

——选自《花城》2010 年第 2 期

火

她用袖子点燃一朵火焰
远远地把它携入风中,携入
一片黑暗的旷野,然后
它突然变大,充满整个舞台

她窈窕的身影在舞台上旋过
那蓝火焰在风中吐着舌头
往上蹿跳,几乎触到头顶的星空
接着在风中加速,把旷野

抛向身后。她远远地站着
看那一片奔腾的火在她身后熄灭
但是谁能看出火中的火,火中的
烛芯?那几乎被黑暗吞没的

又怎样使自己在舞台上大放光明?
谁在黑暗中饲养一条寂寞的火蛇?
那占据舞台的火焰,外表明亮
但是盲目,就像那寂寞的舞者

小小的火焰,以什么为燃料?
它燃烧黑暗,抑或燃烧自身?

看它在墙角扭动着身子,仿佛
正在经历蜕变的痛苦;从小火中

养育出大火。那脱胎换骨的火
在舞台上大放光明;万众的火
跟随那唯一的火燃烧旷野
寂寞的舞者养育一个寂寞的夜

——选自张清华主编《2007年诗歌》,春风文艺出版社2008年1月版

为蟑螂而写的一首诗

用尽量隐身的方式减少
树敌的机会,并把它
发展成一门艺术,随时
探触到光明中隐藏的杀机:

拖鞋的践踏。主妇手中
随时准备落下的蝇拍。更残忍的
顽童的戏法。大地的嫡传
在一次次洪水时代中自我完善

你几乎谙熟时间的秘密
生存的机会在于侧身缝隙
童年的伙伴中,只有你

追随我，从江南的绵绵细雨中

越江而北，抵达红色的首都
在难以容身之地找到
安身立命之所。搬入新居之后
我以为将告别你谦卑的问候

数月之后，你重新把家安进了
我的厨房。保持羞怯而安分的天性
在我的目光中匆匆把自己藏好
而我的内心却刺过一阵隐秘的战栗

从你的姿态中，我学到
以侧身向历史问候的方式
在患躁狂症的年代隆隆过去后
我们将留下来，守住大地的居所

——选自张清华主编《2007年诗歌》，春风文艺出版社2008年1月版

一分钟天人老矣

一分钟后，自行车老了。
你以为穿裤子的云骑车比步行快些吗？
你以为穿裙子的雨是一个中学教员吗？
一分钟，能念完小学就够了。

一分钟北大，念了两分钟小学。
一分钟英文课，讲了两分钟汉语。
一分钟当代史，两分钟在古代。
半封建的一分钟。半殖民的一分钟。
扎仲尼或社会主义的一分钟。
一分钟，够你念完博士吗？
一小时，一学期，一年或一百年
都在这一分钟里。
即使是劳力士金表也不能使这一分钟片刻停顿。
春的一分钟，一上发条就是秋天了。
要是思春的国学教授不戴瑞士表戴国产表会不会神游太虚？
一分钟后，的士老了。
公交车的一分钟，半分钟堵了一千年。
北京市的一分钟，半分钟在昌平区。
美国梦的一分钟，半分钟在中国造。
全球通的一分钟，半分钟就挂断了。
这喂的一分钟，HELLO 的一分钟。
宇宙在注册过的苹果里变小了，变甜了。
咬了一口的苹果，符合本地人对全球化的看法。就这一点点甜，
苹果西红柿在里面，印度咖喱、意大利奶酪全在里面了。
贝克汉姆也在里面。
一分钟辣妹，甜了半分钟。
一分钟快感，慢了半分钟。
一分钟 OK，卡拉了半分钟。
一分钟，歌都老了，不唱也罢。
但是从没唱过的歌怎么也老了？
过了一分钟，火车老了。
又过了一分钟，航空班机也老了。

你以为一分钟的烤鸡翅能使啃过的事物全都飞起吗?

一分钟,用来爱一个女人不够,爱两个或更多的女人却足够了。

一分钟落日,多出一分钟晨曦。

一分钟今生,欠下一分钟来世。

一分钟,天人老矣。

——选自《大风》2006 年(上)第 8 期

盐 碱 地

在北方　松嫩平原的腹部

大片大片的盐碱地

千百年来没生长过一季庄稼

连成片的艾草也没有

春天过后　一望无际的盐碱地上

与生命有关的

只有散落的野花

和零星的羊只

但与那些肥田沃土相比

我更爱这平原里的荒漠

它们亘古不变　默默地生死

就像祖国多余的部分

——选自《诗探索》2009 年 04 期

潘　　维

苏小小墓前
　　——给宋楠

一

年过四十，我放下责任，
向美作一个交待，
算是为灵魂押上韵脚，

也算是相信罪与罚。
一如月光
逆流在鲜活的湖山之间，
嘀嗒在无限的秒针里，

用它中年的苍白沉思
一抔小小的泥土。
那里面，层层收紧的黑暗在酿酒。

而逐渐浑圆、饱满的冬日，
停泊在麻雀冻僵的五脏内，
尚有磨难，也尚余一丝温暖。

雪片，冷笑着，掠过虚无，
落到西湖，我的婚床上。

二

现在苏堤一带已被寒冷梳理，
桂花的门幽闭着，
忧郁的钉子也生着锈。

只有一个恋尸癖在你的墓前
越来越清晰，行为举止
清狂、艳俗。衣着，像婚礼。

他置身于精雕细琢的嗅觉，
如一个被悲剧抓住的鬼魂，

与风雪对峙着。
或许，他有足够的福分、才华，
能够穿透厚达千年的墓碑，
用民间风俗，大红大绿地娶你，

把风流玉质娶进春夏秋冬。
直到水一样新鲜的脸庞，
被柳风带走，
像世故带走憔悴的童女。

三

陪葬的钟声在西泠桥畔
撒下点点虚荣野火，
它曾一度诱惑我把帝王认作乡亲。

爱情将大赦天下，
也会赦免，一位整天
在风月中习剑，并得到孤独
太多纵容的丝绸才子。

当，断桥上的残雪
消融雷峰塔危险的眺望；

当，一座准备宴会的城市
把锚抛在轻烟里；

我并不在意裹紧人性的欲望，
踏着积雪，穿过被赞美、被诅咒的喜悦：
恍若初次找到一块稀有晶体，
在尘世的寂静深处，
在陪审团的眼睛里。

——选自《西湖》2005 年 04 期

梅花开了
——致北岛

梅花开了，才知道还有家乡，
才记起还有情事未了。
他只会叫她名字的一半，

或许,她已从繁体简化到优雅,
像清凉寺的雪,
散发出禁欲的青草香。

带着歉意,安静的心
微微送别;
送别疤痕里的深浅隐痛。
岁月,热闹而怀孕着,
敲门声有着姓名,
连枝条上的脆弱也呼吸善良。

平庸的空气所认同的地方志,
不会记载茶馆里的流言。
梅花开了,道德依然贫瘠,
那些粉红的信笺上只写着一个字:爱。
爱,这个小小的非凡的主义,
尘土坚持了最久。

无奈的,俗世的圣徒,
穿过鞭刑密集的花雨:
孤独使他的脸很遥远,
人们只能吻到东方星空的味道。
梅花开了,寒冷熟了;
往昔重了,爱情寂静。

——选自浙江省作家协会编《浙江诗典》,
浙江文艺出版社 2007 年 4 月版

同里时光
　　——给长岛

青苔上的时光,
被木窗棂镂空的时光,
绣花鞋蹑手蹑脚的时光,
莲藕和白鱼的时光,
从轿子里下来的,老去的时光。

在这种时光里,
水是淡的,梳子是亮的,
小弄堂,是梅花的琴韵调试过的,
安静,可是屋檐和青石板都认识的。
玉兰树下有明月清风的体香。

这种低眉顺眼的时光,
如糕点铺掌柜的节俭,
也仿佛在亭台楼阁间曲折迂回
打着的灯笼,
当人们走过了长庆、吉利、太平三桥,
当桨声让文昌庙风云聚会,
是运河在开花结果。

白墙上壁虎斑驳的时光,

军机处谈恋爱的时光,
在这种时光里,
睡眠比蚕蛹还多,
小家碧玉比进步的辛亥革命,
更能革掉岁月的命。

——选自《天涯》2008年04期

立　　春

一

立春。邮差的门环又绿了。
壁虎也在血管里挂起了小的灯笼。
寒气贴在门楣上,
是纸剪的喜字。
祖母在谈论邻家女孩的蛀牙,
声带布满了褶皱。

我的书法没什么长进,
笔端的墨经常走神,滴落在宣纸上,
化开,犹如一支运粮的船队。
它们也该向京城出发了。
我给你捎去了火腿一只、丝绸半匹和年糕几筐,
还有家书一封。那首小诗
是我在一个傍晚写成的:门前的河流

让镇上的主妇们变得安静，
河水拐弯熟练得像做家务。
不远处，就要过年了。
节日的气氛整天在我身边忙碌。
似乎橱里的碗也亮了许多。
至于庭院里的那株腊梅，
喧闹得有点冒昧，又有点羞愧。

每当夜风吹过，就会有一阵土腥弥散。
水乡经过染坊的漂洗，
成了一块未出嫁的蓝印花布。

二

解冻之时，木犁
或者虫蚁疏松着泥土。
当然，还需检查地窖阴暗的湿度。

今日，在管家的安排下，
全家都在擦拭、扫房和沐浴。
女童的缎鞋则像刚开封的黄酒，
匆匆穿过精巧的游廊，
在空气两旁刺绣出瑞香与迎春。
你知道，在这欣欣向荣的柳风里，
我应该拥有梳洗打扮之后的心情。

但是，衰老的冬天仍有着苛刻的寒冷。
三更敲过之后，整座府院
就掉进了一幅"寒江钓雪图"，

墙上的古筝,荒芜又多病。
火盆里的炭将一生停留在灰中。
岁暮的影子,
又徒增了些许无辜的华丽。

——选自《山花》2007年06期

潘　洗　尘

乔　　乔

我再一次见到乔乔
乔乔已经二十四岁了

二十四的乔乔　淡淡的妆
独自坐在自家的点心店里
抽烟　看上去有一点点忧郁
有一点点哀伤

看见我时　很优雅地起身
亲切地唤我哥哥　二十四岁的乔乔
从容淡定　像一道很特别的风景
让我再看小城的街道
都一下子变得风姿绰约了

在此之前　我只记得乔乔十七岁时的模样
羊角辫儿　小花袄　红脸蛋儿
那一年的乔乔　怯生生地搭我的车子
从省城去了南方

乔乔离家的七年　和灯红酒绿的南方

重叠在一起

这让小城里的人们　眼光

一下了苛毒了许多

熄　　灭

一盏灯　从我的身后

照耀经年

我总是抱怨她的光亮

经常让我　无所适从

无处遁形

现在　她在我的身后

熄灭了　缓缓地熄灭

突然的黑　一下子将我抓紧

我惊惧地张大嘴巴

却发不出声

万古闲愁

那把猖狂放到隐忍和克服里去的是什么？

那洞悉真理却躲在伪善后面的,是什么?

那见悬崖就纵身一跳,见眼睛就闭上的,是什么?

那因流逝而成为水的,那总是在远处,咫尺

之近但千里远的,究竟是什么?

与你相握的不是手,而是手套。

对一秒钟的万古说去吧,离我而去吧。

对最后一丝愤怒说平静下来吧。

对机器哈姆雷特说活过来,和我互换生死吧。

对独裁者说奴役我吧但请先学会拉大提琴。

对中产阶级说听巴赫还是爵士乐你们就自己选吧。

对自由说亲爱的我拿你往哪儿搁呢?

对牙科医生说我痛的不是牙齿。是心

对杀人犯说杀了我吧,连同非武。

连同我身上的上帝

一起杀。

见刀子就戳,见梦就做,做成花。

见钱也花,见心也花,见花你就开吧。

把花非花也开成花的样子。

见杯子就碰。空杯子也碰。

酒不必酿造。粮食不必丰收。

文章不必写。

官呢,官也不必做吗?

见女儿你就生吧。用五个子宫去生。

但那用房子造出来,而不是母亲生的,是谁的女儿?

谁把她建造得像摩天大楼?

是用一万年乘一次电梯,还是让十分钟的雪下一万年?

下雪时,你不在雪中,但雪意会神秘地抵达,像黑暗一样。

把手伸进阳光,你会触碰到这黑暗,这雪,

这太息般的寒冷啊。

十分钟的古往今来。

这样的万古闲愁,是你要的吗?

——选自《诗刊》(半月刊)2010年第9期

庞　　培

细说万物由来

请秋风再说一遍
说说我们的湿润，我们的由来
用厚厚陈年的往事
纷纷垂落的谷物
霜降之后的田野多么像露水解开空空的襁褓
秋天美得如同张张婴儿的脸皱缩
晨霜过后已不复存在的村庄
秋天还抬着象形的轿子

啊，天子迎冬于北郊！
"赐宰执以下锦"……
祝苍蝇明年再来！
明年再来的一定还是那场庭院初雪
那万物深处的我们的心
我们的初恋

2005

——选自柏华主编《夜航船：江南七家诗选》，
上海文艺出版社 2007 年 8 月版

宏　　村

大清早，我们走近静悄悄的遗忘
看一间乡村小学堂
黑板写满了字
樟树和杨树相互致敬，树阴
摇曳。老宅静止
游人们走在水的祠堂边
门前的老人以肃穆的表情
凝视不可知的记忆
烟熏火燎的高墙弄壁
有远古的战火倏忽不见。一名
骑着青牛的牧童曾从这里走过
石板弄堂因此湿漉漉，各种柴火
煤炉
贮存山里人气息
当他们和蔼地笑着，样子谦让
整个上午都显得忠厚、古朴
虽然空气残留月夜的清香
月亮就像一把叉草的杈子，被扔在草垛上

2005

——选自柏华主编《夜航船：江南七家诗选》，
上海文艺出版社 2007 年 8 月版

笔直的春天

呵,大风在召唤一个人!
房子里,那名穿墙而过者
奔向了春天
他的欢欣感染着我,令我在客厅激动不安
绕着空空的餐桌,一种不可阻挡的生命
一时间,竟手足无措……

——选自柏华主编《夜航船:江南七家诗选》,
上海文艺出版社2007年8月版

彭　燕　郊

赏　　赐

上帝博大的爱无处不在
可怜我的愚笨
要赐给我一把金丹

只见他伸手向虚空里抓了一下
掌心里立刻挤满金丹
原以为他的手掌一定比我们大
看来也大不了多少
有些金丹从手指缝里漏下
金丹小得像芝麻
一握也就有不知多少

上帝嘱咐
每天早中晚各服一粒
服完这一把就会聪明起来
性急的我只想多服快些变聪明
嘴里不说，心里却在想
三粒是不是少了点
每次三粒怎么样
九粒可能更适合我
多服疗效必定更好

智商直线窜升

于是认真数着金丹
三粒一堆,多少堆可以服多少天
多少天后愚笨变为聪明
六粒一堆,九粒一堆又是多少天
一边数,一边想,总是走神
总是忘不了上帝手指缝漏下的金粒
一边想一边后悔当时为什么不捡起来
要是胆子大一些手脚快一些就好了
多一粒有多一粒的好处呢
少的就是这份机灵

胡思乱想有什么用
还是先诚心感谢上帝
想不到他老人家这样看得起我
不是本来可以不给的吗
不是本来也可以少给些的吗
智商和我一样低的不是还有很多吗?……

想这些做什么?
不是本来可以不想的吗?
真笨!

——选自《诗歌月刊》2006 年 01 期

荣　荣

在梅家坞

九月　你要忍住你的香
忍住桂花小小的身子消散
这早先梦境里任性的部分
正变成小小的伤感——
凋谢已全面展开
它正从高向低　由内而外
——在梅家坞　一个服务生
用扫帚敲打着桂花巨大的树冠：
这满地扫也扫不尽的阳光碎屑
轻易地与落叶和尘土混为一谈……

2009．10．29

——选自《文学与人生》，2010 年第 9 期

新梅娘曲

那时的春天迟缓　槟榔酸涩

那时的她已住回自己的内心
她荒凉　妥协
抱住自己的孤独　不张扬

决绝和后悔是两堵高墙
她在一曲词牌里幽闭　一朵
虚拟的花　看得见的和看不见的
是她衰弱的神经
太阳穴上的红色膏药

那时的她只能属于自己
她微微僵直的关节　她的呻吟
她内心的混乱　偏头痛
她三十岁的老态四十岁的不甘
她的平静和颤抖

但是她失火的身体需要救治
不被抚摸的火无法受孕
一再地　她吞咽它们
暧昧的梦　恰似调料
事实上　这是她自己最后的肉

——最后的疾病和疯狂！
她想再放一把火　用火熄灭火
她无法正常进食　她将自己卡出血来
欲望和毒素是污浊的刺
她要消化掉那些污浊！

那是她自备的经济大餐

她吞咽自己　用饥饿和清洁的肠胃

那时的她并不全是枯枝败叶

她在床上扭曲　颤动

冷落的枝头无法将残剩的幻想清空

2006. 9. 27

——选自《诗刊》2006年第24期

"谢天谢地，青春终于逝去……"①

"谢天谢地，青春终于逝去……"

我站到一个起跑线上

我　他或她　还有许多人

一些因素已被忽略　而这之前

那么多东西使人黯然

爱情　曾经的贫穷或不幸

很多人早早地学会沉默

伤痛是陈茶叶子留在杯底

而蔑视　远不是办法

谢天谢地　我终于能停下来

看见一马平川——那是中年的

---

① 标题系引用俄罗斯女诗人英娜·亚历山大罗夫娜·卡贝什的诗句。

风景　软底鞋和休闲衣裤
心也随之宽大——谁在乎我曾经的
遭遇　谁还在谈论我的美丑表情
我平静地跟他探讨幸福
现时快乐和终极目标
没有闪烁其词　没有变故
谢天谢地　时间这块最烂的泥巴
模糊了许多东西　抹去了那么多不同
早已经腐朽的不朽　转瞬即逝的永恒

2005. 6. 14

——选自《看见》，宁波出版社 2005 年 8 月版

沙　　光

心　　笛

经　　训

"我要向耶和华歌唱,因她用厚恩待我。"(《圣经》诗篇 13 篇 6 节)

"我一生要赞美耶和华,我还活的时候,要歌颂我的神。"(《圣经》诗篇 146 篇 2 节)

导　　言

序曲。卑微的歌手,带着满心对主的爱慕与省看自身的寒微后的战兢,因她爱的吸引,毅然独自来到她面前,在她圣洁的光照中,小心翼翼地向她唱起羞怯的情歌。

——选自《泉旁的玫瑰》,作家出版社 2005 年 10 月版

我的心像小鸟在山巅孤栖

告别了繁华喧嚣之地
远离熟稔的村庄、田野和小溪
当融用妙爱引我入佳美地

沙　光

我的心像小鸟儿在山巅孤栖

垂下苦苦撑起的翅翼
在主的慈爱中安息
当她拭去我一颗颗滚落的泪珠儿
我禁不住仰望蓝天赞美不已

无人能懂得我歌中的悲凄
然而我坚信恩主的美意
哦主，求容我日夜守望在她爱里
用纯一的仰赖静静等候你的应许

　　　　　　　　　　　　1999　中关村

　　　　　——选自《泉旁的玫瑰》，作家出版社 2005 年 10 月版

心　笛

我有一支朴素平淡的乐曲
像山间净明流淌的小溪
当我在孤寂的长夜独步
心中便响起你慈爱温柔的细语

虚空的荣华与万事匆匆逝去
你的爱贯彻天壤之间，永不止息

当群星向你发出赞美的合唱
我羞怯地举起我粗陋的心笛

我深知,我的爱在你面前多么贫瘠
为此我愿在赞美的队列里举心仰望你
哦主,倘若我配作你的瓦器
你许可的打击是我生命内在的荣誉

1999　中关村

——选自《泉旁的玫瑰》,作家出版社 2005 年 10 月版

沙　　克

和谐的园子

孩子在园子里玩耍
踩倒了青草
青草站起来,对一阵风笑笑

百灵在枝头鸣唱
吵醒了贪睡的孩子
孩子打开窗子,对阳光笑笑

孩子在街道上行走
碰倒了一位老人
老人站起来,对腿上的青紫笑笑

孩子病了
躺在自己的怀里
他的皮肉,对针水笑笑

孩子老了
到烂泥下面去玩
骨灰做梦,对花环笑笑

温和的群众终其一生

在园子里做好孩子

宛若户口本过期,对公章笑笑

2007.7

——选自《诗歌月刊》(下半月)2008年第1期

哨　　兵

洪湖螃蟹的生活史

惊蛰过后,三成左右的螃蟹
会死于脱壳。从童年开始蜕变
长江水系的河蟹,其实更像
一个优秀的诗人,具备
自生自灭的勇气。而少年时代
是突然来临的,像我
清明刚过
我在湖边挖坟,埋祖母
它忙着打洞
做亲人的邻居
所以,这些年我一直都在向螃蟹学习
独居工作室
寡言,写作
试图打听到先知的消息
对于洪湖螃蟹的生活史,我还知道
它的青壮期始于端午和楚国人
决绝的秉性,它会像我辞去公职一样
自切钳螯,以求
在泥沙俱下的日子里
保全自己。而重阳风吹老湖水

也吹来了暮年。与所有依靠回忆度日的老人

相同,出于对湖中生灵的敬畏

洪湖螃蟹

只自啄腹中的蟹黄

为食。所以,下雪之前

它会像平原上那些身染沉疴

却不愿惊扰儿孙的祖父一样

选择一块荒坡,独自离世

——选自《星星》2008年第4期

湖　　神

我在浩淼无垠的洪湖寻找我爱的神

这是每天最重要的工作。我听从

浪迹的指引　将脚步深入

一尾芦苇丛和野蒿林。

不曾蒙垢的水竖起来,做了

诗歌的面镜。朝露是我的嘴唇

我用一百只渔鹰的叫唤洗脸,荆棘

做木梳,云朵和帆影

是印在小腹的胎记。当黑夜

再次降临,野藕就是我的粮仓。而渔火

正围着星光忧伤,像上苍遗留在

大水里的文字。然后，我向一窝赤颈鸭
借宿，倚靠荷梗，凝视嬉水的长吻鮠
一对荡出了渔村的恋人。红尾斑鸠
衔来几瓣白莲花做薄棉被，它小小的翅膀
轻轻击打我赤裸的心跳……我爱的神啊：
伸手可触、举目可及

——选自《长江文艺》2003 年 01 期

清　水　堡

在白茫茫的湖心，有一片方圆两里左右的
水域，叫清水堡。多年来，它深不可测的体内
不生长任何杂物，只生长云朵、鹰翅
和一座古城塌陷的秘密。天气好的时候
我总能看见，湖底的游云，绕着
周朝的断垣。所以，我相信
清水堡是神灵的眼睛：透明、深邃。尤其
是在大雨过后，水藻与浮萍纠结，宛如
虚幻的岸，布满绿色的陷阱。只有清水堡
像神灵的眼睛，透明、深邃。尤其
是在春天，鱼蟹靠近滩涂产仔，只有清水堡
像神灵的眼睛，看护万千细小的生灵
恋爱、繁衍、生育后代。所以，我相信

这一切都是神灵在精心设计,相信
清水堡住满了古代的人民。但他们的
劳作却不为我所知。所以,这些年
肯定有人也在清水堡拔草、模鱼。不然,
这片方圆两里左右的水域
为什么不生长任何杂物

——选自《洪湖志》,长江文艺出版社 2009 年 1 月版

邵　燕　祥

哀　矿　难
　　——献给最近在山西甘肃黑龙江等地煤矿事故中死难矿工的挽歌

生命是多么脆弱！忽然
没有了声音　没有了眼神
没有了呼吸　只剩下
三两个字的姓名　甚至
连你的姓名也被抹去

从此你和这世界切断了关系
煤的市场上再没有你挖出的煤
劳动力市场上灭绝了你的踪迹
连同你用过的饭碗　穿过的旧衣
你背着走过迢迢千里的随身行李
一床破棉絮　从此　结束了
人前背后关乎你的交易
只有一纸合同永远有效
是你承担"绝不反悔"的卖身契

廉价的劳动力！廉价的生命！
怨天？怨地？还是怨虚妄的命运
剥夺了虚妄的——生的权利

这是生在 80 年代的生命

其薄如纸　但更薄的一张纸

如死亡通知书　沉甸甸把人压死

这是早已离枝的绿叶

到处寻找着一枝栖息

终于在不见天日　没有光合作用

没有叶绿素的矿井底层

再底层　头顶一层层厚重的地壳

压在了一座座大山的山底

没有万分之一的侥幸

没有呼叫 SOS 的机遇

几乎惟一可能的救援

是等人来收残损的尸体

这是年轻的无辜的生命

遭到了突然的秘密处决

在一声地面听不到的巨响之后

一盏盏矿灯同时熄灭了

谁也不知道　戴着矿灯的生命

是怎样死去……　他们是

这样年轻　又来自偏僻

的乡村　除了给矿主挖煤

没有丰富的见闻和经历

他们没见过汽车相撞

火车出轨　船只沉没　飞机坠毁

甚至没听说过火山爆发　水库崩坝

他们只知道中华人民共和国

不知道《中华人民共和国安全生产法》

他们只知道干活　挣钱　谋生

没想过从卖命走向送命

他们劳动　不知道这是享受"劳动权"

他们活着　不知道这是

"生存权":天赋的神圣权利

都说地上有一个人

天上就有一颗星

天上一颗星陨落

天文台都留下记录

矿井下葬送了多少条生命

为什么记录销毁　不留痕迹

亿万年前的地裂山崩

把海样的森林压成了煤

今天是什么天灾人祸

把活生生的青春变成了骨灰

2003年1月16日

——选自《南方周末》2003年1月23日

老　　伤

一生的伤痛集中于一个阴天
集中于健忘的老年
老年的秋雨连绵的一天

一生的伤痛集中于心脏
曾经因欢忭因悲哀因恐惧而
心律失常的心脏

一生的伤痛集中于腰膝
问你还折不折腰
问你还下不下跪

一生的伤痛集中于
打折了肋骨的前胸
打折了牙齿的面颊

一生的伤痛集中于
淅淅沥沥的阴雨
一针针扎着的所有地方

比针扎更疼的是怎么苦苦回想

也想不起　是何年何月在何处受的

老

伤

　　　　　　　　　——选自《人民文学》2005 年 2 期

夹　边　沟

春日多风沙

从河西走廊来

从巴丹吉林沙漠来

从玉门关外的戈壁滩来

从盐碱地上的夹边沟来

裹挟着漫天的尘雾

血腥的沙砾

无数的墓碑都是粉饰和欺骗

被害者没有墓碑

甚至没有坟墓

口令　训斥　鞭挞和呻吟

都被风刮走了

血痕和泪渍

早被风刮干了

过去的一切全不在了

只有你们留在这里

以你们的白骨

历史被黄沙掩埋

比无名白骨埋得深

而你们的灵魂

至今流落到何处

也许随着刺骨的朔风

一路呼吼　撼动所有的门窗

在这倒春寒的暗夜

寻找着

有多少颗心

敢听

你们

倾诉的

记……忆？

3月8日

——选自《人民文学》2006年第9期

桑　　克

夜　　景

我坐在边座上。
我的热脸贴着玻璃的冷脸。
我望着移动的旷野。
我望着移动的旷野中的雪。
潜伏在旷野的褶皱中的雪,
是掩埋还是暴露荒凉的痕迹?
我望着旷野中稀疏的树木。
树木不摇不摆,无风无语。
我望着树木之后安静的乡村。
我深解它的冷,一如深解它的穷。
那安静是恐怖的皮!
我望着移动的孤寂的皮。
我仰望皮上辽阔的空虚:
北斗七星,七枚发光的钉子!
这暗夜,这移动的橙色列车,
这大地一动不动,让我欢喜。

　　　　　　　——选自王光明编选《中国诗歌年选2004》,
　　　　　　　花城出版社2005年3月版

槐　　花

1

不管多么脏,一个人的灵魂
也总会有那么一丁点儿干净的地方。
像这座我重新返回的京城
它混乱的腥臭的体味中也有这淡淡的
几乎不能分辨的槐花的芳香。
最难得的,它不是来自回忆
而是来自被命运的长相反复折磨而
变得挑剔的我的眼睛。

2

指甲盖大小的槐花在我的头顶
像夜晚繁星
她柔软的枝条在我身边,遥望着
那清瘦的少年怎样在她的怀抱里安眠
怎样醒来,怎样找不到身边的亲人;
又是怎样的软弱的痛哭,又是怎样
躲到棉胎的黑暗中构思虚拟的欢乐人生。
当韶光尽去,他才明白那竟是幸福。

3

那竟是幸福……

他重复着自己伤感的结束语。
仿佛他从另一个尘世旅行归来,戴着草帽
还有满身尘土,还有模糊的照片
他和山水的合影,他和寺庙的合影
他和坟墓的合影,他和年轻的姑娘的合影
他和一个时代的合影:
电线杆林立,妖风四起,坏话……啊,槐花满地。

4

我曾想象——如果我是一个瞎子
我不会在大街上吟咏自度的哀歌。
或许会变成巨大的鼻孔,搜集那些散落的
越来越干瘪的槐花的唏嘘。
我闻得见她,她活着让我伤心。
即使干净的小刀重新在眼前跳起孔雀舞
即使她透过楼板,没入楼上的房间。
我在她灵活的双关语中也能抓住她俏皮的辫子

——选自《诗刊》2003 年第 22 期

商　禽

天　葬　台

这些秃鹫最后在空中各自飞去，原来它们本想将被分吃了的喇嘛的灵魂补缀起来，结果发现有些不但被斧头砍击得过分破碎且被深深的嵌入石缝而成为石头的一部分，再怎么也叼不起来了。

那些灵魂怎么也拼不起来了，或许已经成为一页页负面的时间，就如那座天葬台本来很坚硬的花岗岩被斧头被骨骼砸压得坑坑坷坷而成了一页负面的空间。奄嘛呢叭咪吽。

——选自《联合文学》（台）2003 年 1 月版

商　　震

过钱塘江

午夜，钱塘大桥似有似无
黑湮没了渔火
湮没了刚走过去的人　和
更早走过的以及千年前的人

今夜，钱塘无潮
文静得就像不存在

我见过汹涌狂暴的钱塘江
就是饥饿的野兽在扑食
我还见过文静的人饿了
也狂暴成野兽

悄悄地过桥
"沙沙"的声音
只有桥面和我听得见
江水不闻不问地东去

我像裹着幕布行走
看不见江面

听不到水流

黑暗中，钱塘江

是不是又在积攒力量

——选自《鸭绿江》（上半月版）2010 年 7 期

追　　逐

这呼啸的寒风

是你使用过的语气

你的眼神吹动雪片飒飒落下

砸在我的身上叮当作响

寒风在我的身体里乱串

雪片阻断我身外的气流

我不知道温暖是什么样

我也不懂得躲避寒冷

我已展开了飞翔的翅膀

我要逆着雪片扑来的方向飞翔

我怀揣高于体温的热度飞

迎着寒风飞

我要飞到雪片出发的源头
我要看看是什么让你这样寒冷

——选自《星星》2007 年第 10 期

沈 苇

喀什噶尔

"书面的美最难企及,
无论呕心沥血的人力,还是自然的鬼斧神工。"
你说,拨亮羊油浸泡的灯捻
转身消失在一本积满灰尘的书里
留下自己的名字:麻赫穆德·喀什噶里
玉素甫·哈斯·哈吉甫……或者别的什么
或者不署名,就像一株葱郁的树
增加或减去一片叶子
都不损害树的灵魂

"书面的美是一座麻扎,在静静消化死这个词。"
守墓人!你与文字间游荡的亡灵对话
深知伟大的书取缔作者
取缔他的简历、生平和传记
翻到十一世纪幽蓝的一页
突厥语、波斯语、阿拉伯语
交换内在的信物和光芒
正如小径交叉的喀喇汗花园
慷慨的百花交换各自的芬芳

你谈到封存的智慧,书中的天窗
破晓的一千零一夜——

"在喀什噶尔，我热爱的城，
皇家经学院的诵读声
使庭院里的石榴树一夜无眠……"

——选自《红岩》2006年第2期

废　　墟

人哪，当你终于懂得欣赏废墟之美
时间开始倒流
人哪，当你老了
会像一间老屋倒塌，消失
你步履蹒跚，如同婴儿学步
不知是在走向摇床还是墓地

看哪，枯树也在春天重整旗鼓
一座废墟渴望成为一座完整的建筑
一座宫殿，一个王国
一个传奇——又一次一千零一夜的开始

听哪，亡灵们已开始劳作
以木乃伊的身份，在沙漠中奔走、呼号：
"我的血，我的肉，我的家园，在哪里？"

——选自中国作家协会创研部编选《2003年
中国诗歌精选》，2004年1月版

吐　峪　沟

峡谷中的村庄。山坡上是一片墓地
村庄一年年缩小，墓地一天天变大
村庄在低处，在浓荫中
墓地在高处，在烈日下
村民们在葡萄园中采摘、忙碌
当他们抬头时，就从死者那里获得
俯视自己的一个角度，一双眼睛

——选自梁晓明、南草、刘翔主编《中国先锋诗歌档案》，
浙江文艺出版社 2004 年 7 月版

沈　浩　波

蝴　蝶

一

我已习惯
一次次撕去自己
艰难生长出的
斑斓羽翼
露出丑陋的身体
——虫子的本相

二

近乎偏执的
修改和涂抹
厚厚的漆
仿佛永不脱落

被反复刻画的脸
构成此刻镜中
安静的面容

三

那些年轻人令我羡慕
他们真的可以

迷醉和疯狂

我没有他们那样
轻盈的小腿和心脏
他们如气球上升
我如卵石下降

并且为自己的下降
找到了神圣的仪式

四

我能数遍
山上的
每一块石头

历历在目
每一块都像
静穆的佛

于是就讨厌
山里的道士
觉得他们
过于轻浮

五

更隐忍
更沉默
用一把刮刀

捅进自己的内心
让那些如气球般
膨胀的部分
干瘪下去

这样就能成为一个
令自己喜欢的男人了吗?

NO
更加讨厌

六

生命中积淀下来的
那些事
没有几件
经得起回味

母亲指着隔壁的门
对我说
不要吃他们家的饭
我们人穷
但不能志短

这是我第一次
为贫穷
感到屈辱
从此
我成了一个穷孩子

七

去年错过的
海棠花期
今年又忘了

我已把自己
轻掷给尘埃

八

瘦了
又瘦了
我好像正
一路瘦下去

再没人说我是个胖子

这情形
令我恐惧
我担心
时间这个糙汉
会一巴掌一巴掌地
把我扇回原形

九

看中国队跟卡塔尔踢球
场面那叫一个悲惨
十一个踢球的中国人

十一只找死的苍蝇
看球的国人如我
郁闷得无言

转天看欧洲杯
俄罗斯熊
被西班牙人
逗成了熊猫
一顿胖揍

我突然就开怀了
原来伟大的民族
都踢不好足球
比如上面那俩
还有美利坚

这想法一冒
把自个儿弄乐了
想想这么多年来
每遇黑暗
我都是这么
把自己营救出来的

十

像一道刀痕般
清晰的
是几年前
少女的呼救

我一直想甩掉
那呼救的声音

"你太天真了
没有谁能
拯救另一个人"

"救你?
为什么?
拿什么救?"

"不过是青春的呓语
说完自己就会忘的"

"你有你的命运
我有我的
各自挣扎去吧"

但我甩不掉
这肉红色的刀痕

敏感的少女
在诗中写道
"浩波浩波救救我"

她在诗中说我
坐在她对面
有温和的笑容

和冷漠的眼神

十一

在灰色的城市
不再想念白云
只是依然试图
去写明亮的诗

我以为心中装满巨石
它们不过是朵朵白云
随雨气上升
随落日消失

——选自《人民文学》2010 年第 1 期

食　　指

家

> 五十多岁才有的家
> ——给寒乐

雪夜归来，开了门，家中暖融融
拉开灯，光线很柔和，心头一明
拍打去身上的积雪，脱掉外衣裤
感到外衣罩裤上寒气很重

老伴忙着用电热水壶烧开水
我感到冻僵的脚指尖火辣辣地有点疼
但换上在家穿的棉靴后，很宽松
走了几步，点上烟，才在沙发上坐定

直到水壶有了甜滋滋的响声
觉身上发热，我想脸一定通红
夹烟的冰凉的指尖有点发痒
暖意使疲惫的我，一动都不想动

水烧开了，老伴为我沏好茶
我专注着茶叶在杯中起伏飘零
心随叶片一片一片地沉下去

食　指

房间内只有钟表滴答的响声……

多好的心灵滋养和体力康复
我深感到劳累后彻底地放松
掐灭烫手的烟头，喝上一口茶
从里到外，透着自在从容

已不再记得寒风中的瑟瑟发抖
也不回想雪夜里的摸索独行
暖暖的家中品着茶，却分明在听
窗外一阵阵呼啸而过的寒风

————选自《钟山》2007年第1期

秋　雨

不年何时起窗外秋雨淅沥
当我在窗前穿衣看到了这一幕：
秋叶像老人一样，在秋雨中哆嗦着——
在做叶落归根前最后的清洗

我冷到了心里，索性躺到床上，
不觉想到也该梳理下自己：
清点自己思想的庄稼地里
有多少成熟的果实并一一采撷

从发现问题到一步步深入地解析
饱满的精神食粮一颗颗一粒粒
集聚在一起像原野上的红高粱穗子
风雨中我观点鲜明地举起了火炬

发展中出现的新因素使研究向前继续
像秋雨几经冷暖才融成点点滴滴
又从高空跌落，滋润秋播后的大地
才最后造化出孕育明年丰收的神奇

一切就这样悄悄地进行
默默地但有序地交接更替
在淅淅沥沥的秋雨声中
思想的天空一点点清晰

天空终于放晴了?！我忙起身
推开窗子，舒心地长出一口气
只见雨后的秋叶又现生机
颤巍巍地点点头表示：还算满意

——选自《中国当代名诗人选集　食指》，
人民文学出版社 2006 年 1 月版

远离尘嚣

远离尘嚣，远离人间的烦扰，

有什么能比心灵纯净些更好。
早起，沏好一杯茶，点燃一支烟，
让整个心随茶叶烟缕缓缓飘摇……

白天躲开都市车水马龙的喧闹，
在乡下静得可以听见自己的心跳；
神闲气定地阅读自己喜爱的文章，
过去、未来，比较分析中冷静思考。

夜晚，避开酒吧那灯红酒绿的繁华，
在村舍关上灯能见窗外星光闪耀，
静下心来，试想乘上弯月的扁舟
驶向夜空，渐入梦境，一宿的好觉……

远离红尘中人头攒动的场合，
免得引发扰乱心境的浮躁；
既挣开名缰利锁的精神羁绊，
也摆脱尘世无休止的牵挂与操劳。

放开则让心在空气清新的郊外，
小马驹似的由着性子撒欢野跑；
静下来则如一潭深不见底的湖水，
风吹过，只几轮涟漪，不起波涛……

——选自《钟山》2007 年第 1 期

宋　琳

首　都

就在前几天，一个朋友从瑞典回来，
正当那么多人在地震灾难中丧命。
他想去四川做自愿者，
被我们挽留住了。"好吧，那我就
好好看看阔别已久的首都。"
他去了国家歌剧院，又去了"鸟巢"，
还把希奇古怪的新的电视塔楼
反复地拍照，兴奋得像一个老华侨。
在下了半旗的天安门广场，
挤在默哀的人群中，
他感到被一种力量缓缓推向前，
甚至怀疑起自己长久坚信的东西乃是泡沫。
突然，"中国加油！"的口号在他头顶爆炸，
这既熟悉又陌生的的声浪吞没了他，
鬼使神差地，他看见了诗人骆一禾
——十九年前那个在这里倒下的身影，
在一旁向他打着手势，示意他离开。
这幻觉使他扫兴，正如某种
挥之不去的，从记忆落下的阴影。

2008．6.4

——选自《宋林新作快递：掌上轶事》第 25 期

同里或暮年

在同里,我不做异乡人
我独自走过的子午圈
变成一把裁缝手中的卷尺
为我裁一袭本地稠衣
我的诗也将夺胎换骨
并与小桥流水叶韵

月令中的每一场谷雨
都下在南园和西窗
像羞涩的昆曲,或蚕食桑叶
晨炊多美啊,尤其是雨中的晨炊
我将闻鸡起舞,并戒掉空想
以及东山高卧的习惯

起居与老街的商业都很适度
一只梅瓶的细颈适度地弯曲
木屐敲打青石黄昏,私订终生的秘密
孵化着因灾变而迟放的牡丹
看风景的人像豆子一样渺小
移动卷轴中的青绿山水

茶社里烹煮的国事正酣

朝代可以更换，清议则不可
三月在戏台上紧锣密鼓
读罢新诗，让穿心巷穿过我
来到湖上。罗星洲收拢大群苍鹭
一个渔父在舟中回望着古镇

在同里，我不做异乡人
闭口不谈昔日的远游
绕道衙门去造访一只蟋蟀
寺钟响时念起友人的问候
我每日关心的无非是这些小事
一粒微雕的米或一行诗

——选自陈东东编《将进酒三月三诗令（2005—2009）年底作品选》，上海文艺出版社2010年4月版

三个招魂者

之　　一

是时候了。回来吧。回到这
你生长过的城市。你熟悉的城市。
像燕子和失踪的猫那样，
灵魂的定位系统将把你带回到家中。
又一年，我和你父亲坐在餐桌旁，
信任着斗状的七颗星和永恒的轮回，
等待你，从燃烧着晚霞的胡同口，
张开铃声的小翅膀，

震颤我们的耳鼓。

之 二

起初我用扑克牌和硬币占卜,
请求陌生的碟仙捎话给你,
看疯疯癫癫的女巫在沙上写你的名字,
但在所有的征象中都没有你的身影;
后来我做了尼姑,在妙峰山的岩石下
独坐冥想,再次陷入思念的悲伤。
一只小松鼠出来看着我,
似乎想告诉我它所知道的。
满树皆响,是你站在树后面吗?
出来吧,亲爱的,别再躲着我!

之 三

不记得多少回了,我爬上屋顶。
向西呼喊,向东呼喊,向北呼喊,
用家乡的方言呼唤你。
尽管又老又瞎,我的双耳敏锐:
回声追逐着回声,直到遥远的鬼城。
归来吧孩子,异乡不可久留,
荣誉和知识都不可寄托。
快快启程呀,作为我的回声归来!
我手中的艾草将为你驱邪辟害,
南山的潮水已照亮你家的门楣。

2009. 6. 4 - 5

——选自《诗歌月刊》2010 年 8 月

一小片菜地

一番勘探之后,我们选中了
那片爬满覆盆子的斜坡。戴云山——
不老的老神仙,风的手指在红色岩石上
梳理他细长瀑布的白胡须。

我们跟随外婆念咒:火有舌,刀有口。
我们打草惊蛇,抱来公鸡吓唬蜈蚣,
披荆斩棘,像故事书里的小矮人,
料理着丝瓜与云豆的殖民地。

无知的拓荒者,不懂得革命与丰收,
我们从最近的溪涧引水浇园。
夏天结束了,大串联的英雄们已走远,
外婆唱着歌,开始把第一批咸菜腌制。

2009．5 外祖母忌日

——选自《诗歌月刊》2010 年 8 月

宋 晓 杰

宋：诗一百首（选三）

第十六首

"给饥者以食物的人，
也振作自己的心灵。"
然而，能交出的，我已全部交出
剩下的，是仅存的莠草和稗谷

看看还有谁会需要？
我沿街游走，是为了
帮助这最最俭朴的物种
找回原本属于它们自己的
皇——宫——

钟声荡……漾……
清凉的黄昏徐徐降临——
我爱遥远的人们和陌生的事物
我爱宽广、嘹亮的哀愁……

——选自《辽河》2007年01期

第四十首

"黄昏里,一切都松弛下来……"
草场、马厩、羊群、炊烟、远山

一个孩子在埋头翻找我的乳房
一个男人在几步开外,捆扎大麦
疏于防范——土地和心灵都是
丰沛而袒露着的,不设半米围栏

如此这般——完美的家园!
我死心塌地地……
创造、牺牲、繁衍;忘情于人间!

——选自《诗探索》2007 年 04 期

第四十七首

仔细想想,我还是喜爱
本分的物质——比如:土地、棉布和银
喜爱它们喑哑的光,没有泡沫……
还比如:大雾中,干草的清香未被泯灭
农人们坐在门槛上,也有的随意站着
讨论雨水和墒情,间或说说
牛羊和不远处的教堂
这些,都是我所热爱的景象——
我常常因为热爱而哑口无言,热泪盈眶

"爱首先是练习祈祷,祈祷是练习沉默。"
长此以来,我依赖气味默认同类
却并不需要对方知晓;像牧羊犬和蚂蚁一样
——忠贞、勤勉、高贵而卑微……

晚祷的时刻已经来临
沿着歌声的栈道,走向纵深
犹如在花瓣和星星雨中穿行——
我微合双目:向新生的一切忏悔!

——选自《岁月》2006 年 10 期

孙 磊

风 吹 我

风吹我,像吹一件破衣服。
风呵,用滴水的轻吹我,
用沙漏的慢、
绛紫的青春、青春的远。
吹动我,一根爱着的草,
疯长的绿。风吹我,
用一个夜晚吹向昨天,
用思想、煤、萝卜吹向
慵倦的时光。我绊倒在那里,
风的门槛,悲伤的树,
或者足够用来沉默的电机。
那些火热的过去,让我倒向它的沉默!
风吹我,吹碎银子的风,
今天吹碎我的孤单。

2002 年 3 月 22 日

——选自中国作家协会创研部编选《2003 年中国诗歌精选》,
长江文艺出版社 2004 年 1 月版

绘　　画

向前迈一步，无墨的春天，
风吹斜了一排杨树，一两滴水渍，
像泥鳅，在空纸上骤然窜出。
又开始疼了，微贱的心，
薄冥的嫩芽。

把一些疼移到纸上，移进平林，
因润而溢出的不是雾霭，
不是雨，而是夜宿的人民币。
它被我一再吵醒，
被别人一再地炒作、夸耀。

我的血最先感到黑，
涟漪淌过皮囊，紧抽了一下。
怎么说老就老了呢，
白粉用的越多，
墨就越香。

虚两座远山，我就彻底轻了。
实笔画不实的画，皱出的北京
在眼眶里打转，
没人相信那是些绝望的石块儿，

浮在尊严与耻辱之间。

——选自张清华主编《2009年诗歌》,春风文艺出版社2010年1月版

存在之难

那是不容分说的勇敢,
愚蠢的僻静,是一张纸
迎向它的供词。迎着
笔的尖利。
和呼吸中上涨的河。

始终有一个力在暗处。
雾不重。它就要求更多的迷惘。
它需要沿岸。需要罪。
需要更多的生活,从具体的出发点,
释放出喋血斑斓的另一面。

在望京。时光被反锁在
众人的肺里。显然它有很多哮喘的灯,
很多卡槽。而且
在与迷途长久的对立中
它有额外的痉挛。

生活就是从这里

孙 磊

释放出镁。它看上去多像
一个单数世界的闪耀。
孤立因此也近似一种权力,
猛烈。暧昧。疯。

而就素食而言。
我所在的崩溃,
还不能克服瞬间的傍晚。
我所努力劝阻的消费
仍是固执的、薄雾的、反刍的。

今天。我决定去散步。
它常常提供壁垒、缝隙、隐身衣……
它让我以一个旁观者的身份
"高声写作"。虽然
我只同意其中的减法。

在的。无名的在。
求的。无所求的欲念。
一直用推论将我推向一面镜子,
推向它的深处,
更激进,
并带着更多的拒绝。

2007.2.2

——选自孙文波主编《当代诗1》,文化艺术出版社2010年8月版

孙　萌

卡　门

葡萄的近亲
草莓的姊妹
野蔷薇长满了她的家谱

蠕动的贝壳，扑火的飞蛾

安达卢西亚的深巷！

每个试图穿越的男人
都被她的小脚绊倒
她精于跳舞
一只脚在床上，一只脚踏进坟墓

——选自张清华主编《2009年诗歌》，
春风文艺出版社2010年1月版

红衣女子巴洛克
——观库斯图里卡电影随想

红衣女子巴洛克,如火如风,持续运动
裙袂一摆,掀起拉丁的海浪,偷欧陆的情
魅惑是一种混合物,融合神性与野蛮
高贵的气息,发自自身,也发自历史
天生的戏剧家,喜怒哀乐,用一生的神话填充

用烈火薰过的喉咙,唱一个又一个图腾
在流浪的篝火旁,你繁殖着一个又一个生命
用鲜血做赌注,撕裂,就像你的痛,狂舞着飞行

无数岌岌可危的时刻,整体与细节的对决
仍在废墟中站立,妩媚娉婷,睁大毁灭或幻觉的眼睛
挥动你魔法的手帕,让一块陆地变成一只方舟
载着永远的乡愁,占满所有的时空,飘零……

——选自张清华主编《2008年诗歌》,春风文艺出版社2009年2月版

孙 文 波

六十年代的自行车

妈妈买回一辆红旗牌自行车,
使我结束对别人家有自行车的羡慕。
当她下班,才轮到我骑上它,在院子里转圈、上街。
我喜欢把它的铃铛摁得乱响。一个时期
它成为我的玩物,使我见到熟人
腰都比平时挺得直。一次在西郊体育场,
骑着它我沿着跑道飞驰,我的得意遭到几个小子的嫉妒
他们把我拦下来,让我把车给他们,
我没有答应,与他们打起来,
我就像一只老虎保护自己的幼仔,
没有让他们拿走它。所以很多年过去,
它仍在我的眼前闪亮:镀铬车把、回链刹、二八圈。
我看见自己骑着它在铁路新村周围的路上
转来转去,身边的事物纷纷后退。

——选自诗刊社选编《2002 中国年度最佳诗歌》,
漓江出版社 2003 年 1 月版

在山楂林中

精致地挂在那里,燃烧着
——它们并不是为我燃烧,是为大地。
当我走近,它们的光芒笼罩我
——多么美丽、多么美丽
——我只能赞叹。
我不能不赞叹。
寒冷中,我站在它们中间……静静地站着;
它们就像上苍的灯盏——
一个神话——犹如中了魔法
我一下子
想动手摘下一些带回家;
我想让它们的光芒,
被我的家人看见。

——选自《诗潮》2003 年第 5 期

苏 历 铭

在希尔顿酒店大堂里喝茶

富丽堂皇地塌陷于沙发里,在温暖的灯光照耀下
等候约我的人坐在对面

谁约我的已不重要,商道上的规矩就是倾听
若无其事,不经意时出手,然后在既定的旅途上结伴而行
短暂的感动,分别时不要成为仇人

不认识的人就像落叶
纷飞于你的左右,却不会进入你的心底
记忆的抽屉里装满美好的名字
在现在,有谁是我肝胆相照的兄弟?

三流钢琴师的黑白键盘
演奏着怀旧老歌,让我蓦然想起激情年代里那些久远的面孔
邂逅少年时代暗恋的人
没有任何心动的感觉,甚至没有寒暄
这个时代,爱情变得简单
山盟海誓丧失亘古的魅力,床笫之后的分手
恐怕无人独自伤感

每次离开时,我总要去趟卫生间

一晚上的茶水在纯白的马桶里旋转下落
然后冲水,在水声里我穿越酒店的大堂
把与我无关的事情,重新关在金碧辉煌的盒子里

2003 年 7 月　上海

——选自伊沙主编《被遗忘的经典诗歌(上)》,
太白文艺出版社 2005 年 1 月版

黄陂南路往南

我和新天地酒吧里的食客一样
由黄陂南路往南,在细品慢饮中体会风雅的文化
其实这个文化离我遥远,尤其是彼此的附庸
一个时辰细饮一杯咖啡
让我想念清淡的绿茶
新贵们讨论着股票升跌的各种可能
小布尔乔亚依偎在侧,眼睛四下张望
不时地梳理被风吹乱的秀发

在城市文明的夜晚里,我的灵魂是蜡烛的火焰
摇晃、跳动和逃窜
面具是出行的手杖。在别人的眼睛里我是温文尔雅的君子
但我想做一个杀手
把矫揉造作的装饰一个个地清掉

我的对手是一群寄居在这种文化里的螃蟹
生活让我必须要去面对
必须坐在他们中间，欣赏他们的横行态度
看着他们在回暖的季节里慢慢变红

与时代精英的漫谈里，我经常分神，经常想到
童年的一个伙伴
每晚他都在夜市上贩卖钟表，辛苦却两手空空

2003年9月　上海

——选自《诗探索》2005年第2期

西单路口

午夜与阿吾分手时，西单路口
只剩下几辆出租车
喧闹的人群四散八方，腾出寂静的街巷
他凑近我的耳朵
诡秘地说：告诉你一个坏消息
明天开始，你将不再是青年

我大笑，头也没回地挥手告别
其实阿吾并不知道
一岁半的时候，我曾被医生宣判死刑
是母亲的泪水把我唤回

从幼年到现在
一个幸存的人早已浪掷生命的本钱
青春是一个奢侈的词,当年的枪声
曾使我们一起瞬间衰老

走在西单路口,把自己放逐于
北京春天的午夜里
迎风而立,轻易流出的泪水被吹落空中
在千万人同居的城市里
今夜真想放声大哭
而我却找不到哭泣的理由

一个易拉罐的空瓶被风吹动
在街面上翻滚,冲撞中发出刺耳的尖叫
华灯绽放的广场上
精神无辜退场,货币的响声穿透坚硬的耳膜
嬗变的霓虹灯下,白发悄悄地爬上鬓角
呐喊不再是嘹亮的声音
它只在内心时常折磨残缺的灵魂

生日快乐!我祝福自己
像祝福一个陌生的老人
他没有虚度年华
他在物质的诱惑里始终坚守精神的秘密
这一声祝福
竟让自己在十里长街上哭出声来

——选自《诗林》2010 年第 3 期

田　禾

江汉平原

往前走，江汉平原在我眼里不断拓宽、放大
过了汉阳，前面是仙桃、潜江
平原就更大了
那些升起在平原上空的炊烟
多么高，多么美
炊烟的下面埋着足够的火焰
火光照亮烧饭的母亲，也照亮劳作的父亲
八月，风吹平原阔。平原上一望无涯的
棉花地，白茫茫一片，像某年的一场大雪
棉花秆挺立了一个夏天，叶片经太阳
曝晒，有些卷曲。平原人隐藏在下午四点
的棉花地里，露出来的几顶草帽
像路边几间平房的黑窗户。我顺着
一条小河来，逐水、追鱼，像携带流水
黄昏，夕阳如水中游走的活鱼，游到
七孔桥拐半道弯就消失了。这时候
远处村庄里，点起了豆油灯，大平原变得
越来越小，小到只有一盏油灯那么大
豆油灯的火苗在微风中轻轻摇晃
我感觉黑夜里的江汉平原也在轻轻摇晃

——选自《天涯》2009 年第 4 期

骆驼坳的表姐

骆驼坳的表姐很穷。
她落户的村庄。山多、坡陡。黑夜巨大
她居住的房子。低矮、潮湿。麻雀造窝
她家贫穷。只有木盆、陶钵、陶罐
和三只母鸡。一头老牛,二旺半头,她半头
表姐有胃病,身体瘦弱。我经常看见她,
用拳头顶着胸口,去为老牛割草
出入于小寺庙,为早死的男人烧纸钱
对于表姐,土地就是存折,洒下汗水
就是不断地往存折上存钱
那些红薯、麦子和土豆,是每年可取的利息
她用来养活婆婆和儿子
用来治胃病
后来死了,躺在药罐里活了五十五岁
死在婆婆前头
在一张凉席上
摊开她的人生,命薄得就像一张白纸

——选自《天涯》2009 年第 4 期

田　　原

与鸟有关

飞来飞走
其实是鸟儿们自己的事情
但这一举动总是牵动我的思绪
包括它们有时听起来像唱歌
又像恸哭的鸟鸣

阴霾的日子，它们用翅膀驮来
远方的阳光
暖亮我灰暗的内心
天若放晴
我阴冷的室内又因它们的
啾鸣而充满生气

活着的鸟
见证着我的死亡
静止在画册中的鸟
感受着我的鼻息和目光

即使在黑暗的梦中
鸟也犹如闪电的精灵
留下歌声后隐去身影
让我记不住它们羽毛的颜色和眼睛

我常常面窗而坐
想象中的鸟
便带领着一场暴雨而来
猛烈地抖动翅膀
像滂沱的雨滴
砸向大地

它们常常饮水和洗足的河
变得乖戾
河湾疯狂地长草
让毒蛇的嘴潜伏其中
让弯曲的河水流过树冠
和枝丫间的鸟巢

而所有的这一切
都发生在一层透明的窗玻璃间
薄而脆弱的玻璃
是我与鸟和世界的距离

有一天,从树顶上飞走的鸟
像一团火光
一闪即逝
它留下的一声长鸣
让我平静的心为之一惊

——选自吉狄马加主编《现实与物质的超越:第二届青海湖国际诗歌节诗人作品集》,青海人民出版社 2009 年 8 月版

流 亡 者

是祖国的风
吹灭了你心中的灯?
还是异域的太阳
诱惑你远行?

转身不等于背叛
但转身的刹那
跟你一起长大的地平线
还是在你的脚跟下
挣扎着消逝

远方是你全部的行囊
背负着它
就像背负着你的母亲
让它与你一同适应
陌生的鸟鸣和光明

大海永远是宽容的
它载得动每一张船票
天空永远是无情的
它不会收留任何人的魂灵

田　原

比乌云沉重的
是谁的心情？
比黑夜黑暗的
是哪类人的眼睛？

如同漂木，流亡者
无法断定自己的归宿
他的双脚永远是
被命运紧攥的鼓槌
无论何时何地
都会擂响大地这张疲惫的大鼓
比彼岸遥远的是真理
比放逐漫长的是凌辱

视网膜上的风景支离破碎
祖国仍是他梦寐的故乡
乡愁从码头开始
母语到生命为止

2005 年 6 月 14 日

——选自《田原诗选》，人民文学出版社 2007 年 8 月版

王　寅

最近七年

最近七年,严寒统一了边境
白色烧灼着我的生活
癫狂的盐粒,死在贵族的杯中

白天的火光,免疫的失落
活着的面包,活着的清水
送给我无法给予自己的部分

雾霭的背后,怀疑不可胜数
激情的尺度无所事事
雨水中的街巷变幻形体
混乱的城市充满苟活的毅力

——选自《花城》2003年第4期

我敬仰作于暮年的诗篇

我敬仰作于暮年的诗篇

我崇拜黑暗的力量
我热爱那些随风而去的灵魂
和英雄们罪恶的呼吸

等待受戮的皮肤变白了
没有什么能阻挡记忆
正如没有什么可以阻挡
明镜陪伴的余生

每天告别一项内容
飞逝的季节,归途的神经
把老年人培养成温顺的孩子
和上帝一起独自飞翔

暮年,最后的日子
昂贵秋天中的一块丝绢
疾风改变了悲剧的方向
也改变了无香的芬芳

——选自《书城》2003 年 01 期

我又一次说到风暴

我又一次说到风暴
是因为我酷爱这个词

酷爱这词语中燃烧的热度
酷爱在唇齿之间跳跃的火星

90度的阴凉,潮湿灌木下的宝藏
无忧无虑的饕餮之徒
夸夸其谈的年轻人
还有放荡的叛徒全都翩然而至

上帝的手指已经疲惫不堪
让我们一起去灯光明亮的地方吧
在随后的命运中,谁知道还将轮到
哪一种声音来主宰我的智慧

我又一次说到风暴
是因为我要像它一样继续自命不凡
我愿意和它一起蔑视道德的力量
目睹帝国崩溃前最后的一瞬

——选自《书城》2004年第10期

王　夫　刚

异乡人之死

夏日正午的阳光下面
人民公社懒懒洋洋,高音喇叭里
播放着笑声不断的相声。
被高高吊起的异乡人
他低垂着脑袋,半昏不醒的样子
无人理睬。他是个缺乏诗意的
流浪汉,路过人民公社
但不该把手伸得太长。
面对烈日,唾弃,异乡人沉默着
像个哑巴(或许就是个哑巴)
在上学的路上,我看见被高高吊起的
异乡人;在放学的路上
我看见异乡人身上落满苍蝇
越来越多:目睹一个人的死
是恐惧的。我,时年十岁的
小学四年级学生,不明白的事情
太多,而愿望,我是说
乡村孩子的愿望,总是被拒绝
在日记中,我曾盘算着
给他的家里写封信,但没有谁
能说出他的名字和地址。

如今，人民公社已改称乡镇
掩埋尸骨的荒岭已变成一座
欣欣向荣的砖瓦厂，但无论机器的
轰响，还是工人粗俗的玩笑
都不能把他惊醒，把他
送回父母身边。被高高吊起的异乡人
对于老家，他音信杳无，下落不明
似乎还有点传奇意味；对于我
则像一团晃来晃去的阴影
不断加深着成长岁月的荒凉色彩
不管怎样，异乡人之死
这是一个伤心的话题——我目睹他的
死，但至今无法通知他的家人

2001

——选自诗刊社选编《2002中国年度最佳诗歌》，
漓江出版社2003年1月版

暴动之诗

作为事件他们被写进了地方史。
愤怒的岁月里他们杀死地主，烧毁寺庙
占据山中的高处，掷出长矛
石块，和用尽霰弹的猎枪。

他们没有旗帜,没有纪律,没有
死亡的经历,出于偶然的杀戮也不是
他们渴望的生活。日暮时辰
有人像壮士一样在山峰上走来走去
有人望着落日,暗自沉默。
作为事件他们被写进了地方史。
作为战场,我家乡的石头至今镌刻着
无人领取的弹痕。许多年后
许多事情已经改变——像他们
获得意外的光荣但全然不知。

——选自《诗刊》(下半月)2004年第24期

王 家 新

田 园 诗

如果你在京郊的乡村路上漫游
你会经常遇见羊群
它们在田野中散开,像不化的雪
像膨胀的绽开的花朵
或是缩成一团穿过公路,被吆喝着
走下杂草丛生的沟渠

我从来没有注意过它们
直到有一次我开车开到一辆卡车的后面
在一个飘雪的下午
这一次我看清了它们的眼睛
(而它们也在上面看着我)
那样温良,那样安静
像是全然不知它们将被带到什么地方
对于我的到来甚至怀有
几分孩子似的好奇

我放慢了车速
我看着它们
消失在愈来愈大的雪花中

——选自张清华主编《2005年诗歌》,春风文艺出版社2006年1月版

橘　　子

整个冬天他都在吃着橘子
有时是在餐桌上吃，有时是在公共汽车上吃
有时吃着吃着
雪就从书橱的内部下下来了
有时他不吃，只是慢慢地剥着
仿佛有什么在里面居住

整个冬天他就这样吃着橘子，
吃着吃着他就想起了在一部什么小说中
女主人公也曾端上来一盘橘子，
其中一个一直滚落到故事的结尾……
但他已记不清那是谁写的
他只是默默地吃着橘子
他窗台上的橘子皮愈积愈厚

他终于想起了小时候的医院床头
摆放着的那几个橘子
那是母亲不知从什么地方给他弄来的
弟弟嚷嚷着要吃，妈妈不让
是他分给了弟弟
但最后一个他和弟弟都舍不得吃
一直摆放在床头柜上

(那最后一个橘子,后来又怎样了呢?)

整个冬天他就这样吃着橘子,
尤其是在下雪天,或灰蒙蒙的天气里
他吃得特别慢,仿佛
他有的是时间,
仿佛,他在吞食着黑暗
他就这样吃着、剥着橘子,抬起头来
窗口闪耀雪的光芒

——选自《人民文学》2007 年 03 期

从城里回上苑村的路上

入冬的第一场大风之后
那些高高低低的鸟巢从树上裸露出来
在晴朗的冷中
在凋零、变黄的落叶中
诉说着它们的黑

但是那些鸟呢
那些在夏日叽叽喳喳的精灵呢
驱车在落叶纷飞的乡村路上
除了偶尔叭地一声
不知从哪里落在挡风玻璃上的排泄物

我感不到它们的存在

家仍在远方等待着
因为它像鸟巢一样的空
像鸟巢一样,在冬天会盛满雪
啊,想到冬天,想到雪
便有长尾巴的花喜鹊落地,一只,又一只
像被寒冷的光所愉悦
像是要带我回家

——选自《人民文学》2005 年第 10 期

特朗斯特罗默

中风后半瘫的大师
抒情诗人永恒的童年
在夫人的照料下
接受四方诗人的朝拜
在夫人的照料下
像个乖孩子那样进食
嘴里不时地发出"哦——""哦——"

但他的眼睛却是清澈的
他的目光有时甚至像多年前那样尖锐,谁知道他要说什么?
当他"哦""哦"的时候,在他胸腔里,

有一种痛苦的语言
比那化石更古老?

他是幸福的
没有获得诺贝尔奖
也没有因为他的写作疯掉
而是在一位伟大女性的照料下
坐在轮椅上
倒退着回到他的童年
并向人们
发出孩子似的微笑

那微笑,怎么又像是嘲讽?

他还用一只未瘫痪的左手弹钢琴
那黑鹂鸟的音乐
潮汐般涌来的音乐
我们听不懂,很可能
特意为他谱曲的人也听不懂

我们都读过他的诗
我们远远而来,我们"从梦中往外跳伞"①
降落在这朝向光亮的海湾
由国家提供的公寓里
我不想只是满怀敬意地看着他
我想拉住他那有些抖颤的手

---

① 原诗下有注:特朗斯特罗默有"醒悟是从梦中往外跳伞"的名句。

这出自谁的意志
他在灰烬中幸存
像一只供人参观的已绝迹的恐龙

　　——选自王云鹏主编《大诗歌》，中国青年出版社 2009 年 12 月版

晚年的帕斯

去年他眼睁睁地看着
傍晚的一场大火
烧掉了他在墨西哥城的家
烧掉了他一生的珍藏
那多年的手稿和未完成的诗
那古老的墨西哥面具
和毕加索的绘画
那祖传的家具和童年以来
所有的照片、信件
那欢乐的拱顶，肋骨似的
屋椽，一切的一切
在一场冲天而起的火中
化为灰烬

那火仍在烧
在黑暗中烧
烧焦了从他诗中起飞的群鸟的翅膀

烧掉了一个人的前生

烧掉了多年来的负担

也烧掉了虚无和灰烬本身

人生的虚妄、爱欲

和未了的雄心

都在一场晚年的火中劈啪作响

那救火的人

仍在呛人的黑暗中呼喊

如影子一般跑动

现在他自由了

像从一场漫长的拷打中解脱出来

他重又在巴黎的街头坐下

落叶在脚下无声地翻卷

而他的额头，被一道更遥远的光照亮

——选自王光明编选《2006中国诗歌年选》，
花城出版社2006年12月版

地狱中的游戏

阿富汗光屁股的儿童在美国少女梦中

拼抢一只足球　一只破烂的足球

一只破烂足球的一个弹射的姿态

使少女想起了阿西的弹射　在她体内的弹射

痛快　痛快　痛快啊　无论是在第三世界
还是在第三世界悬崖边的阿富汗　这个联想
使少女颤栗眩晕　使少女的每一个细胞
都充满了紧抓不舍的感觉　阿富汗　阿富汗
孩子　孩子　我的孩子　我永远的孩子啊
我要让你踢足球　少女说
我要让你永远踢足球　少女说
说的时候有一种紧抓不舍的感觉进出
有一种紧抓不舍的感觉在天空飞翔
我看见了　那个光屁股的阿富汗儿童
我看见了　那种紧抓不舍的感觉
那感觉正驾着美国少女的梦向一首歌飞去
我听见了这首歌　听见了紧抓不舍的歌声
我问：生命的游戏真的震撼人心吗？

——选自杨克主编《中国新诗年鉴2006》，
花城出版社2007年9月版

王 明 韵

原 罪

作为一种胎记,它将被永远保存。它是
微生物,是真菌。适合
腐殖质的土壤,适合
潮湿和避光保存

我借来酒 借来65°的鞭子
把野兽从山上赶了下来。借来数字,借来
精密的刻度:相加,相减
等同于一切空洞之物。借来
跌打丸,借来一小块骨殖。我
爬不起来。被一束蜷曲的干花蔑视。我借来
高利贷,它的成本,滚雪球般的利息,我无力偿还。用死亡做赌注。现在,
我不再借了
我收拢,把跛腿的野兽
豢养在酒瓶里。

这不是原罪。是新滋生的,是一种
可以复制的病毒

——选自《原罪》,青海人民出版社2004年4月版

病　　钟

它拖拉着鞋

走走停停，东张西望

一副吊儿郎当又心事忡忡的样子

一节 5 号电池

是它的心脏起搏器

它左顾右盼是有企图的

总想在偶尔间

从时间的版图上删除我

时间是个坏种

我现在把它拆开

给它装上废电池

让它内分泌失调

让它生锈

让它走一步错三步

我再把它缝合上

让它兴冲冲地

让它心脏病突发

让它和我一样

一天到晚

不是感到这儿不舒服

就是那儿不舒服

但总是查不出病因

在病床上一睡就是多年

——选自《原罪》,青海人民出版社 2004 年 4 月版

王 小 妮

十枝水莲（组诗）

第一首：不平静的日子

猜不出它为什么对水发笑。

站在液体里睡觉的水莲。
跑出梦境窥视人间的水莲。
兴奋把玻璃瓶涨得发紫的水莲。
是谁的幸运
这十枝花没被带去医学院
内科病房空空荡荡。

没理由跟过来的水莲
只为我一个人
发出陈年绣线的暗香。
什么该和什么缝在一起？

三月的风们脱去厚皮袍
刚翻过太行山
从蒙古射过来的箭就连连落地。
河边的冬麦又飘又远。

不是个平静的日子

军队正从晚报上开拔

直升机为我裹起十枝鲜花。

水呀水都等在哪儿

士兵踩烂冒白的山谷。

水莲花粉颤颤

孩子要随着大人回家。

第二首：花想要的自由

谁是围困者

十个少年在玻璃里坐牢。

我看见植物的苦苦挣扎

从茎到花的努力

一出水就不再是它了

我的屋子里将满是奇异的飞禽。

太阳只会坐在高高的梯子上。

我总能看见四分五裂

最柔软的意志也要离家出走。

可是，水不肯流

玻璃不甘心被草撞破

谁会想到解救瓶中生物。

它们都做了花了

还想要什么样子的自由？

是我放下它们

十张脸全面对墙壁

我没想到我也能制造困境。

顽强地对白粉墙说话的水莲

光拉出的线都被感动

洞穿了多少想象中没有的窗口。

我要做一回解放者

我要满足它们

让青桃乍开的脸全去眺望啊。

第三首：水银之母

洒在花上的水

比水自己更光滑。

谁也得不到的珍宝散落在地。

亮晶晶的活物滚动。

意外中我发现了水银之母。

光和它的阴影

支撑起不再稳定的屋顶。

我每一次起身

都要穿过水的许多层明暗。

被水银夺了命的人们

从记忆禁闭室里追出来。

我没有能力解释。
走遍河堤之东
没见过歌手日夜唱颂着的美人
河水不忍向伤心处流
心里却变得这么沉这么满。

今天无辜的只有水莲
翡翠落过头顶又淋湿了地。
阴影露出了难看的脸。

坏事情从来不是单独干的。
恶从善的家里来。
水从花的性命里来。
毒药从三餐的白米白盐里来。

是我出门买花
从此私藏了水银透明的母亲
每天每天做着有多种价值的事情。

第四首：谁像傻子一样唱歌

今天热闹了
乌鸦学校放出了喜鹊的孩子。
就在这个日光微弱的下午
紫花把黄蕊吐出来。

谁升到流水之上

响声重叠像云彩的台阶。

鸟们不知觉地张开毛刺刺的嘴。

不着急的只有窗口的水莲

有些人早习惯了沉默

张口而四下无声。

以渺小去打动大。

有人在呼喊

风急于圈定一块私家飞地

它忍不住胡言乱语。

一座城里有数不尽的人在唱

唇膏油亮亮的地方。

天下太斑斓了

作坊里堆满不真实的花瓣。

我和我以外

植物一心把根盘紧

现在安静比什么都重要。

第五首：我喜欢不鲜艳

种花人走出他的田地

日日夜夜

他向载重汽车的后柜厢献花。
路途越远得到的越多
汽车只知道跑不知道光荣。
光荣已经没了。

农民一年四季
天天美化他没去过的城市
亲近他没见过的人。

插金戴银描眼画眉的街市
落花随着流水
男人牵着女人。
没有一间鲜花分配办公室
英雄已经没了。

这种时候凭一个我能做什么？
我就是个不存在。

水啊水
那张光滑的脸
我去水上取十枝暗紫的水莲
不存在的手里拿着不鲜艳。

第六首：水莲为什么来到人间

许多完美的东西生在水里。

人因为不满意

才去欣赏银龙鱼和珊瑚。

我带着水莲回家

看它日夜开合像一个勤劳的人。

天光将灭

它就要闭上紫色的眼睛

这将是我最后见到的颜色。

我早说过

时间不会再多了。

现在它们默默守在窗口

它生得太好了

晚上终于找到了秉烛人

夜深得见了底

我们的缺点一点点显现出来。

花不觉得生命太短

人却活得太长了

耐心已经磨得又轻又碎又飘。

水动而花开

谁都知道我们总是犯错误。

怎么样沉得住气

学习植物简单地活着。

所以水莲在早晨的微光里开了

像导师又像书童

像不绝的水又像短促的花。

2002年春·河南

2003年初，深圳

——选自《诗歌月刊》2003年07期

吴　　晟

落　　叶

傍晚在自家小树园
日常休憩，静看叶片谢幕前
最后的舞姿
又如流连依依的挥别

偶有一截枯枝
啵一声掉落
躺卧在铺满落叶的地面
我仿佛听见
辞行的喟叹、非常轻

拿起竹耙，扫成堆
像例行性清扫逝去的日子
抬起头，落叶回旋又纷纷
才正要轻吁出声
赫然发现，枯枝
是新芽萌发的预告
每一片落叶，轻易松手
都是为了让位给新生

如同逐年老去的我

在每一张童稚的面容
焕发的青春里
找到生命延续的欢欣

——选自《联合文学》2005年4月号

西 川

蚊 子 志

一万只蚊子团结成一只老虎，减少至九千只团结成一只豹子，减少至八千只团结成一只走不动的黑猩猩。而一只蚊子就是一只蚊子。

一只吸血的蚊子，母蚊子，与水蛭、吸血鬼同归一类，还可加上吸血的官僚、地主、资本家。天下生物若按饮食习惯分类，可分为食肉者、食草者和吸血者。

在历史的缝隙间，到处是蚊子。它们见证乃至参与过砍头、车裂、黄河决堤、卖儿卖女，只是二十五部断代史中没有一节述及蚊子。

我们今天撞上的蚊子，其祖先可追溯至女娲的时代。（女娲，美女也，至少《封神演义》中有此一说。女娲性喜蚊子，但《封神演义》中无此一说。）

但一只蚊子的寿限，几乎在一个日出与日落之间，或两个日出与日落之间，因此一只蚊子生平平均可见到四五个人或二三十口猪或一匹马。这意味着蚊子从未建立起有关善恶的观念。

有人不开窗，不开门，害怕进蚊子，他其实是被蚊子所拘禁。有人不得不上街头的厕所；当他被蚊子叮咬，他发现虽奇痒但似乎尚可容忍。

我来到世上的目的之一，便是被蚊子叮咬。它们在我的皮肤上扎进针管，它们在我的影子里相约纳凉，它们在我有毒的呼吸里昏死过去。

深夜，一个躺在床上半睡半醒的人自打耳光。他不是在反省，而是听见了蚊子的嗡嗡声。他的力量用得越大，他打死蚊子的几率越高，听起来他的自责越严厉。

那么蚊子死后变成谁？一个在我面前嗡嗡乱飞的人，他的前世必是一只蚊子。有些小女孩生得过于瘦小，我们通常也称她们为"蚊子"。

保护大自然，就是保护蚊子及其它，其中包括疟疾之神。保护大自然，同时加快清凉油制造业，就是努力将蚊子驱赶出大自然。但事实证明这极其困难。

把蚊子带上飞机，带上火车，带往异国他乡，能够加深我们的思乡之情，增强我们对于大地的认同感。每一次打开行李箱，都会飞出一只蚊子。

蚊子落过和蚊子不曾落过的地方，看上去没有区别，就像小偷摸过和小偷不曾摸过的地方，看上去也没有区别。细察小偷的行迹，放大镜里看见一只死去的蚊子。

——选自《诗刊》（上半月刊）2004年第5期

夜　行

鬼魂栩栩如生的夜晚。没有同伴，没有手电筒，我走直径横穿大地之圆。

祖国分布在公路的两侧。大雨下在两座城市之间。
我有鸟的幻想、蛇的忧患。

远方。树林迎接我靠近：
树叶滴雨，树脚发麻，闪电叫它们互相看见。

——选自《深浅——西川诗文录》，中国和平出版社 2006 年 1 月版

喜　悦

一匹马拉一车晚霞走进田野。
寂静的田野。辽阔的田野。有玻璃碴掺入泥土的田野。
我像小资一样播撒晚霞如播撒粪肥，
我像农民一样收割丛丛黑夜。

我一身香味但我是个男人。
我的脚陷进泥土但我的身体在上升。
不知道什么鸟在叫，
我管不住我的心。

——选自《深浅——西川诗文录》，中国和平出版社 2006 年 1 月版

小 老 儿

  小老儿小。小老儿老。小老儿一个小孩一抹脸变成一个老头。小老儿拍手。小老儿伸懒腰。小老儿到我们中间。小老儿走到东。小老儿走到西。小老儿穿过阴影。小老儿变成阴影。小老儿被绊倒。小老儿也绊倒别人。小老儿紧跟一阵小风。小老儿抓住小风的辫子。小老儿跟小风学会打喷嚏。小老儿传染得树木也打喷嚏。石头也打喷嚏。小老儿走进药店。小老儿一边打喷嚏一边砸药店。小老儿欢天喜地。小老儿无所事事。小老儿迷迷糊糊。小老儿得意忘形。小老儿吃不了兜着走。有人不在乎小老儿，小老儿给他颜色看。

  小老儿看见谁就戏弄谁。小老儿不分有钱人没钱人。小老儿不分工人、农民、商人、士兵、学生、知识分子。小老儿打瞪眼的人。小老儿打吐痰的人。小老儿打吃饭时吧唧嘴的人。小老儿打吃饭时吆五喝六的人。小老儿打拉屎不冲水的人。小老儿打不洗手的人。小老儿打得气喘吁吁。小老儿着急上火。小老儿陡生道德感。小老儿的道德反道德，所以小老儿觉得头重脚轻。小老儿病了。小老儿需要休息片刻。小老儿发烧38度2。小老儿听见救护车的怪叫。小老儿住进医院。小老儿和医生打得火热。小老儿装死。小老儿从医院里溜出来。小老儿的病被一阵热风加重。小老儿变成一种病菌。

  小老儿是猫变的。小老儿是狗变的。小老儿是果子狸变的。小老儿变成小老儿。一个小老儿变成20个小老儿。小老儿喜欢凑热闹。小老儿学习认识小老儿。小老儿和小老儿比赛在粪便里游泳。小老儿和小老儿比赛擤鼻涕。小老儿读地图。小老儿发现了广东和内蒙、山西和河北。小老儿需要 8 000 万个小老儿。8 000 万个小老儿相互之间靠打喷嚏联络。8 000 万个小老儿像流窜犯,抓住两个不流窜的大官、300 个无处流窜的小官。小老儿和他们一起玩发烧的鸟,一起被五颜六色的鸟屎滑倒。

小老儿手拿小铁铲,铲走小花和小草,铲走蚂蚁和屎壳郎。小老儿封锁学校封锁村庄,封锁道路。小老儿在道路上挖陷阱。小老儿觉得自己是春天的同谋。小老儿觉得自己是雨点的同谋。小老儿偏不觉得自己是贪官污吏的同谋。小老儿和他们对干。小老儿瞧不上蚊子的把戏。小老儿瞧不上大肠杆菌小模样。小老儿隐约觉得自己重任在肩。小老儿怀疑自己在替天行道。其实小老儿是瞎猫碰上死耗子。但小老儿忽然很严肃。小老儿吃不好睡不着。小老儿本来就疯疯癫癫现在越发疯疯癫癫。

小老儿决定必须人人争说小老儿。小老儿写酸溜溜的诗。小老儿做客电视台。小老儿是主人。小老儿是主角。小老儿是主语。小老儿也是自己的谓语和宾语。小老儿有点神秘。小老儿否认自己叫"小老儿"。小老儿否认自己曾经存在过。小老儿绝口不提自己的身世。小老儿因此口齿不清。口齿不清并不妨碍小老儿发挥想象力。小老儿给每个人拨电话。小老儿在电话里不出声。小老儿敲每一户的房门。小老儿帮助你认识你也是一个小老儿。小老儿挤到夫妻之间、情人之间。小老儿推开他们,又粘住他们。小老儿知道自己成了谣言的宠儿。

小老儿坏吗?小老儿好吗?小老儿要干什么?小老儿究竟要干什么呢?小老儿自己绑架自己向全世界要赎金。小老儿自己毒自己向全世界要解药。小老儿肩负着向全世界派送小老儿的使命。小老儿背后必有高人指点。但小老儿自己莫名其妙。小老儿高兴。小老儿膨胀。小老儿把卡拉 OK 重新发明一遍,把乘法口诀重新发明一遍。成了!成了!小老儿像气球一样飘起来。小老儿觉得飘来飘去很浪漫。小老儿轻轻落地。小老儿听见自己落地的声音。

　　小老儿跟着活人走。活人走成死人。小老儿跟着死人走。小老儿看见了死人。小老儿终于看见了死人。小老儿不敢看。小老儿长出头发是为了让头发倒竖。小老儿长出心脏是为了让心脏跳得嘭嘭嘭。小老儿看见了白床单、白被单、白口罩、白色的大门和白色的墙壁。小老儿以前也看到过。小老儿忘了。小老儿看到了空空荡荡的白。小老儿看得头发晕。小老儿在白色中又看到一个黑点。黑点扩大，小老儿看到了空空荡荡的黑。小老儿知道大事不好。

　　小老儿看见有人去拜神佛。小老儿看见有人拧走全城的电灯泡。小老儿接到情报：有人冒充小老儿在饭馆里白吃白喝。小老儿碰上比他更坏的人。小老儿来了劲。小老儿发现了发财的机会。其实小老儿发财也没用。小老儿偷走超市里的面包和方便面。小老儿编造关于小老儿的电视连续剧。小老儿给慌里慌张的人们发奖状。小老儿给姑娘们写情书。但很快小老儿就厌烦了。小老儿发现许多人戴上墨镜，假装看不见小老儿。小老儿不高兴。小老儿对付墨镜，见一个摘一个，或者要求两个戴墨镜的人相互用眼神儿表达他们的爱憎。

　　人人惧怕小老儿。人们相互猜测对方是不是小老儿。人们猜不出个所以然，所以170万人逃离城市更多的人将自己反锁在家中。小老儿看到了自己的威力。小老儿对此很纳闷。小老儿心想：小老儿是个什么东西！小老儿发呆，在空无一人的街头。小老儿歌唱，唱得自己泪流满面。小老儿自己感动了自己。小老儿想自己背叛自己。小老儿背叛了自己。小老儿背叛了已背叛的自己。

　　小老儿并非杀人不见血。小老儿带头吃大蒜、喝板蓝根。小老儿带头阅读加缪的《鼠疫》和马尔克斯的《霍乱时期的爱情》。小老儿为知识分子发明小老儿形而上学和小老儿隐喻。小老儿反对把小老儿变成一个太便宜的话题。小老儿号召人们："别出门！"小老儿启发被关禁闭的人们反向推导出自己是有罪之人。小老儿让人发愁，让人记住自己是一个人。小老儿让人看到生活以外。小老儿的目的已达到。小老儿要走了。小老儿舍不得走。小老儿喜欢快刀斩乱麻。但小老儿又粘粘糊糊。

小老儿不出声。小老儿吞了隐身草。小老儿写大字："立即消灭小老儿！"于是全城寻找小老儿。全城逮捕小老儿。小老儿终于被拿下。小老儿被审判。小老儿没有道德之罪但被强加了道德之罪。小老儿被关进小黑屋。小老儿在小黑屋里照镜子。小老儿看到镜子里除了黑什么都没有。小老儿有点害怕。小老儿被枪毙。但小老儿打不死。小老儿又站起来。小老儿又变大又变小。小老儿烦了。小老儿自己掐自己的脖子。小老儿自己揪自己的头发。小老儿头发太多揪不完。小老儿揪完头发又长出头发。

小老儿闹腾一场。小老儿钻进鸽子棚。小老儿钻进下水道。小老儿没有碰到其他小老儿。小老儿回到自己的小地盘。小老儿忽然发现世界上只剩下了小老儿。小老儿被寂静塞住了耳朵。小老儿星期二的夜晚比星期一的更黑些。小老儿发现每一朵云彩都坐着一个小老儿。小老儿恍然大悟：有瘟疫的蓝天比没有瘟疫的蓝天更蓝些。小老儿爱上了小痰盂、小鼻涕、小眼泪、小痱子。小老儿变得有思想。小老儿变得煞有介事。小老儿不吃不喝。小老儿面黄肌瘦。小老儿长叹一声，一座大楼应声倒塌。小老儿大笑一声，一只小鸟肝胆俱裂。

2004.7.25

——选自《文学界》2005年第7期

景　　色

一、地上的景色

天堂里刮起了道德之风，与之对称的是这午休的街道肮脏而安静。

太阳毒辣，烘得尿骚味排场宏大，却看不见也摸不着。
而外人一眼就能看到，千百只塑料袋吊死在灌木丛。

起初，繁荣的到来像一个谣言，直到垃圾堆上长钻了玉米；现在，繁荣的垃圾站里，纪律严明的啤酒瓶像海水一般晶莹。

大海死在这里，它千辛万苦的尸体被时间分解。

蝴蝶也死在这里；但即使它们死了，它们的尸体也要飞走。

修车棚里淡绿色的电风扇，四十年前由天堂出口到人世间，既飞不走也死不掉；它以感人至深的笨拙，搅动五步之内的空气。

它的嗡嗡声响赛过八只苍蝇的合唱。

常常，那些敏捷的生物，搅得你上火。你打死八只，它们还有八只——世界的结构就是如此稳定。

它们永远活下去的秘诀是永远飞着而不停落。

但那怎么可能？它们会嗅出血腥停落在一个月一次的凶杀案现场。

它们会停落在公厕的外墙和内墙，舔内墙上押韵的污言秽语，唱外墙上的白粉歌词："打击刑事犯罪，实行计划生育。"

浪漫的小警察骑车穿过这城乡结合部去了乡村，他渴望听到狗吠就听到了狗吠，于是他陶醉。等他一无所获地回去交差，你炉子上的白铝壶正梦见蒸汽火车并把蒸汽全浪费。

二、想起天堂的理由

总之是这样：你面对的事物也面对你；你面对而不知道你面对的事物，面对你而不知道。例如，苹果一阵疼痛，并不知道你咬了它；而你咬着苹果经过一座废墟，并不知道一个女孩曾在其中哭泣。

正午。天堂里刮起了道德之风，而在商店里相遇的是老人与你。你六神无主使他怀疑你的品德，他老实巴交使你怀疑他的智力。

然后，在街道上，一个女人看出你前程远大。你连忙自毁形象，缩成一只蚜虫，你怕她最终会觉得上了你的当。

在墙角结网的蜘蛛把你看作它的人。

在回家的路上，你和一个高谈末日的家伙拳脚相向。然后你想起了那可能的天堂。那时你母亲正在厨房里切着生姜。

在回家的路上，太阳掉下。你打开手电筒偶然用手捂住手电光。你惊讶于你这世俗的、无用的手竟能发出天堂般橘红色的光芒。

燕子追逐燕子绕过垃圾堆和你。

而在小五金店前，三个青年如醉如痴地打鼓如同打着黑夜的良心，直到自由的废纸片以蝴蝶的姿态盲目地飞旋，直到乌云加入黑夜的抱怨。

黑夜，缓缓地移动，使劲地移动，拖着整条街道横移了一米，大雨下在了原来的地方。

大雨下在了一辆卡车停车的地方。它在黎明开走，留下一小片下干暄的土地，但只有一瞬间便和整个大地湿成一片。

三、地上的死

一种耸人听闻的说法：这条街道连着诞生和死亡。诞生和死亡相互望不见，而望不见两者的人只想活着进天堂。

可是有谁给我们带来过有关天堂的确切的消息？

那声称到过天堂的人，既到达那里就不该回来；或者他根本没到过天堂，就像哥伦布根本没到过亚洲。

或者他作为天堂的密探，向我们隐瞒起一个基本的事实，那就是天上的街道与地上的街道其实相去不远。

菩萨不在天堂，她经营人间的垃圾搬运。财神，一个吃肉的外国人，手里捻的全是美元。

一瘸一拐的小狐仙,黑眼珠里没有瞳孔。她绑架你跟她走一段路,然后把你丢弃在路边。

死在过去和死在现在,无非时代不同而已。死在过去和死在现在,都不能像蝴蝶可以悠然飞往它们冰雪的仙山。

民工们从地下挖出棺材和珠宝,但是围观者大呼小叫,到头来什么也分不到。

而你将那些被抛撒的骨殖收拢,拼接,再吹一口气,就听到了他们跨时代的絮叨:他们的声音里一个男孩的声音陷入邪恶的逻辑:"要是我把感冒传染给我妈,我的病就会好了。"

他们的声音里一个毒贩子的声音表明法律已深入人心:"他拿了货,却没给钱,咱们得判他个无期徒刑。"

一个中年干部对一个青年干部说:"如果你每天晚上给她洗脚,她一定会在三个月之内回心转意。"

一个女青年退守她最后的道德防线:"今晚不行,我来了月经。明晚也不行,明晚我还来月经。"

四、地上的死与你

嘴里塞满青草的人顾不上说话,而疯子的车轱辘话只有本地的神祇能够劝阻。必要的安静,为了听到天堂里的道德之风,而本地的理想主义者只剩下害羞。

公鸡不再啼叫,而黎明照样到来。

当最后一颗星星淡去的时候,最后一只苍蝇又有了同伙。

你在倒因为果的现实中徘徊复徘徊。天气一会儿热一会儿冷,黑夜一会儿长一会儿短。你离开又返回,返回又离开,有一次一只不耐烦的青蛙跟你说"再见"。

山清水秀的景色,可以死在其中的景色,死去了,正好适于在岩石上镌刻。而你尴尬地活着,无处可死,想一想天堂,它也许在毁灭。

否则垃圾堆上的乌鸦不会迫不及待地把胡思乱想传播为教条。它奉天承运变成了神鸦,却还像从前一样黑,还像从前一样热衷于谩骂。

一个孩子在烧饼摊边长大,将来有可能变成你。

一群流氓游荡在街头,其中一个与你同名同姓。

花枝招展的姑娘,整条街道的女神,她是不是一个鸡?她携带着什么病?该用什么样的天堂送她作礼物?该用多粗的绳子把她拴住?你暗中称呼她"白操心"。

有一天"白操心"登上一张人民的钞票远走高飞,只有她的玉照被供奉在照相馆的橱窗里。

你长久地为她唉声叹气也为你自己。

也为那个嘴边起泡的人,也为那个削光了家中所有铅笔的人,也为那个往自己的脸上贴封条的人。

在雨中握住铁栅栏的手松开时冰冷而发白。

在雨中从你家窗口对面的六层楼上跳下去的人,他四溅的鲜血被雨水冲得干干净净。

五、低级和更低级的天堂

天空,天堂混淆在其中。每一次跳起来,你都在天空游荡两秒钟。

但据说天堂极远,远到望不见,不是在东方,不是在南方,不是在北方。又据说天堂无限大,大到与它的方位相矛盾。

一个昔日的天堂——永远的白昼,恒温,从不凝成雨滴的吉祥的云朵。

它的五光十色不适于色盲者。而聋子们担心他们在天堂也会出错,因为极乐鸟善变的嗓音他们难以区别。

天堂珠光宝气,天堂黄金铺地:一种乡愁?一种价值观?这唤起了黑铁作为批判的武器。

一个较低级的天堂——天堂也需要与时共进:来一点儿垃圾,来一点儿噪音。

纸钱、纸马在烈焰中腾身。虚无现身为亿万星辰。

在大地的尽头，莽莽群山为捧起天堂而长出粗壮的手臂，而在被越捧越高的天堂最上层，星辰照耀的盛宴永无穷期。

一个更低级的天堂——任你否定，任你肯定；任你通过肯定之肯定而再否定。

但万里晴空必有圣道飞翔。或许天堂即道，就像语言即道，无过天堂当然不是说说而已。

天堂里刮起了道德之风。你一阵晕眩有如得道。

八只被你打死的苍蝇利用了你的晕眩，但以牙还牙违背苍蝇的道德。它们并未将你处决，而是威胁要把你也变成苍蝇。

你一说"同意"，它们就笑了：天大的事情就这么了结。

六、个人的天堂

如果这现实是唯一的现实，那么你只能用"伟大"来形容它。就像伟大的太阳是唯一的太阳，晒黄了本地的星宫图。

如果你以为消灭秋天就能消灭哀愁，那么你就得到了双重的失望，这想法之愚蠢不亚于在荒年，通过屠戮人口来减轻饥饿的流行。

生活：一个反生活的借口；它诱导人们在香味中除了香味什么也闻不到；它断定精神病必以心慌为征兆。

肮脏而安静的街道，经屡次更改名称而几乎自我遗忘，任由它承载的一切大事坏在小事身上。

无论大事小事最终化为乌有，而不甘心的音乐白白发明出没有空间的天堂。

历数天堂种种：从孙大圣的天堂到洪天王的天堂需要飞行二百三十二年，从洪天王的天堂到毛主席的天堂需要飞行二十九年。

打牌的人出了红桃 K，是因为他没有红桃 A。

五个流鼻涕的小男孩围着台球桌：高雅的娱乐定然有通俗的玩法。

毛主席的天堂对应了穷人的好饭量；洪天王的天堂里只有他一个人闲逛；而孙大圣的天堂，既吸引好孩子，也吸引小流氓。

惟一的现实是伟大的现实。所谓幸福就是减少词汇量而不减少歌唱。深谙此道的小男人每天哼着小曲将他的丝袜晾在绳子上。

天堂丢了，《现代汉语词典》将它死记硬背在第一千二百四十六页。

天堂丢了，仿佛针尖丧失了它本质的和平与光芒。

那么，是否，在你无所思想的时候，你就碰巧穿越了你自己的天堂？你一千遍否认你是你自己的远方。

七、依旧是地上的景色

天堂里刮起了道德之风。正是一只手表停止运转的凌晨四点钟。凌晨四点钟,水龙头的滴水也停了,你大脑里隐隐的疼痛也停了。

树叶按计划落下,尘土无计划也落下;所有落在地上的东西全变成了垃圾——万有引力自有它残酷的诗意。

为了免于变成垃圾,奇形怪状的乌云只移行不下降;它移行时管自己叫"云",它下降时管自己叫"雨"。在凌晨四点钟,乌云保住了它的虚荣心。

而你在床上呼噜滚滚,全忘了圣贤以失眠熬出其个性。

光荣归于鸟雀,那些无可宣传的宣传家。它们早早起身,拒绝延长探访蚂蚁天堂的梦境,拒绝凭有限的生命印证成语、格言和废话。

隔夜残茶不宜再喝,恐怕壁虎会在其中撒下有毒的尿。

缩水的衣服并未过时,但留传给下一代他们肯定不会要。

一封寄给别人的信误投到你的手中,一条道路就铺展向你。你以别人的名义写回信,你以别人的名义虚构你自己,你甚至不得不虚构出你的消失。

而蝴蝶已飞往它们冰雪的仙山,而鬼魂总不能一死再死。他们死到尽头,就要摩拳擦掌再投生人世。

但是在凌晨四点钟,他们带走了他们的脚印,顺便带走了你那假古董花瓶中死去的花朵。

那些死去的花朵,你曾经赋予它们无用的思想,好像不那样做你就将你的无能暴露在光天化日之下。

人说泄露天机者会有失落门牙之灾,但你仍每天发明二十四条谬论供人们反驳。

八、猛然间

猛然间你听到天空在高喊:"天堂里刮起了道德之风。"

猛然间黄豆般大小的黑苍蝇尸横遍野。

置身于这条猛然间张灯结彩的街道,你的存在是一片黑暗。你的扁桃腺猛然间发炎,你的胡言乱语猛然间收敛。

猛然间你有了一种纵火的冲动。你说出你的冲动便有人急忙去报警。

那浪漫的小警察斥责你无事生非。而你听到和看到了本不该你听到和看到的东西,你应该为此而受到惩处。

于是清醒的倒霉蛋和糊涂的幸运儿,由两个人合并成一个人。

当你接受了你应得的惩处,街道猛然间变宽,烟囱猛然间增高,一大片庄稼地猛然间被无数纸糊的房子所占满,为此而降生了一个真正的纵火犯。

你胡乱走上一条路,却发现了一处人间仙境;你胡乱踢起一块石头,它却正在回忆一场大海深处的叛乱;你胡乱推开一扇门,却是走进了你自己的家中。

一个人倚在你的门框上称赞你的家居陈设如何之好。你说:"你请进。"他却拒绝了。他究竟什么用心你无法猜透。

猛然间,就是猛然间,你把自己交付给虚无。

你又看到了翩翩的蝴蝶——就是猛然间——那是否什么人的有意安排?

那安排下这些蝴蝶的人,是否也安排了街道两旁卖茄子和西红柿的人、卖牛角梳子和小镜子的人,好让你的自言自语廉价到多余?

你胡乱拨出一个电话号码,却把电话打到了太平间;你胡乱画出一张笑脸,就有一群人哈哈大笑着走过你的窗前;你胡乱翻开一本杂志,那里边的每一个故事,都和你,有关。

2000.6.10~10.22

——选自《当代》2001年第1期

箫　风

放　鹤　亭

这就是你吗，放鹤亭？

隔着千年的沧桑，我与你默默相对。

宋朝的秋月安在？

双飞的仙鹤安在？

牧鹤的山人安在？

独有你呀，这宋体字叠起的亭子，赖苏公的文采而名扬四海

建了废，废了建。一如那亭前的古槐，绿了枯，枯了又绿。

历经千年风雨，阅尽世态炎凉。

至今，两行鹤唳，仍在线装的《古文观止》里高翔。

遥想当年——

"云龙山下试春衣，放鹤亭前送落晖。"

公务之余的东坡太守，常常上山访友问樵，与你朝夕相伴，忘情厮守。拂髯豪饮。啸傲风月。

与你一样，伫立于天地之间，超然于世尘之外。优哉游哉。如云，如鹤。

而此刻，游人如织。

你飞檐丹楹的芳姿，流光溢彩的传说，风流了多少太阳帽，浪漫了多少蝴蝶衫，陶醉了多少黑皮肤，惊诧了多少蓝眼睛……

他们不是太守。却愿隔着千年，与太守相邀，神——游。

——选自《散文诗》2005 年第 13 期

东坡石床

跫跫足音,醉了。醉得前仰后合,醉得平平仄仄,最后竟醉成一行"柏梁体"的韵脚。
"冈头醉倒石作床,仰看白云天茫茫。"
是你么,东坡先生?
鼾声如歌,响彻春冈秋谷。梦里,一记响鞭,赶得满冈石头——咩咩欢叫。
一千度春风秋雨,一千度柳绿杏红。
而你,还是"归路醉眠中"!
先生,你可知因了你的诗,石台醉了,古道醉了,松风醉了,连你遗落千年的梦影也醉了。
而今,你已醉成一座仰坐挥笔的石雕,醉成一首墨香如酒的诗篇。
醉倒了天下人,也醉倒——
梦外的一片掌声!

——选自《散文诗》2005 年第 13 期

兴化禅寺

山在云里。寺在雾里。佛在心里。
一群又一群游客从四面八方慕名而来,一代又一代香客从岁月深处叩拜而来……

沿着佳木繁翳的蜿蜒古道,一路攀缘而上,次第踏入庄严和肃穆里。

香雾缭绕。磬音缭绕。经声缭绕。

"龛山为宇,削峰成相"。慈眉善目的佛,阖眸微笑,环手趺坐,静候着善男信女们的跪拜祈祷。

佛,高高在上,俯视众生。

人,诚惶诚恐,顶礼膜拜。

生与死,爱与恨,富贵与贫贱,幸福与痛苦,

还有今生的祈求与来世的憧憬,全在那匍匐中。

香客们进进出出,"功德箱"笑口常开。

悠悠钟声,扑扑楞楞,飞来,飞去。缕缕青烟,斜挂寺檐,如梦,如幻。

走出寺院,走入清风。我忽有所悟:

人应有一颗佛心,但不能跪着生活!

——选自《散文诗》2005年第13期

小　海

崔　莺　莺

> 天上星河转，
> 人间帘幕垂。
> 　　　　——李清照《南歌子》

你高兴不高兴都是因为一件事
你成天想着这件事
甚至拒绝吃饭，拒绝起床
拖拖沓沓，容颜不整
你在花园里想到的那件事
你在梦中完成的那件事
人间只是一间病房
这是唯一的希望

你是另一个人
世界上所有的生物
都在春天
分担着你的悲伤

——选自《作家》2005年11期

清明上河图

假如郊野的春光还不如城里
柳树边主仆一行人就不会出行
（避免被春光刺伤）
遐思中的主人公完全可以看出
城郭、街巷、舟车、桥梁、酒幡
不过是一些与日俱增的累赘
那害怕惊马养尊处优的武将有何作为
我们怎么知道热闹的市肆
开设怎样的店铺，甚至还有夜市
我们怎么知道疏林薄雾中
赶着驮炭的毛驴何处落脚
虽是春寒料峭
我们怎么知道清明早已杂花生树
我们怎么知道汴河奔走了百里
油滑的商家抢着落下桅杆
仅仅只为了停泊名闻遐迩的虹桥码头区
生就一付大丈夫或者小蛮女的模样
修面整容、看相算命，古往今来
那些个没头没脑的芸芸众生又去了何方：
看街景的士绅，骑马的官吏
叫卖的贩子，乘轿的妇人
身负背篓的行脚僧人，问路的外乡游子
听书的街巷小儿，酒楼中狂饮的豪门子弟

做生意的商贾，城边行乞的残疾老人

为了一文不值的颂词

船只往来，首尾相接

为了逆流而上

纤夫牵拉，船夫摇橹

有的满载货物，有的靠岸停泊，正紧张地卸货

那些茶坊、酒肆里面痴情的种子

那些市招旗帜下愚蠢而胆小的作弊者原来都是你

都是因为那么些感觉绝望的头脑你还不曾找到

——选自《大秦帝国》，文汇出版社2010年10月版

卖　油　郎

太阳在人行道左侧

街道在烟尘中延伸

火焰试图跟你说话

镜子看见我们后突然疯掉

就像回忆也未曾让我们害怕

城市会熄灭一千年

你转过身来，天就黑了

而你问我正在做什么

我的工作就是什么也不干

我只想做一回十七世纪的卖油郎

——选自《大秦帝国》，文汇出版社2010年10版

夜　　归

完全出乎意料，雪竟爬上树梢和塔尖
那是多么凶狠的天气，树枝廓清天空
古城里的野鸭都从内河撤回了太湖
好像一件很悠闲的事，寻找食物
一旦迫切起来，意味着天气的突出变故
只有我们一味迟钝地眺望故乡，一反常态

城市在夜里拍着干瘪的空肚皮
似乎只有雪是唯一的粮食
老天排泄心中的郁闷
大家伙跑来询问为什么
天空混沌后才获得这份宁静的良宵

祠堂里长白胡须的祖先
在干净的雪夜里
漂泊异乡的子孙们
都可以看得到
读书的、行伍的、渔猎的、织布的今夜回来，雪夜里衣袂飘飘
天地间最大的财富
每年归来，祠堂的大门敞开
他们要登上牌位
站在遗忘的路口

——选自《长江文艺》2003 年 08 期

肖　　水

文森特每个周末都想徒步到伦敦去

文森特，一个小男人
他很乐意出差
去伦敦——
四小时的路途，
经过教堂，树丛，孤独的路，
树梢上有乌鸦和喜鹊，追逐
他心中比马蹄更快、更凌乱的脚步

他是幸福的，但阴冷的天气令他生厌
他不断往烟斗里，填满烟草
火星顺着他的呼吸跳出来，孤独的
只有一个人观看的烟火。

他伸长了脖子往远处看。
路的尽头，有个声音使他心烦意乱。
每个清晨，阳光都会很好，
娇小的厄修拉都会推开窗户，
大声叫道：
"梵高先生，该醒醒了！"

文森特几乎每个周末都想徒步走到伦敦去
只要还在英国，厄修拉就还是他的，

她是他的公主和珍宝,
她是他在大海上唯一的白色桅杆,
她是吸完一袋烟草以后,可以望见的陡峭海岸。

他想挥动马鞭,同时挥动画笔
画满星星和月亮,画满一块落满桃花的土地。
他想在上面建造房屋
他想在房屋里留下一双儿女,
他还要在儿女的餐盘里画上一只天鹅
他的生命需要上帝的祝福

他早计算好了时间,
远处传来了洪亮的钟声。
在他的心里,即使伦敦的雾不期来临,
他和美丽的厄修拉之间也
只有半匹马的距离

现在,穿过吊桥,
灰色屋顶上空,梧桐树吐出嫩绿的叶子
文森特跳走下马车,
向一座低矮的房屋走去,
有人看见他的脸,
像日落后,漆黑的乌鸦身上的光。

——选自莱耳主编《诗生活年选·2006年卷》,
花城出版社2007年5月版

情　　事

你记得他的身体像一枚橙,轻轻
被剥开,露出一夜积雪和陡峭的岩石。

汁液漫了一手,如同
春天,一滴,一滴,泛滥枝头。

摇摇欲坠,花骨撕裂花骨,
更钝重的云朵,迅速从山后涌来。

世界倒地,一团漆黑。三两鸟声
渐次响起,仿佛与人隔着一扇木门。

2007. 9. 29

——选自《诗选刊》(下半月) 2008 年第 12 期

潇　潇

在秋天深处的妹妹

在秋天深处的妹妹
心凉了
被语言的黄金灼伤
流放到金枝玉叶上

在气候心脏的妹妹
有一种情怀比季节更深长
被一柄亮剑放逐
在摇晃的火焰上远走他乡

2007 年 10 月 24 日夜

——选自《诗歌月刊》2008 年第 3 期

秋天的洪水猛兽

九月的某一个日子
带有水果疯狂的气息

朝东的阳光弯下腰来
眯着眼,从窗台上偷听
那间卧室粉红色的声音

当秋天的尖叫在一张床上溅起浪花
左边流淌的洪水就越涨越高
骑在水上的猛兽
一次、二次、三次落进高潮
这时的死亡含有蜂蜜的味道

2009 年 9 月 16 日

——选自王云鹏编《大诗歌　中国诗人俱乐部作品选》,
中国青年出版社 2010 年 1 月版

有时,一个词

秋天,通过黄金的十月
嚼着舌头,叫来
一杯杯烈性的二锅头

眼看着一首诗的光芒缩进肉体
把人心弄得飞起来

有人在一口气中出走

有人在一个句子中悔恨
有人在借一些词语杀人

一场暴雨像耳光落了下来
秋天,这黄金的软有些招架不住

有人借着酒劲用假象来支撑,却忘了
有时一个词可以要你飞到天上
也可以要你生不如死

——选自王云鹏编《大诗歌　中国诗人俱乐部作品选》,
中国青年出版社 2010 年 1 月版

刺痛的雪豹

我常常听见血液里
那只孤独的雪豹在南迦巴瓦雪峰上
幽幽地哀鸣

阳光停在痛中
寒冷瞧着我的脸
冰雪是眼泪的花朵
融进隐痛的心中翻滚

你被生活强行推到了远方

光阴在撕裂的半路上倒下
我被卡在一团时间的乱麻中
用一寸寸挫败喂养岁月的乳牙

今夜想念拖着云朵勇往直前
天空也朝你扬鞭策马而去
我咬着嘴唇
刺痛的雪豹踏着天上的星星朝远方追赶

从一座雪山到另一座雪山
从京城到世界的边缘
从悲到喜,从合到离,从生到死

2007年3月20日晨4点于北京

——选自《诗歌月刊》2008年第9期

痛和一缕死亡的青烟

这些年,我一直在酸楚
这朵空空的云中漫步
想一想最喜欢的人,在命运中挣扎
在气候中变成了一幅心痛的废话
一夜之间,被内心的大风吹到了天涯

潇潇

坏消息像一场暴雨越下越大
我撑着伞,雨在空中突然停止了
记忆中的疼痛从半空中泼洒下来
我浑身发抖,无处可去
一场春天的鹅毛大雪,短暂而诡秘
世界变态地浮在了冰凉的水面
我悄悄流泪,雨雪就这样
又在我的脸上下起来
我伸手触摸,痛和一缕死亡的青烟
从指尖爬上额头
而爱到骨髓的伤口温暖依旧

——选自张清华主编《2007年诗歌》,春风文艺出版社2008年1月版

萧 开 愚

致 传 统

琴 台

薄冰抱夜我走向你。
我手握无限死街和死巷
成了长廊,我丢失了的我
含芳回来,上海像伤害般多羞。
我走向你何止鸟投林,
我是你在盼的那个人。

二〇〇三,十一月二十八日于上海

月 亮

我为卿狂。当你的打火机
递来后半夜,乡音的乞儿
拿一杆秤称坟,淮海路涂多了唇膏,
我碰翻经咒。有人喊:"他在那,
　　　　　　　　　　　抓!"
有人实是无人,你老而眼噙寥廓,
我的铁肋说:"去呀,这里就是时候!"

二〇〇三,十二月三日于上海

衣　裳

黄昏是我的破晓。
六七点钟，蹊跷像个支书，
像笔漏的石头和山秀，
　　和酒酿圆子。
我倒拎阴沟，另一手拎狂舞，
　　坚坐着。睡者正是死者，
我梦见你的梦但又不是。

2003，11 月 12 日于上海

——选自谢冕、孙玉石、洪子诚主编《新诗评论》
2005 年第 1 辑，北京大学出版社 2005 年版

谢 克 强

沉　思

就这样坐着。就这么一低头、一颔首、一抵下巴坐着。

窗外，蝉。一声一声长鸣。

这是一个空洞的中午，雨后的夏日也被一声一声蝉声叫得浮躁起来。就在蝉叫正急的时候，你开始缄默。

冥想一些日子之外的事物。

是在浮躁中寻找沉静还是在虚空中寻找充实；是在单纯中寻找复杂还是在贫乏中寻找丰富；是在有限中寻找无限还是在流逝里寻找永恒……

我猜不出。

骤然，我看见你抬起头来，望着窗外。

啊，蝉不再得意地嘶叫了，只见馨白的杨槐花一串串开了，花开了之后，它会结出满意的思想之果么？

——选自《散文诗》2004 年第 9 期

寂　寞

1 蜗居在这个世界的一角。谁甘心被这个世界遗忘呢？一段忧闷愁结了我，于是，我撩起窗帷的一角，想让进一缕风，让进几粒星光……

风没有来。星星也没有来。

你却来了，从窗口偷偷爬了进来之后，抖开黑色的大氅，似要扑灭我心灵的灯火。

顷刻，静寂的空气，如水，抖着冷的颤动。

渴望泡在水里，似有些打不起精神，渐渐有些枯萎。思绪翅膀倦怠了，开始沉落水底……

惟有信念依然微笑着，站在岁月的窗口，欲洞穿黑暗，去听星的种子发芽、风的草叶拔节……

2 一扇一扇门关上了，时间关在门外，世界也关在门外。

屋子里空无一人。空旷中我守望什么呢，一片无声的雪，一首无调的歌，或一条干涸的河？

黑暗。如潮水涌来。往日那柔发般黑得诱人的夜，今晚怎么空落落的在半掩的窗口抖索着。

灯呢，那亮在时间之外，亮在世界之外的灯为什么也这个时间熄了。迷茫中，真想有一盏灯，给我无边无际的寂寞安慰一个小小的微笑。

陷落，无声的陷落，我似困顿在无边无际的荒漠里。

用心作灯．我默默地抗拒着寂寞。我知道，如果一任荒漠扩张，它终会吞噬生命的绿洲呵！

于是，我拿起追求的笔．以笔作犁．在无边无际的荒漠里播种光明的种子……

——选自《散文诗》2004年第9期

熊　焱

野　花

在乡下，在五月的风声和阳光里
这些我低处的妹妹，她们淡红的小手
把天空推得又高又远

我必须俯下身去
才能看清她们淡淡的容颜、淡淡的美
让苦寂的光阴一点点地泄出香来
那风吹草尖的声音
就是她们柔软的低语，仿佛春雨落下去
仔细听听，有一个正在轻唤我的小名

很多年了，我还一直都叫不出她们的名字
每年的五月，她们匍匐地开
在路边，在低洼和背光的山谷里
为我守候着望乡的岁月

如果五月我回到故乡
就让其中的一朵跟我一起走吧
这卑微的情和爱啊，那么单薄、细小
却让我一生也无法舍弃

——选自《诗刊》2008年第10期

徐　　江

诗隐于市

市政当局又在把道路旁边因日晒雨淋而变得晦暗的平顶居民
楼粉刷一新
并给它们加盖了漂亮的铁皮或塑钢尖顶

当然
它们后面楼群里的那些同样晦暗的平顶楼

此后便需像诗人一样
在岁月里孤独地坚持了

　　　　　　——选自《徐江新作快递：四季杂事》总第 28 期，2009 年

心灵导师克里希那穆提的话，我改变了一下语序

"你们已习惯于听从权威，以为依赖某个权威，就能得到心灵的解脱，你们
希望靠另外一个人的神力帮你们得到永恒的快乐，你们所有的人生观都奠
基在这个权威身上。

"你们听我演说已有三年,除了极少数的人,都没有什么改变。你们现在听我说话,不要只一味接纳,必须分析清楚后,才能完全了解我的意思。你们一旦臣服于某个权威,一定想在这个权威之上建立一个组织,就落在牢笼中了。

"你们所有的人都想依赖别人获得快乐,获得最终的解脱。你们已经等了我十八年,我现在终于有机会告诉你们必须把权威放在一边,向你们的内心观照,才能获得证悟、光荣和纯净,你们却没有任何一个人愿意听我的话。

"我已脱离束缚,完整地获得自由,我希望那些想了解我的人也能获得自由,而不是追随我,把我关在笼子里……"

——选自《徐江新作快递:四季杂事》总第 28 期,2009 年

骑车仰头所见

前方有青云
晚霞

后方是淡淡的半月
白絮

中间便是鄙人了
在天地的明暗间

心满意足地蹬着

2009/6/2

——选自《徐江新作快递：四季杂事》总第 28 期，2009 年

许　　强

打　　墙

打墙的民工，打墙是他的工作
他整天擂着大锤；砸，砸啊，砸……
咚，咚咚，咚咚咚……

打墙的民工不明白，这几百万的一幢房子
修好连人都没有住过，为何要
拆掉，砸掉。
住在桥洞中的他，一生也想不明白。

他心痛，每一次扬起的大锤
都：咚，砸在他的心中
咚咚，一张张的人民币，被砸得尖叫
砸得支离破碎，砸得血肉横飞。

这个和自己怄气的男人
把自己的泪水砸得，四处飞溅
他手上的老茧，像戴着一双厚厚的
手套　有着生活质地坚韧的铜墙铁壁

打墙的民工，一次又一次把大锤扬得更高
砸，砸，砸……
使劲地砸，狠命地砸

他在和自己：怄气
他每砸一下，大地就抖一下
一下，两下，三下，四下……
今天他有使不完的力气
今天他憋了一肚子的火
今天他像一头只想找人干仗的牯牛

——选自《星星》2010 年第 7 期

今天下午，一名受伤的女工

惨不忍睹……
伴随着许多女工的尖叫

血糊糊的指头像脆生生的
萝卜　被齐齐斩断
命运在一秒钟之内开了个太残酷的玩笑
十八九岁水灵灵的青春啊　在瞬间
给双眼　蒙上了一块厚重的黑布

血　流了
一地
伤口是麻木的　毫无知觉
头脑是清醒的　剧痛难忍
（工伤：只有在本厂工作过程中或在维
护本厂利益的情况下，因发生意外而受

的伤,才属工伤。违章操作不属工伤)
而这一切都由厂部　说了算

而揣着《劳动法》的早揣了红包　躲到酒店
泡桑拿去了

等待她的　将是
什么样的命运呢……

——选自《诗刊》2003年第11期

许 悔 之

慈悲的名字
——为 SARS 疫病中殉身的医护英雄而写

陈静秋,胡贵芳
林佳铃,林重威
林永祥,郑雪慧
诵念你们的名字一次
就如同经历一回
药师琉璃光如来的大愿

幸存的我们
聆听了你们的名字
一遍又一遍
你们死去的那一天
就是复活的日子
你们是无上
慈悲的药师琉璃光如来
在无药可治的人间
慈悲的化身
投身于疫病的焰火
而化成了红莲
载我们安稳行过如此
翻滚的大海

死亡的海

死亡仅在伸臂之外
你们用肉身将之摒挡
让我们安睡
而无忧苦危厄
你们的肉身
是内外明澈的琉璃
纯净,无有瑕秽
让我们诵念
这些慈悲的名字:
陈静秋,胡贵芳
林佳铃,林重威
林永祥,郑雪慧
诵念这些慈悲的名字
大愿的药师琉璃光如来

——选自《联合报》(台)2003年5月22日

徐俊国

孤独的鸭子

我还没有资格说我是孤独的
但今夜　唯有我一个人目睹了水湾的辽阔与神秘
十二点之后　一只鸭子出现了
由远及近　径直向这边游过来
它不时地把头扎进冰冷的水中
捞起烂绿藻和鱼骨
古代的耳环　半把长命锁　还有淤泥和黑暗
它一次次把身体的前半部分当作铲子或钩子
湿漉漉地演给我看
像是某种仪式或示范
水被搅响　水中的月光被搅响
村庄睡得很深的血液也被搅响
——这只无人认领的鸭子　真正的孤独者
为了让人听清一部沉潜水底的乡村史
它选择了我
而我承担不起一只鸭子给予的暗示和期望
夜太深　我困极了

——选自《诗刊》2005年第16期

这个早晨

不要轻易说话

一开口就会玷污这个早晨

大地如此宁静　花草相亲相爱

不要随便指指点点　手指并不干净

最好换上新鞋　要脚步轻轻

四下全是圣洁的魂灵　别惊吓他们

如果碰见一条小河

要跪下来　要掏出心肺并彻底洗净

如果非要歌颂　先要咳出杂物　用蜂蜜漱口

要清扫脑海中所有不祥的云朵

还要面向东方　闭上眼

要坚信太阳正从自己身体里冉冉上升

——选自《散文诗》2005 年第 18 期

晏　榕

奇异的事物

这奇异的光景,我很难描述它微妙的变化,它何以
改变了我们?很难再像石块一样静止,它让人忐忑又
伤感。而且也变得潮湿不堪,霉菌在悄悄地生长。
流亡的春天一去不回。乌鸦鸣叫,果实们拒绝成熟。
而梦境越来越甜美,像是被另一个讲述者
重新说出。真的,改变了那么多!这只是具体的一个
瞬间,诸神一遍遍地活着,有的漫长,有的短暂。

2004 年 9 月

——选自《欢宴:晏榕诗选　1986—2007》,
上海人民出版社 2007 年版

结　　局

已近中午,可天色更加灰暗,无法挽救。整条大街
都显得沮丧,幽灵们像尘埃一样纷纷坠落,有如完成了

一次飞翔。另一些则驻足而立，嘴巴一张一合，发觉
空气变得稀薄多了。呵，肯定有什么地方出了差错。
那熟悉的一幕远未来临，幸福的结局。也许还有机会。

2004 年 9 月

——选自《欢宴：晏榕诗选 1986—2007》，
上海人民出版社 2007 年版

面　　具

雪花撒落广场。你端坐在这些凋零的
影子里。光线稀疏，看不到奔跑的事物，也不能
确定那朵桃花还是否露着它红艳的脸。
尘埃们待在原地，众目睽睽之下戴上了面具。
而你小心注视着这宏大而静止的场景，冬日里的黑暗
一步步挪过来，那些害羞的念头像青铜一般
闪烁不停，像在经受煅烧，美如情侣们的倩影。

1999 年 3 月 17 日

——选自《欢宴：晏榕诗选 1986—2007》，
上海人民出版社 2007 年版

颜 艾 琳

速写美女子

她的镜子是每个人的眼睛,
颜色在她脸上
是活跳跳的动词;
一点点紫色
点化出神秘的眼神、
金色撑起眉毛的奢华飞檐、
眼球滚动在细细黑眼线上,
好像黑色月亮
出现在海平面戏耍。
瞧!她那危险的自由
多教人心惊胆颤!
但是,我们却甘愿作
一动不动的镜子,
好让她的颜色游戏,
变成一则风流的视讯。

二〇〇二、十二、三十一初稿
二〇〇四、二、十七定稿

——选自《她方》,联经出版事业股份有限公司(台)2004年版

杨　　键

荒草不会忘记

人不祭祀了，
荒草仍在那里祭祀。
大片大片的荒草，
在一簇簇野菊花脚下牺牲了。
你总不能阻止荒草祭祀吧，
你也无法中断它同苍天
同这些野菊花之间由来已久的默契。
为了说出这种默契，
荒草牺牲了，
人所不能做到的忠诚，
由这些荒草来做。
荒草的苍古之音从未消失……

——选自《古桥头》，上海文化出版社2007年12月版

多年以后

那是在很久以前了，

我在离开寺院的路上同你相识,
我的灵魂就此喑哑,
再没有开口说过话。

很多年以后,
我才知道你没有归宿,
所以你不是我的归宿。
这时我已临近中年。

我面对的不再是你,
而是我的祖先。
祖先说:到处都是码头,
我却看不见。

日子飞逝了,
审判者临近了,
审判者不是别人,
乃是我日渐鲜明的良知。

我多么希望匍匐,
而不是站立。
我多么希望停下,
而不是奔跑。

就在这里,
在长江边,
我折断一根松枝,
随后融入那折断的声音。

我看见暮色里站满了列祖列宗,
我惭愧地站在大堤上,
双手空空,
早已丧失了继承的能力。

——选自《古桥头》,上海文化出版社2007年12月版

跪着的母子

满园的落叶上有一层光,
照着她去院子的佛堂里。
她老病交加,
颤巍巍跪下。
满园落叶的光,
照在她跪着的身影上。
母亲,我要跟你一同老去,
我要跟你一同跪在观世音的莲花座下。

2003

——选自《诗歌月刊》2007年第6期

杨　键

不　死　者

我有一口井，
但已没有井水，
我有两棵松树，但已死去，
死去，也要栽在门前。

因为我有一个神圣的目的要到达，
我好像依旧生活在古代，
在亘古长存里，举着鞭子，跪在牛车里。

我怀揣一封类似"母亡，速归"的家信，
奔驰在暮色笼罩的小径。
我从未消失，
从未战死沙场。

山水越枯竭，
越是证明
源泉，乃在人的心中。

2003

——选自《古桥头》，上海文化出版社 2007 年 12 月版

古　时　候

一个人长大成人后
想到的第一件事情,
就是将他的哺育者埋葬,
深深地埋葬,
埋到没有一个人知道,
他曾经有过这样一位哺育者。

在古时候,
就是这样。

一个人的伟大,
乃是对恩情的辨认,
当他完整地认清了恩人的形象
他就长大了,
同他的先人一样,
成为一个庇护者,
寂静,是他主要的智慧。
在古时候,
就是这样。

谁也不知道,
这片由于夕阳变得恢宏而沉寂的泥土会产生什么样的智慧,

在古时候,就是这样。
杉树因沉浸而稀疏,
江水因沉浸而浩瀚,
年老的母亲因沉浸而美丽、慈悲。
一片树叶
左右摇晃着,向下
在向死的过程中,依然是沉浸的……
是的,甚至在腐朽中我们也不能失去凝神,
腐朽也是灵魂的呈现,
比如冤死多年的人又在迫害他的人的身上出现,
这一定是灵魂的馈赠,
好像捕蛇多年的人长出丑陋奇痒的蛇斑,
也一定是灵魂的恩赐。
腐朽是有灵魂的,
在古时候,就是这样。

透过长窗我瞥见,
成片、成片的桃树林
在茫茫雪地,
茫茫雪地
暂时掩盖了这一片灰暗的泥土,
无论我身在何处,
是醒着,还是睡去,
它神圣的视力,
总能直达我心田。

在古时候,就是这样。
我们的欲望早已将心里的慈母

深深地掩埋，许多年了，
我们还没有忠实，顺从于她，
时刻与她同在，
在古时候，就是这样。

一片瓦早已不在屋顶上与苍天同在，
而是被搬到地上，
丢在菜园里。
他没有屋顶了，
没有对老天爷的感恩戴德了，
他究竟是在艰涩里成长，
还是在晦暗里死亡，
在古时候，这就是一个疑问。

2003

——选自《古桥头》，上海文化出版社 2007 年 12 月版

杨　　克

人　　民

那些讨薪的民工。那些从大平煤窑里伸出的
148 双残损的手掌。
卖血染上爱滋的李爱叶。
黄土高坡放羊的光棍。
沾着口水数钱的长舌妇。
发廊妹，不合法的性工作者。
跟城管打游击战的小贩。
需要桑拿的
小老板。
那些骑自行车的上班族。
无所事事的溜达者。
那些酒吧里的浪荡子。边喝茶
边逗鸟的老翁。
让人一头雾水的学者。
那臭烘烘的酒鬼、赌徒、挑夫
推销员、庄稼汉、教师、士兵
公子哥儿、乞丐、医生、秘书（以及小蜜）
单位里头的丑角或
配角。

从长安街到广州大道

这个冬天我从未遇到过"人民"
只看见无数卑微地说话的身体
每天坐在公共汽车上
互相取暖。
就像肮脏的零钱
使用的人，皱着眉头，把他们递给了，社会。

2004 年 12 月

——选自林贤治、章德宁主编《2005 年文学中国》，
花城出版社 2006 年 1 月版

野生动物园

再大的牢笼也是牢笼
这座　模范监狱
拥有最伟大的权利：放风
那时节
马戏团所有的演员
载歌载舞

大象的时间和蚂蚁的时间
一律遵守它们的上帝
人类的时间
它们的每一颗牙齿
都安上了窃听器

屁股光秃的老猴子
整日晃荡它的生殖器
它的自由
不过是不穿裤子

兽性大发的东北虎
扑向瑟瑟发抖的小公鸡
——它的早餐
森林之王的面具下　被驱赶的奴隶
就像角斗士
在众人的喝彩声中表演
追思往日，在森林深处
也混合着今日的悲伤

管理员为生灵们描绘了
取消货币和丛林觅食的好处
他得意洋洋地告诉他的子民
这就是天国

曾经有鹦鹉学舌
抗议本座人性监狱惨无兽道
它的长喙
当天就被老鹰穿孔上锁

当那头成功越狱的黑豹
窜过城市的裤裆
找不到栖身的树洞
又一次惨死在汽车轮下

在这个人满为患的世界

再没有什么庇护所

比牢房安全

2001 年 5 月

——选自《上海文学》2003 年 02 期

高　　秋

此时北方的长街宽阔而安静

四合院从容入梦　如此幸福的午夜

我听见头顶上有一张树叶在干燥中脆响

人很小　风很强劲

秋天的星空高起来了

路灯足以照彻一个人内心的角落

我独自沿着林荫道往前走

突然想抱抱路边的一棵大树

这些挺立天地间的高大灵魂

没有一根枝桠我想栖息

我只想更靠近这个世界

2009 年 9 月 18 日

——选自西叶、苏若兮编《界限　中国网络诗歌运动十年精选》，
重庆大学出版社 2010 年 1 月版

有关与无关

禽流感跟鸡鸭有关　甲流跟猪无关
非典跟果子狸关系依然暧昧
这不是医学问题　是能言之人使动物担替了罪名
窃书不为偷　薯条也不等于土豆
下跌都可以负增长名之
不会说话的动物　找不到律师为其辩诬

911与基地有关　真主党跟真主无关
如今阿富汗的爆炸闹不明白跟拉登有关无关
拉登就是一只果子狸　在岩洞树洞土穴中

与穿山甲　鼹鼠勾肩搭背　昼伏夜出
美国人要对付他也得变成野兽　有趣有趣
（美国的间谍卫星能拍摄大街上美女手腕上的分针
可为什么拍不到拉登的手表？）

伊拉克与大油田有关　萨达姆跟大杀伤武器无关
奥巴马的和平奖跟小布什有点沾亲带故
要不是小布什好战　奥巴马哪来的谈和良机？
靠着卖火药先富起来的欧洲
发奖给东征西伐的美国，好玩好玩
增兵是为了和平　反恐是为了休战

前几天两个在长途大巴上咳嗽的民工
正是差点被《时代周刊》评为年度人物的中国工人
他们被全车乘客投票表决丢进冰天雪地里
在这个国家　很多人装出跟民主无关
可有时他们不得不偷偷使用这个法宝
来对付那些比他们更弱小无助的人

2009 年 12 月 24 日

——选自杨克等著《悲欣集·中国诗歌第 5 卷》
人民文学出版社 2010 年 5 月版

杨　　牧

沙　婆　硝

1

蜥蜴在星光下吐纳
河水缓缓上升，即将
淹没僵冷的前趾，后趾
在天狼星的余温里
将尾巴浸湿，只剩
那定位的长舌尖端，如磷火
透过启明的忧郁轻轻抖动
在我们梦境里发光

这样计数着，时间
随云阵的反影移转
飘流。鱼鳃的速度。或者
静止不动，甚至也不再以口器
示警，风在山坳里提早歇息
——曾经如此温柔起意吹拂
过水姜叶上的露滴落丰满的
河面让一只长脚蚊将自己唤醒的风

2

谁能将那双重拥抱下

彻寒的圆心以一发之刀
分割为二个别实体
如爱,在此后契阔的时光里
分属拂逆的男女?谁能自风的
犹疑解读河流怎样选择方向
自稀薄的云听见海潮——
且允许那水势自由行止

并且试探孤独?现在
水声渐小,或明显隔离
落在树藤隐遁的间隙:
虚无的陈述在我们倾听之际音贝
拔高,现在它喧哗齐下注入黑暗
女巫的怀抱。谷蝥,飞鼠和山猫
猴荳的根茎,半醒的魂魄等它
幽幽然发芽或甚至也开花

3

几乎对等的心跳隔着晓寒
和淡去的月晕,在薄荷色里
无声传达:秋天的末尾
每年,当小红果布满石砾湾以上
的丘陵地带,早来的霜认识
这预言的水晶球正涓滴均匀占据
它的一定半径,循轨迹
发现虚线尽头的同心圆
我们从高处看它,听见乌鹜
惊呼水光溢上概念化的彼岸

此岸,幼稚的二分法在鱼鳞

反射的强弱里完成同步

回响,如泉水为了追逐

超前涌出或坠落之势于刹那

完成的形状,为了解体

为了与它同归形上的涟漪

附记:沙婆礑在花莲偏西山麓下,为境内诸河川之发源。

——选自《联合报》(台)2003年12月16日

杨　　炼

诗　　学

飘雪的日子最像一页诗稿
每个字是只小动物　玲珑的触角
没用过就钝了　一下午的心渐渐揉皱
渐渐濡湿成泥土　那所灰暗的学校

拉响蚯蚓们柔韧悠长的上课铃
青蛙勤奋掘进着冬眠的甬道
田鼠的眼珠　一对囤积星空知识的小贼
扮演老师监视麦粒中作弊的分秒

冒着严寒　尖尖的乳房也不忘灌浆
女孩如一朵等在羞涩里的棉桃
西北风记住所有约会　当冻红的手指
碰着手指　他那滴酒斟出一件古陶

他向大地学习细小的事情
细小的联系　心动一刹那唤回一只鸟
狗儿炖熟的泪水循环到他眼里
情人的身体香　像某种哭叫

心只动了一下　揪着卧在天边的山

暮色盛满寒冷的听力　寒冷的远眺
摆上小炕桌　他爱上不停开始的
第一场雪　飘落得如此姣好

　　　　　　　　　　——选自《作家》2010年第1期

死·生：一九七六年

他一天天追赶母亲的死
追　一部早晨狂转的手摇电话机
自行车把顶着天空的噩耗后退
风砸在脸上　钢印砸进他的缺席
医院的味儿半握在蜡制的掌心里
母亲发脆的手　水泥地上摔断的树枝
带走了肩轴疼　磕坏的眼镜片
也在抱怨他来得太迟

或太早　一根蜡烛还得等三十年
完成那熄灭　那薄薄皮肤下黑暗的构思
逆着风佝偻蹬车　用字攻占一团果肉
三十年　缺席分娩他成一首诗

母亲一行也没读过的　一次次托梦
错过的　一种血脉滴洒墨汁
给一本蜡制的书无数早晨的篇幅

他星星点点泅开　像母亲隐秘发育的无知

用自己重写母亲诀别的年龄
自行车铃声似的死亡念头　太熟悉时
比事实还近　从碎了的骨灰瓮开始
他只剩双倍的生命和美丽

——选自《作家》2010 年第 1 期

照相册——有时间的梦

千分之一秒的现实都迎着赝品的未来
村子也夹进两页间　小虫的残骸
多年前就碎了　抱着他痛哭的光速
到封面为止　母亲签署的水位

仅仅是这个名字　玻璃幽闭的一夜
灯下米黄色拢住的日期被翻开
河水　有个呛入鼻孔的硬度
他轮流被拧亮　轮流墨绿地潜回

一帧深似一帧地制作一个梦
脸　陷进黏合它们隔绝它们的空白
碾子的村子推着母亲碾平的阴户
抽啊　时间的耳光一记记剪裁

每一帧溺死的经历　每种赝品式的
青春　雁声一夜夜呼啸着不在
鲜艳如一首序曲演绎的界限
仅仅需要界限　——检阅这溃败

都一样远　母亲的断壁残垣
被他抱着　还用一条发黄的路回家
这部把灰烬精美装订成册的家
千分之一秒后　才懂得不醒来多么宝贵

——选自《作家》2010 年第 1 期

SAILOR'S HOME
（水手之家）

1. 春光·河谷

这一刻无限　大阳光裸出的身子那么大
裸着　一篷金色茸毛紧紧挤着
我们的头埋进去　河谷磨擦脸颊
这一刻　躺在怀里的是个春天的轮廓
轮到你了　闭上眼也觉得群山在下面
鸟鸣令子宫粉红幸福地收缩
风不动　五道血痕也追着五枚指尖
追上一条被你藏在羞涩里的缝
又香又软　推着绿绿的两岸

我们就看见　下次呼吸没有风景
河谷弯进光　光速在每滴水珠里崩溃
我们知道　令世界亮得晕眩的命
完成于一刹那　这一刻的心醉
亲吻这一刻的毁灭　抱紧是一朵花
抖着　勃起着　发烫的一点　就象蕊

2. LYN BEACH

海浪也一直在寻找　用风暴寻找
海把尖尖挺起的乳头递到你嘴里
童年　象绷紧的帆绳那样嘶叫
象排油漆斑驳的小房子　残破倾圮
却把一只耳朵的珍珠贝留在窗台上
涛声把小名舔剩银白的骸骨时
水平线忍着呻吟　水中抽出紫丁香
涨潮就在长大　一张从未压皱的床单
叫你怕　你要又一个四月被弄脏
海滩的女性　无论怎样挪远
都有一条鱼鲜嫩的腹部　好继续学习疼
你长长的双腿盘紧这个傍晚
湿的拉力　一股拼命回头看的激情
用尽了海　肉盛满一罐哭声来到
一个黑到底的形式　才配追上你的诞生

3. 岸

水波粼粼作曲　不远处一架死钢琴

在潮汐中响着　死水手精心修剪的五指
摇曳　满房间白珊瑚和康乃馨
满含最后一瞥的性感　一盏烛火透视
性交的肉体中一个岸透明的结构
我们彼此是锚　彼此是锚地
蓝色动荡的家　一块皮肤就是港口
我们嵌着的缺口　炫耀大海空出的方向
死船长冷冰冰指挥一场演奏
音乐会就夹在我们大腿间　那流淌
一股血味儿　血淋淋挥舞器官的旗语
那茎指着说　没别的地方
你能去　你该去　墙上的死镜框里
一头蒙着蓝色条纹的兽慢慢逡巡
岸　记住最后一瞥　那一瞥无终无始

4."水手之家"

一行字刻在墙上　不停出海的字
把孩子们变老了　不停疯长的蓝色花草
听小小的白眼珠在防波堤上哭泣
父亲的精液是一个异国　被一道
盛满明媚早晨的裂缝隔开
母亲　躲进海鸥茫然的啼叫
分别就再次分娩　把这团血肉遗下来
又一排小小的白浪头把远方打得更远
孩子们否认海那边有个世界
不停构思着　把阳光变黑的血缘
把岸变得狂暴　把被抛弃当作一件作品

那时间表上永不到来的时间
永远卡在　即将挤出血腥隘口的一瞬
母亲哭嚎　父亲肿胀的阴囊低垂
如星座　蠕动　孩子否认不了的命运

5. 午睡的海图

光在窗外倾泄　漂过床头的白色水母
累了　半透明的室内象只半闭的眼帘
鱼类五彩的尾巴围着蜡烛
她睡在就象死在海底卵石间
死了　还梦见一丛被摆布的黑色海草
肉体那么无知　肉体持续下潜
丝丝痒的脚趾　触到嘴唇软软的珊瑚礁
化了　舌头追赶一阵脚踝上的麻
嘶嘶向里窜　一封拍往全身的电报
海香喷喷捻着一朵空间的茶花
开了　魔鬼揉弄酷似蚌肉的一小只
比她还象动物　越抽搐越湿滑
亮晶晶挣脱妄想捏拢的手指
逃了　镜子张望中　镜子还在画出
颓废的宋朝的鹤侧着身子

6. 午睡的海图

海面上一百万个玫瑰园泛起嫣红
床上　颈窝是精雕细刻的一小朵
别碰那乳头　让她去做梦

让两个尖　在梦中接受一种熏香的颜色
让一下午把滴滴溢出的奶噙在嘴里
此刻搂在胸前的　都是出海的
睡着　一座城市也在漂移
一双放肆的脚践踏波浪的鳞状台阶
迎向耀眼灾难的　总是一次深呼吸
满屋冉冉上升着气泡
满屋弯曲的动作　擦过被耳语提前的夜
不问也知道　小憩　正变成性交
人造的一夜中合上眼就有想要的明月
人　是块礁石收藏着结束的阴影
为抛弃存在而一股股倾泄

7. 水　晶　宫

时代的丑陋鱼群隔着窗户一片死寂
它们的目光　扎穿石棺里那些年
翻找一枚红艳的被磨烂的阴蒂
死死纠缠的躯体上　两个极端
都插着　舌头与茎都涨成一大块水晶
塞得更满时　顶到藏得更深的终点
死死纠缠的躯体　不再回顾才透明
死过上千次的大海的卵巢
猛吸一口血　不在乎失去才怕人的硬
找到你　封存的初夜象一张初稿
黑暗象一座窗台　又摆出那盆绣球花
只让我看见　你的美已准备好
崩溃　交配的星空停进第一场大爆炸

一大团喷出的雪白没有过去
石头里走投无路的水　才抵达

8. 复　　数

这个现在的复数　蓝的复数
水手漂白的身影漂浮在每道波峰上
折射成无从等待的　溺死是复数
仍自一块棱形切下水平线的　是光
仍一再改写住址的　是总嚷着还要的海
又一具射精后的尸骸被啐到石凳上
空得象海哩　绿色家俱摆满悬崖
满是时差的房间睁开有对羊眼的早晨
谁沦为无从等待的　自己不得不等待
一把水手片片削落果肉的利刃
一次都不在　却被咀嚼了无数次
一个我都不剩　才毁灭成我们
粉碎　定居在狠狠砸下的涛声里
甚至停止不了渴望一个孤独腐烂的单数
守着　摔在远方礁石上的名字

9. 绞架上的苹果

你用整整一年想像插进自己里面的核
一根旋转的轴　一种你想否认的力
否认不了　秋天是把绞杀的文火
一个碧蓝的拎着你在空中晃的逻辑
离地几米高　涨红的果肉抱着核摩擦时
风摸你　此刻谁想摸就摸你

杨　炼

冷钉进内心　　甜才格外放肆
腐烂有个把柄　　攥住就嗅到性的腥香
你把自己挂上一枚黄金的倒刺
离世界几米高　　交给最粗暴的光
磨快尖利的鸟嘴　　知道啄哪儿更为致命
啄她　　碎肉零落　　枝头震荡
一双第一天已深深看进肉里的眼睛
用必死的诗意　　让你想像一次猛烈的活
带着孤零零悬挂的被引爆的表情

10. 圣丁香之海

这一刻无限大　　花　　迸开在人的尽头
激动中　　天空的紫色　　海的白色
驶出我们身上每处奋张的港口
水里满是心跳　　水的厄运是一生去触摸
一根埋在肉中绷直抽动的管子
一个不停拧紧蓓蕾乳头的四月
输送　　灿烂皮肤下我们的无知
紫色和白色　　都被体内的黑暗驱赶到空中
漫无目的　　以急急奔赴一次自焚为目的
这一刻　　碎裂的生殖器鲜艳就是目送
春天的香味就象烟味　　一把把绸伞撑开
末日抵进嘴里　　惊叫都学着鸟鸣
肉体的形象是不够的　　最终需要一滴泪
出走到花园里　　星际嫩嫩漂流
每阵风吹走大海

——选自《艳诗》，倾向出版社（台）2009年版

杨 佳 娴

镇 魂 诗

不要靠近墙
它在抄写我们的脸
不要走过树下
它会纠缠我们的鞋履
不要相信雨季,啊那些透明
单调的小石在额头上
击出许多凹痕

水面下一切都平等
且平静
也许我们交换手足,眼睛,
将头发编缠在一起如同连体婴
或者你将生出背鳞
我将发现耳边有腮
在漂忽,逐流的时刻里
醒着也等于睡着

睡着了以后梦见醒来
死去以后仍瞻望云的步伐
把房子盖在最远的岸
灯光瞬逝,椅脚折断陷落

书倒立而园囿
开始种植自己
瓦盆尚未退霜,铁铲有痂,
虫豸如时间贴面而飞
琐碎,且搔痒

有时候也听见诸神翻身微响
当我们终于试着遗忘,啊摊开
如一张虚无的纸
擦过如炭的宇宙
大星升高如军乐手小喇叭上的辉光
当那久远一触,真久远如
一则肯定的箴言
从写出来到被遗忘——
那洋流总是徒劳
一张朽烂的羊皮地图
鱼骨的信物也将销磨为末

而谁能夹镊出对方的灵魂?
当我们驾驶着单桅帆船
在不同的玻璃瓶内
你有你的手势
我有我的火光

2009. 10. 15 作

——选自《幼狮文艺》(台)2009 年第 11 期

杨　　子

缓缓旋转的星空

我是多么羡慕
微风中轻轻走动的诗人，
挥着看不见的鞭子，
轰走玫瑰花瓣上的苍蝇。
我是多么爱那慢吞吞的事物，
一头老龟，
缓缓旋转的星空
——缓慢到肉眼不能看见，
几乎不在流动的流水，
还有天上——放牧自己的白云，

——选自燎原、白垩编《二十一世纪中国独立诗人诗选》，
中国戏剧出版社 2010 年版

我活在一个电闪雷鸣的省份

我活在一个电闪雷鸣的省份，

杨　子

我活在一个头重脚轻的年代。

神秘的药丸，神奇的催情，
一切都闪光，
荷尔蒙的光，
白日梦的光，
一切都美丽，
像是刚刚拍出的广告，
在安乐椅中，在博览会上，在伪造的史册里
闪着光，
白日梦的光，
荷尔蒙的光，
但是总有一股淡淡的臭气，
像另一种光，
挥之不去。

除了满世界的塑料袋，除了不朽这个病态的词，
我们没发明任何东西。
工业的洪水，消费的飓风，
卷走了我的爱，我对于罪恶的警惕，
卷走吃了一半的药，做了一半的梦，盖了一半的房子。

我活在一个凶狠的年代，
我活在一个危险的国度。

无法和那些

笑眯眯的肥脸

冷冰冰的心肠

痴呆呆的头脑

和平共处。

望着冰冷的，墨玉般的夜空，

望着货架上的法兰酣睡香水、意大利皮衣

和狗皮膏药般的孔子，

望着那些把神奇药丸

不停地塞进嘴里的男男女女，

望着魔鬼扫荡过的空旷大地，

有关祖先的伟大回忆

都变成从未存在的

杜撰。

——选自燎原、白垩编《二十一世纪中国独立诗人诗选》，

中国戏剧出版社 2010 年版

最后的农夫

在我们看不见的山坡上，
最后的农夫还在耕种。
他种的不是玫瑰，
仅仅是他的粗茶淡饭。

杨　子

在我们看不见的深谷里，
最后的农夫在搬石头。
他不是要给自己弄一座
假山和喷泉的花园，
他只是砌一道围墙，
好挡住山上的洪水。

自从孩子们去了城里，
很多田地荒芜了。
在我们看不见的空旷的田地里，
最后的农夫在插秧，
不再是一个村子的人，
像过节一样，
而是孤单的一个，两个，三个。

他只有一顶草帽
来抵挡毒热的太阳，
他只剩下这块土地，
只剩下一双手，
一双比什么都古老的手，
只剩下一点点春种秋收的希望，
只剩下最后一点点力气。

在我们看不见的夜里，
在我们轻薄的娱乐还没有开始的时候，
最后的农夫已经爬到他的硬板床上。
他喝掉三碗稀饭，

就躺到他的没有爱情的硬板床上，

他已经没有力气，不管是叹息还是诅咒，

他已经没有心思，去看夜空的云，

去担心明天的风暴……

——选自燎原、白垩编《二十一世纪中国独立诗人诗选》，
中国戏剧出版社 2010 年版

杨小滨·法镭

一首邀请女友来美国的天真歌谣

亲爱的,这里是天堂。也就是说
我正在用蛋清洗泡泡浴。
如果你在边上,千万别往里倒酱油。
你只须用筷子把我轻轻夹起
放在嘴里,这就足够了。

亲爱的,这真是天堂。这里的空气
干净得像镜子:它可以
让你撞碎,让你流血。
你的伤口甜蜜起来,好像我喷了
香水的地球,哪怕是球体的另一端。

亲爱的,这里是天堂。当然
天堂话你学得还太烂。
你也会哈喽,你也会好啊有,
卷舌音只嘬出老北京鸡肉卷,
不管必胜客的意大利是否比我歌剧腔。

亲爱的,这里是你的天堂。
那就披着第五大道和我一起蹦迪吧。
蛇裹在 Esprit 中变成天使的腰,

精神给我穿走，身体扑拉拉地飞在

布拉格广场的琳琅天空上。

亲爱的，快来这天堂。让我们

变成尼亚加拉瀑布欢跳的香辣蟹吧。

躺在沙拉的沙滩上，就会想起我们阳台外

没有 SARS 的迈阿密日光。就这样

天堂比人间只远一点，只差几个月。

——选自许德民主编《复旦诗派诗歌》，复旦大学出版社 2005 年版

羿与嫦娥的视频聊天记录

"哈喽．娥．是你啊！"

"嘿～老公你原先没那么多鱼尾纹哦～：P"

"听，你怎么找到我的？"

"有一本小说啦～噢～网恋的帅哥也瞒不过～"

"你还是那么白皙，一身月色都靓呆了！"

"人们团圆的时候，我用镜子洗脸，我寒～"

"如果可以把一枚月亮挂在我胸前……"

"算了吧，听说你早有新欢，我也想找个情人。"

"你的老相好，他去了新加坡……"

"我好寂寞。但我有回忆。"

"难怪我总想摘下月亮糖含在嘴里！"

"切~还有谁能把我融化呢~"
"弓箭锈了,要不我射下月亮!"
"No,我今天爬上桂树又跌下来,555~"
"假如你飘落,不要掉进别人的臂膀!"

"噢~我那时很轻~比杨花还轻~"
"吼吼,我看到了你飞扬的裙裾!"
"我不是花仙子~不要窥视~我怕怕~"
"风大起来了,你要让风吹走了!"
"月亮是我的骨头,不是我的呼吸~~"
"我猜不出谁会骑着兔子逃往更远的星星?"
"但我宁愿住在月饼里。我饿。"
"多婵娟!你会一直在荧幕前等我吗?"
"晕~我整天绕着你们转~"
"几千年来我夜夜仰望!我宁愿是月亮的影子!"

"嘻嘻,我宁愿喝月光,也不喝你的花言巧语。"

2007

——选自杨小滨·法镭《景色与情节》,
世界知识出版社2008年9月版

姚 风

秋 风 吟

花落如砍头
肃杀的秋风,要砍下多少头颅
才会放下屠刀
秋后算账的大地,一片荒凉

多少野兽无处藏身
多少人还在忍受

多少看见枯萎的人
也在枯萎,心底的荒原
把黑夜抓出了血痕

——选自张清华主编《2007年诗歌》,春风文艺出版社2008年1月版

朝 着 光

把光还给灯盏
天也就黑了

是谁，拦截了一只飞蛾
训练它如何留在黑暗

经过无数次的训练
飞蛾终于折断翅膀
它无法再飞

拖着夜色
像蜗牛，朝着光缓缓爬去

——选自《诗选刊》2006年第8期

姚　　辉

荒　　园

静夜，无事的时候，我为自己虚构了一座荒园。

我想，弦月此刻正好可以照在荒园上。土粒闪动光泽。没有鸟，但园中，当有鸟羽被风抛起，像回望中，我曾有过的一丝爱怜、勇气。

这里的土地到底可以生长什么呢？我努力寻思着。也许，荆棘与鲜花都将改变这一方经典的荒凉。当然，这里也不能涌现草叶。我怕月下的露滴，会把这份苍凉，浑圆地打破。

作为荒芜的坚守者，我已经告诫过自己了。篱影在斜风中摇动——那是古旧的篱影，对未来一无所知的篱影，它，只记得过去。

过去又能怎样呢？

过去，鸟从高处落下，一只金色虫子唱出春光，伫立园边的人，为一朵苍老的花，洒下了全部的泪滴……

而现在是弦月的光景——除了荒园，没有什么能被照耀；除了沧桑，没有什么可以疼痛。

我独立篱边，我是那个永不出现的人，我是那个永不离开的人。

我看着荒园，像看着我曾有过或那将拥有的一部分生活。我不感动。我只想记住，一粒粒尘土，正如何埋没我灰暗而悠久的手势。

静夜，无事的时候，生命有了千种响动。

我，正被一座虚构的荒园虚构着。

——选自《散文诗》2006 年第 13 期

为自己痛哭的阮籍

> 终生履薄冰,
> 谁知我心焦?
> ——阮籍《咏怀》

路尽的时候,苍凉的人,开始为自己痛哭。
自森然的刀戟上窥出软弱的禅意,凛凛寒光,原也是苍白的温暖。晋,无数人染指的晋,你的弦歌声中,衰老了多少击剑少年!

遥想明月照人的日子,清风吹朗胸襟。竹林深处的长啸,闪亮七个多彩的姓氏。那时,弱不禁风的感慨,或许成为最好的诗篇。清泉漱石,新篁载露,一杯酒淹没其他的酒……而后便是风垂云落,有人罹祸于刀剑,有人成为刀剑。而你,则如丝帛,酸软地系着世纪,系着自己。

这捆绑的花样,竟也是百嚼不厌的诗意。

很少的路,总以荒芜的结局,等你。你用受伤的腿骨敲敲身影,自一朵残花上,抚摸故人的声息……天青山碧,你不只为自己哭泣。

旧衫冷在墙上,已是灰尘扑扑的诅咒。晋,玄奥言辞里幽光闪闪的晋,大波大澜的晋,空余一介书生,老成遍插新芽的舟楫。

你哭的时候,你已藏好了别人的泪滴。

——选自《散文诗》2009 年第 9 期

叶　辉

陌生的小镇

丢失家园的人,远眺群山
尽管那里不是他的家

鹭鸶吃饱后,站在湖边
等待着太阳落下

每一道墙的阴影里
总有人小声地交谈着

一个月前,我父亲去世
房子外面站着一个人,正在等车

那人手里擎着一枝花,旁边蹲着
一条带链子的狗

车来了吗……
看来,我们已经各就各位了

看来,枯树枝
已经指明了所有方向

——选自《对应》,花城出版社 2009 年 12 月版

叶 匡 政

南苑公寓楼门卫

我惧怕他眼底的阴湿,
我看他突然转身,嘴里
字斟句酌,
他兜着圈子,
闷闷不乐,审视每一张脸。

夜晚,起风了。黑暗
使一切还原,
多少崩溃的肉体
要躺回荒凉的心中。
一个被颓丧拖长的黑影
慢慢走来……我已忘记,他就是我,
曾经是我。

他坐在那里,
他睡着了,
也保持着警戒的姿态……

塑　　像

我躬身在一只烧焦的电闸前
它要打开
它要对着躁动的人群打开
它要移走所有漆黑的房间

远处的巷道像一支嘈杂的练习曲
在我耳边
我站在木凳上，黑暗中，打开电筒
看到了自己年华的流失……

这只焦黑的电闸
它静默，从容
仿佛经历过真正的痛楚
像我那不愿说话的亲爱的兄弟！

——选自《诗歌月刊》（下半月）2006 年第 6 期

纠　　正

1

我心中的笔尖包含着这条喧哗的长街。
风越过一间间店铺呼喊。

既然无人注意街边的绿色，
冬青树就陷入漫长的昏睡。

啊，爱！我们愤懑地活着，
——因此它带着一切发亮的东西。

2

黄昏的光线，
松弛了楼房与大街锋利的直角。

上面：落日的气味每天不同，
仿佛久久不变的生活的伪证。

叶 丽 隽

在黑夜里经过万家灯火

车灯亮着,前面坡地上,黑夜留出了
一小块的空白……在森林公园,一切
都静下来了,夜鸟、树桠间的风、
以及山脚下
一个城池的灯火——
我曾置身其间啊,多少个夜晚,多少年
没有呼应地微弱与单薄

都静下来了,而我无端啜泣
站在寂静的白云山顶
回望阑珊处,这些辉煌或卑微的闪烁
仿佛灵魂,今晚

我一一经过,一一经过

——选自《诗刊》2004 年第 9 期

我记得这茫茫芦苇

我记得这茫茫芦苇,这一望无垠的
辽阔水面。一月的风吹着
我记得突然跃起的鹤群
在蔚蓝的天空和波涛之间
一小点,一小点的白色,慢慢地
舒展,靠近我
日渐黯哑的内心
多么安静——
我记得你的眼。一月的风不停地吹
你说我的脸红了,野茫茫的芦苇
起伏不定……在尚湖

2004.2.18 水阁

——选自《诗刊》2004 年第 23 期

春 水 吟

"我们有多少余生可以共存?"隔着几个省
你发来的询问依然湍急。眼前,是低吼的瓯江
一路翻山越岭而来
在此铺展,拐弯,打着旋,泛着恬淡的

要命的鱼腥味儿

我知道它隐秘的源头。在洞宫山西北,锅帽尖湿地

拨开枯黄的乱草

春天的新绿静静蛰伏

新绿之下,就是闪着亮光的细小水流

凛然、清冽,几近于无

流淌得悄无声息,却又义无反顾……

生命中,这些涌自心尖的战栗

我已学会暗暗汇集

在我今天的这个年龄,开始明白,一生

恰似这一去不复返的波涛

一江春水,形同一场辽阔的苦役

此刻,渡船在对岸抛锚了

师傅正忙着修理。埠头上

越来越多的人加入了静候的行列

一尾鱼突然跃出水面,有人惊呼出声

那银白色的肚腹

那一瞬即逝的闪电

唉,走神了,急湍湍的江水挟裹得我一阵晕眩

借着春风重新站好,远处江面上

成群的白鹭正盘旋飞舞

看哪,那俯冲下来的两只多么轻盈

雪白的翅膀斜刺进波涛,仿佛就要溯入这河流

就要明亮地消失

埠头的人群中,我也等待着

××年××月版中的××月却删

——选自《在黑夜里经过万家灯火》,重庆大学出版社 2009 年版

叶　延　滨

一个音符过去了

一个音符过去了
那个旋律还在飞扬,那首歌
还在我们的头上传唱

一滴水就这么挥发了
在浪花飞溅之后,浪花走了
那个大海却依旧辽阔

一根松叶像针一样掉了
落在森林的地衣上,而树林迎着风
还在吟咏着松涛的雄浑

一只雁翎从空中飘落了
秋天仍旧在人字的雁阵中,秋天仍旧
让霜花追赶着雁群南下

一盏灯被风吹灭了
吹灭灯的村庄在风中,风中传来
村庄渐低渐远的狗吠声

一颗流星划过了夜空

头上的星空还那么璀璨，仿佛从来如此
永远没有星子走失的故事

一根白发悄然离去了
一只手拂过额头，还在搜索
刚刚写下的这行诗句——

啊，一个人死了，而我们想着他的死
他活在我们想他的日子
日子说：他在前面等你……

——选自《文学港》2005 年 05 期

飞鸟的影子

飞鸟在天空中书写最古老的寓言
因为飞鸟的书写，天空
才不仅仅是上帝的调色板
而我们，面对有飞鸟的天空
也就不像一个失宠的女人捏着化妆笔
面对一张空荡荡的镜子

鸟的影子投射到大地上
没有人注意这些最小的云彩
飞鸟的影子在地上，像海里的鱼

悄悄地游出我们的视线

而那些远行的候鸟
用一生的影子写出长长的经线
从南到北,从北到南
就像我用一生的时光追逐
一行永远对我充满诱惑的诗行
那一行诗是我灵魂天空中飞鸟的影子

而没有鸟影的城市上空
装饰着几朵塑料纸粘成的风筝
风筝正神气十足地替代飞鸟
在天空注释着自由的定义
而那些收放自如的玩筝人
像政治家一样进退有序
轻轻捻动着手指间的那根尼龙线……

2009

——选自《中国作家》2009年第17期

伊　沙

自　画　像

诗歌的流氓
生活的恶棍

但请不要说
你很了解我

生活的行僧
诗歌的圣徒

你很了解我
但请不要说

2002

——选自《我的英雄》，河北教育出版社 2003 年版

红色中国的回忆

当运送肉食品的冷冻车

外观仿佛灵车

在人群稀少的大街上

徐徐驶过时

每一个街角

都蹲着一个大脑袋的少年

默默地咽下一口唾沫

2001

——选自《伊沙诗选》，青海人民出版社2003年版

没发出去的E-mail，给G

有一点和你预言的

有所不同

追名逐利的路上

我仍会想起你

那是在瑞典南部

乡村的别墅区

散步的时刻

我想你会喜欢

这些油漆得

十分漂亮的木屋

一家三口

住在里面

和外界少有联系

不被打扰

下辈子吧

亲爱的

这辈子我身为一名

脏乱差的诗人

恋着我们

脏乱差的祖国

离不开啊

下辈子我争取投生

为一名瑞典的医生

还是娶你

并给你这样的生活

2002

——选自《伊沙诗选》，青海人民出版社2003年版

时代的广场

全市最大的广场

刚刚落成

就被人遗忘

伊 沙

我从未专程

去过那里

只是在每次外出

奔赴机场的路上

经过那么一下

我望着那人迹罕至

空空荡荡的广场

第 N 次

忽然意识到

某个时代

某个由广场

这么大的容器

盛载的伟大时代

像水一样漏着

现在已变得

一滴不剩

2002

——选自《伊沙诗选》，青海人民出版社 2003 年版

育　　邦

夜有多深……

夜有多深，我不知道

坐在窗前看到的

是自己一成不变的面容

数年来，一样的模糊，一样的犹豫不决

窗外有什么

除了黑暗还是黑暗

拖拉机的"突突"声由远及近

由近及远，渐至消失

外部世界的声音是暧昧的，缥缈的

我决定推开我的窗户

探出头看看窗外有什么

黑暗，无边的黑暗

我伫立于此，其实是深陷在这黑暗的核心之中

有些站立不稳，甚至有些眩晕

但没有一丝恐惧

青蛙在鸣叫，当然还有蟋蟀

我双耳尖竖，以警觉的姿态

听着，听着，面向远方

后来什么都听不清了

慢慢地，渐渐地

一种神秘的虚无似乎在黑暗中隐隐约约地呈现

继而啜泣、尖叫……

我从未试探过夜有多深
我从未在深夜打开窗户
然而，这一刻
有些不同
但我确实不知道夜有多深
　打开的窗户是否还要关闭

2002 年 5 月 29 日

——选自《诗选刊》2003 年 02 期

忆　故　人
　　——在宋朝·送一无名诗人乘舟沿江入蜀

他的离去
让我想起一只蝙蝠的崇高死亡
他走得越远
离地心就越远，他承受的引力就越大
他飘荡在逆流之中
像悬挂在人世间
与重力作最后的对抗

他还在我的视线里继续前行

我的心越发悲凉

他所承受的正是我所希望的

而在这个世界上

重力是无处不在的

水的颜色正是眼睛的颜色

我在岸上踯躅

极目望去，一只白色的江鸥

正在舒展地飞翔

重力带给它的是自由

而他的小舟已在天际之外

2006 年 5 月 1 日

——选自《诗歌月刊》2007 年 08 期

于　　坚

匿名的河流

在元马镇　当地人只是告诉我
河在那边　匿名的河水　两旁是
匿名的山冈　匿名的植物和匿名者们
的粮食　有番茄　包谷和鱼　稍后我知道
那就是长江　这并不能改变什么　大河
并没有像书本上介绍的那样　深刻起来
露出母亲的笑容　只是河水罢了
样子与我在其他地点看见的　稍微不同

大江东去　另一些面目　我记忆犹新
在玉龙雪山的巨石之间　金沙闪闪的静脉
忽然崩溃　关押在黑暗水牢中的一万头
老虎　被解放了　咆哮二十公里之后
野性——向滔滔者归顺　大河雄心　迈下
故乡的高原　从此　宽阔　平稳　不可战胜
而在湖北那边　它呈现出工业的灰色
重任在肩　缓慢　凝带的石油　从武汉
的喉咙里输出来　承载着水面上　神气活现
的国家　在上海　它是声名显赫的郊区
经常被媒体采访　记者们　只是热衷于
挖掘那颗伟大的心脏　它的身体在仓库

和化脓的排水管道之间　与文明的排泄物
混为一潭　卑微地腐烂着　终结者的黄昏
已经无所谓阶级　深沉的　浮浅的　抢水的
体态轻盈的小姐和心事重重的政客　诗歌
神情忧郁的落日和报废的船骸　都要告解
一道　成为大海的　负荷

名垂青史的大河　匿名的时候并不多
就是如此偏僻的一小节　历史上也出现过红军
火车在小站停下　马车载着省城来的时髦男女
从铁轨下到河滩　带来无数的塑料袋和罐头筒
啤酒瓶　烟头　旧报纸　果核　避孕套
不会游泳的纯种狗　羽毛球　不慎翻倒的
汽油桶　以及孩子们　他们尖叫着
在沙滩上奔跑　忽然倒下　脚底板被
醉鬼们砸碎的玻璃片　划得鲜血淋淋
德国进口的烧烤炉和刚刚学会的几句外语
支起在　黑色的礁石旁边　它们只在旱季出现
在夏日的牧神　赶着洪流之马奔驰
的遗址上　我们铺开旅游者干燥的生活
这么多毫不相干的人　制造了这么多　永远
不会潮湿的怪物　我担心着　一切都将毁掉
不是毁于河流自己的老虎　这一趟车运来的是
人物　那一趟运来的是水泥　那家伙在黑夜里
闷不吭声　听天由命　只见它暗光交错
按照古代的传统调动着流速　某些部分在旋转
新来的一闪即逝　也不知道　这是要迁往上游

还是下游　河东　或是河西　我重新
开始迷信

直到夏天　我才发现　一切
都已经被某个匿名的作案者
轻易地涂掉　摆平　像是杯盘狼藉的
餐桌　被卷去了桌布　大水涣漫　洋洋巨汤
无影无踪的不只是那些入侵者
那些垃圾堆　那些根据文件运来的图纸
小砖头和胶水　还有那片　平坦得就像
一张宣纸的沙滩　我曾经觉得
它是那么广阔　丰富　有那么多
暗藏着细节的纤维　那么多的好石头和
金子　那么多匿名的秘密　足够把我造就成一根
耶和华的肋骨

——选自谭克修主编《明天　21世纪汉语诗歌
前沿读本第壹卷》，湖南文艺出版社2003年版

青瓷花瓶

烧掉那些热东西
火焰是为了冷却不朽事物
冰凉之色为瓷而生
一点青痕仿佛记忆尚存

感觉它是经历过沧桑的女子

敲一下　传来后庭之音

定型于最完美的风韵　不会再老了

天青色的脖颈宛如处子在凝视花之生命

内部是老妇人的黑房间

庭园深深几许

怎样的乱红令她在某个夏日砰然坠地却没有粉碎

已经空了些年

那么多夏季之后

我再也想不出还可以把什么花献给它

有一次我突然把它捧起来

察看它的底部

期望着那里出现古怪的文字

却流出一些水来

　　　　　　　　　　——选自《山花》2006 年第 1 期

美好的一天

呦呦鹿鸣　食野之苹

美好的一天

吾写诗数首

打个电话　念给韩旭听过

又自己走到客厅　大声地念

小杏对镜梳头　云在五楼外听

然后出门买菜　　鱼一条

番茄九个　　葱七根　　鸡蛋二十

韭菜三两　　土豆一公斤

春天已经到来多时　　菜市场里

红黄绿白　　生熟素腥

悠悠鹿鸣　　青青子衿

报纸说　　某地麦当劳突然起火

怀孕的保姆辞职被雇主殴打

游人踏青　　惊报发现男尸

没有注意落叶无数　　就在附近

回家时在杂货铺前遇见于果

中学女生　　靸着木拖鞋去买橡筋

出门也不告诉父母

哦　　有女长成

在这个碌碌芸芸的小区

她　　是她的但丁

　　　　　　　　——选自《诗歌月刊》2006 年第 5 期

郁　雯

阴　影

她坐在那里,耳边是
童年的歌谣——眼泪。
眼泪以音乐的形式,流淌
在肌肤上,
在血液里,
在掀开的情欲中。
一个个被开禁的果实,
残存的滋味——苦楚,
缠绕在舌尖。
甜蜜——过往记忆的芳香,
弥漫在空气中,
显得扑朔迷离。

她陷入阴影,
如同,每一个人,曾经
陷入过一样。
唯独,一只黑色的眼睛,
逃脱在阴影之外。
注视着——
自己的苦难,
自己的忧伤以及孤独。

她一声声叹息,
哼唱着,
属于她的歌谣。
呜——呜——呜
呜——呜——呜

眼泪,是她
单年的歌谣。

2004. 9. 6

——选自《炙热的谜》,上海文艺出版社 2008 年 3 月版

他的故事

他上当了,他说。
不能再上当了,他又说。
女人始终流动着,某时某刻
会作短暂的停息。很快地
她又流走,重新神采奕奕。

他迷恋过这种游戏,
那曲线、那灵动、那妖嗔
她们盘旋上他壮实的体格
他的精神就全然妥协。

一个女人走了,另一个女人
还未来到之间的空隙——
他喝酒。红酒、黄酒、白酒,
还有泛起水星泡沫的啤酒,
各类的酒,是他的救星。

他从桌上抬起沉重的脑袋,
看向:楼梯上下来的女人
她们笑着,神圣不可侵犯的模样
旗袍上的碎花图案仿佛飞溅的欲望
他摇摇头,再摇摇头——
"全是陷阱",他说。

2007.2.8

——选自《炙热的谜》,上海文艺出版社 2008 年 3 月版

宇　　向

圣洁的一面

为了让更多的阳光进来
整个上午我都在擦洗一块玻璃

我把它擦得很干净
干净得好像没有玻璃只剩下空气

过后我陷进沙发里
欣赏那一方块充足的阳光

一只苍蝇飞出去，撞在上面
一只苍蝇想飞进来，撞在上面
一些苍蝇想飞进飞出，它们撞在上面

窗台上几只苍蝇
扭动着身子在阳光中盲目地挣扎

我想我和这些苍蝇没有多大区别
我一直幻想朝向圣洁的一面

2001. 11. 18

——选自《人民文学》2002 年 09 期

一 阵 风

你拍打我的房门
像一个要与我偷情的男人
亲爱的,你可以光明正大地成为我的男人
你可以光明正大地成为任何一种东西
你可以是一把钥匙
进入我的锁孔,打开我的房门

你可以打碎我的酒瓶,抽我的烟
像一条贪婪的狗趴在地板上
舔酒喝。亲爱的,你就是一条贪婪的狗
你翻开这一本书
又翻开那一本书
到打字机前窥探我并不光明的写作

你急于进入我的身体,亲爱的,
你可以进入我的身体,从我的缝隙进入
我的毛孔,蜂窝一样张开
你可以进入一个男人无法进入的地方

你使我感到我的身体原来这样空
这样需要填充。你可以充满我
你连接导线,让电流进来

此时我的叫声一定不是惨叫

2001. 12. 4

——选自杨克主编《中国新诗年鉴2001》，

海风出版社2002年11月版

女 巫 师

我高龄。能做任何人的祖母

当我右手举起面具

左手握住心，我必定

货真价实。拥有古老的手艺

给老鼠剃毛。把烛台弄炸

被豹子吞噬。使马路柔肠寸断

分崩离析那些已分崩离析的人

我懂得羞涩的仪式

会忍痛割爱。当太阳自山头升起

照耀舞台中央的时候

我就是传统，无人逾越

当我把祭器高举

里面溅出幽灵的血。是我

在人间忍受着羞辱

我是思想界最大的智慧

最小的聪明。调换左右眼

就隐藏了慈悲和邪恶

而在每一个精确的时刻

我到纺织机后配制泪水

把换来的钱攒起来

现在我打算退休

成为平凡无害的人

2005. 1. 9

——选自《星星》2005 年第 7 期

余 光 中

绝 食 者

最早的种树人无树可遮
凭你顽固的头颅
就能把满天风雨顶住？

革命是一座美丽的蜃楼
前门旗帜辉煌
后门对着暧昧的小巷

各就各位吧，你的继位者
拱在高高的殿堂
而你，蹲在楼下的广场

没有选票，也没有敌人
你已经一无所有
除了一个归零的圆顶

饿吧，没有英雄的年代
损人不如损己
饿瘪你满肚的不合时宜

饿剩终极的寂寞与干净

抖一抖两袖空空

雨衣不带走一片疑云

——选自《联合报》（台）2004年3月29日

藏 棣

陈 列 柜

微光像寂静的食物
来到它的近前。很多漆
都已经剥落,蚊子的琵琶舞
默认着这里的空气
还算新鲜。壁虎的小指挥棒
轻拍着冷清的门票收入。
这里离历史很近,希望你
不会误解这一点。
谁在提醒我们、谁的声音
这么有诱惑力?谁负责在附近
澄清我们的好奇心。
一些灰尘像浅浅的殖民地,
此外,一切都很正常。
衰落的王国中的
最后一场婚礼兑现了
多少爱?放在这里的
是否就是最突出的见证物?
它有几根木条就像水牛的胫骨。
另外几块稍短几寸,
如同羚羊的肋骨。
它有好几块大玻璃,

早上刚擦过。它有几根血管
像漂亮的彩线,被通了电。
它有自己的心脏——
一只金碗静止在文明的精致中。

——选自《作家》2004年第5期

编织协会

我注视着满月下的篮子——
它破旧,暗淡,甚至有点不真实,
却漫溢着令人吃惊的自尊。
很多时候,场景就是这么简单。

它被丢弃在沼泽的边缘。
它不领悟什么,也不阻止
我通过它领悟我想领悟的东西。
一只狐狸笨拙地占据了它。

很显然,它是用芦苇编成的。
几缕柳条穿插其间,只能算是
帮点小忙。在我出现之前,
还应该有块花布盖在它的头上。

它是我走出岩洞后

注意到第一个伟大的静物。
它像是在帮助我的眼睛
逐渐适应这个世界。它的作用很难形容。

它是我的先知：卑微，不呼吸，
也不弄出错误的声音。
我被催眠了吗？我正梦见自己
被织进了一匹抖动的绸缎？

站在这边的仍旧是我，站在那边的
仍然是陌生而又熟悉的世界，
但是，有一阵子，这篮子取代了世界——
就像一步棋，它刚巧下到我的眼前。

——选自《诗刊》2004年第18期

神秘尺度协会

干燥的冬日。小石桥
安慰着枯黄的落叶——
它这样低语：大地是陌生的，
和夏天从树枝上看到的景象
完全不同。
很有可能，最好的向导
也比不上诗中的陌生。

一团陌生,在大地上滚动,散开,
但一团陌生绝不是一团迷雾。
很可能,事情并不仅仅限于诗中的陌生。

它这样解释:甚至人间
也是陌生的。陌生的大地上
才会出现不陌生的天堂和地狱。
它这样呢喃:你很可能并不知道
这些落叶不仅仅是看起来像树木的耳朵。

它这样忠告:你并非独自优美于
灵魂的不可信。从现象入手,
你会发现,信仰仅仅意味着
一次抵达。在我的信仰里
有这些落叶等待着被丢进炉火。

它这样建议:冬天的落日安静、壮美,
不亚于一次伟大的友谊。
它这样宽恕我们:从旁边经过,
却已完全听不懂什么叫自言自语。
它这样指出:十几棵松柏间跳动着

一只小麻雀,亦雌亦雄,
正用它的舞蹈表示
本地的匮乏。这小鸟就像一瓶涂改液。
更古怪地,它用无名招呼
这首诗中和它自己最相像的部分。

——选自《山花》2006 年第 4 期

翟　永　明

关于雏妓的一次报道

雏妓又被称作漂亮宝贝
她穿着花边蕾丝小衣
大腿已是撩人
她的妈妈比她更美丽
她们像姐妹　"其中一个像羚羊"……

男人都喜欢这样的宝贝
宝贝也喜欢对着镜头的感觉

我看见的雏妓却不是这样
她 12 岁　瘦小而且穿着肮脏
眼睛能装下一个世界
或者　根本已装不下哪怕一滴眼泪

她的爸爸是农民　年轻
但头发已花白
她的爸爸花了三个月
一步一步地去寻找他
失踪了的宝贝

雏妓的三个月

算起来快 100 多天

300 多个男人

这可不是简单数

她一直不明白为什么

那么多老的，丑的，脏的男人

要趴在她的肚子上

她也不明白这类事情本来的模样

只知道她的身体

变轻变空　被取走某些东西

雏妓又被认为美丽无脑

关于这些她一概不知

她只在夜里计算

她的算术本上有 300 多个

无名无姓　无地无址的形体

他们合起来称作消费者

那些数字像墓地里的古老符号

太阳出来以前　消失了

看报纸时我一直在想

不能为这个写诗

不能把诗变成这样

不能把诗嚼得嘎嘣直响

不能把词敲成牙齿　去反复啃咬

那些病　那些手术

那些与 12 岁加在一起的统计数字

诗、绷带、照片、回忆

刮伤我的眼球
（这是视网膜的明暗交接地带）
一切全表明：都是无用的
都是无人关心的伤害
都是每一天的数据　它们
正在创造出某些人一生的悲哀

部分地　她只是一张新闻照片
12 岁　与别的女孩站在一起
你看不出　她少一个卵巢
一般来说　那只是报道
每天　我们的眼睛收集成千上万的资讯
它们控制着消费者的欢愉
它们一掠而过　"它"也如此
信息量　热线　和国际视点
像巨大的麻布　抹去了一个人卑微的伤痛

我们这些人　看了也就看了
它被揉皱　塞进黑铁桶里

　　　　　　——选自《最委婉的词》，东方出版社 2008 年 3 月版

在 古 代

在古代，我只能这样

给你写信　并不知道
我们下一次
会在哪里见面

现在　我往你的邮箱
灌满了群星　它们都是五笔字形
它们站起来　为你奔跑
它们停泊在天上的某处
我并不关心

在古代　青山严格地存在
当绿水醉倒在他的脚下
我们只不过抱一抱拳　彼此
就知道后会有期

现在，你在天上飞来飞去
群星满天跑　碰到你就像碰到疼处
它们像无数的补丁　去堵截
一个蓝色屏幕　它们并不歇斯底里

在古代　人们要写多少首诗？
才能变成崂山道士　穿过墙
穿过空气　再穿过一杯竹叶青
抓住你　更多的时候
他们头破血流　倒地不起

现在　你正拨一个手机号码
它发送上万种味道

它灌入了某个人的体香
当某个部位颤抖　全世界都颤抖

在古代　我们并不这样
我们只是并肩策马　走几十里地
当耳环丁当作响　你微微一笑
低头间　我们又走了几十里地

——选自《诗潮》（双月刊）2004 年第 6 期

鱼玄机赋

一、一条鱼和另一条鱼的玄机无人知道

这是关于被杀和杀人的故事
公元 868 年
鱼玄机　身穿枷衣
被送上刑场　躺在血泊中
鲜花钩住了她的人头

很多古代女人身穿枷衣
飘满天空　串起来
可以成为白色风筝　她们升不上天

鱼玄机　身穿道袍　诗文候教
十二著文章　十六为人妾

二十入道观　二十五
她毙命于黄泉

许多守候在屏幕旁的眼睛
盯住荡妇的目录
那些快速移动的指甲
剥夺了她们的性
她们的名字　落下来
成为键盘手的即兴弹奏

根老了　鱼鲜藏匿至它的洞窟
鱼玄机　想要上天入地
手指如钩　搅乱了老树的倒影
一网打尽的　不仅仅是四面八方
围拢来的眼睛　还有史书的笔墨
道学家们的资料
九月　黄色衣衫飘然阶前
她赋诗一首　她的老师看出不祥

岁月固然青葱但如此无力
花朵有时痛楚却强烈如焚
春雨放晴　就是她们的死期

"朝士多为言"那也无济于事
鱼玄机着白衣
绿翘穿红衣
手起刀落　她们的鱼鳞
褪下来　成为漫天大雪

屏幕前守候的金属眼睛
看不见雪花的六面晶体
喷吐墨汁的天空
剥夺了她们的颜色

一条鱼和另一条鱼
她们之间的玄机
就这样　永远无人知道

二、何必写怨诗？

这里躺着鱼玄机　她想来想去
决定出家入道　为此
她心中明朗灿烂　又何必写怨诗？

慵懒地躺在卧室中
拂尘干枯地跳来跳去　她可以举起它
乘长风飞到千里之外
寄飞卿、窥宋玉、迎潘岳
访赵炼师或李郢
对弈李近仁　不再忆李亿
又何必写怨诗？

男人们像走马灯
他们是画中人
年轻的丫环　有自己的主意
年轻的女孩　本该如此
她和她　她们都没有流泪
夜晚本该用来清修

素心灯照不到素心人

鱼玄机　她像男人一样写作
像男人一样交游
无病时，也高卧在床
懒梳妆　树下奔突的高烧
是毁人的力量　暂时
无人知道　她半夜起来梳头
把诗书读遍
既然能够看到年轻男子的笑脸
哪能在乎老年男人的身体？
又何必写怨诗？

志不求金银
意不恨王昌
慧不拷银翘
心如飞花　命犯温璋
懒得自己动手　一切由它
人生一股烟　升起便是落下
也罢　短命正如长寿
又何必写怨诗？

三、一支花调寄雁儿落
——为古筝所谱、绿翘的鬼魂演奏

鱼玄机：
蜡烛、熏香、双陆
骰子、骨牌、博戏

如果我是一个男子
三百六十棋路　便能见高低

绿翘：
那就让我们得情于梅花
新桃、红云、一派春天
不去买山而隐
偏要倚寺而居

鱼玄机：
银钩、兔毫、书册
题咏、读诗、酬答
如果我是一个男子
理所当然　风光归我所有

绿翘：
那就让我们得气于烟花
爆竹、一声裂帛　四下欢呼
你为我搜残诗
我为你谱新曲

合：
有心窥宋玉
无意上旌表
所以犯天条
那就迈开凌波步幅
不再逃也不去逃

四、鱼玄机的墓志铭

这里躺着诗人鱼玄机
她生卒皆不逢时
早生早死八百年
写诗　作画　多情
她没有赢得风流薄幸名
却吃了冤枉官司
别人的墓前长满松柏
她的坟上　至今开红花
美女身份遮住了她的才华盖世
望着那些高高在上的圣贤名师
她永不服气

五、关于鱼玄机之死的分析报告

"这里躺着鱼玄机"当我
在电脑上敲出这样的文字
我并不知道
她生于何地　葬于何处？

作为一个犯罪嫌疑人　她甚至
没有律师　不能翻供
作为一个荡妇　她只能引颈受戮
以正朝纲　视听　民愤等等

这里躺着鱼玄机　她在地下

大哭或者大骂　　大悲或者大笑
我们只能猜测　　就像皇甫枚——
一个让她出名的家伙
猜测了她和绿翘的对话

当我埋首于一大堆卷宗里
想象公元 868 年　　离我们多远
万水千山　　还隔着一个又一个伟大的朝代
多么年轻呵
她赋得江边柳　　却赋不得男人心
比起那些躺在女子祠堂里的妇女
她的心一片桃红

这里躺着鱼玄机　　她生性傲慢
活该她倒霉　　想想别的那些女诗人，
她们为自己留下足够的分析资料
她们才不会理睬什么皇甫枚

那些风流　　那些多情的颜色
把她的道袍变成了万花筒
多好呵
如果公元 868　　变成了公元 2005
她也许会从现在直活到 85
有正当的职业　　儿女不缺
她的女性意识　　虽备受质疑
但不会让她吃官司　　挨杖毙

这里躺着鱼玄机　　她在地下

也怨恨着：在唐代

为什么没有高科技？

这些猜测和想象

都不能变为呈堂供证

只是一个业余考据者的分析

在秋天　她必须赴死

这里躺着鱼玄机　想起这些

在地下　她也永不服气

——选自《最委婉的词》，东方出版社 2008 年版

洋盘货的广告词

"在成都　有一么多的楼盘

它们盛开在这个城市的四面

有原创、有拼装、有移栽"

半山卫城　生长在地中海文明中

戛纳印象　"要在蜀地中看海"

每个房间均为凸窗设计

推窗见水　藏风纳气

幸福就是在夜里能闻到花香

香颐丽都　"置信于你将信"：

500年前　达·芬奇曾于这样的河畔
画下蒙娜丽莎的第一笔
500年后　成都人以文艺复兴生活
为蓝本　体验瞬间移民

成都后花园　却有纯正北美血统
托莱多　菲森德　哈维特
"这样的地方　成都人大都没听说过
但不影响"这些百年传世大宅
完美售罄

"在三千余年的金沙遗址旁"
有诺丁山现场
国际新区　名叫**米兰香洲**
30万常住人群　20万城市新贵
适合业态：法国酒吧
英伦书房　美式咖啡馆
韩国烧烤　日式料理
俄罗斯风情吧　"最炙手的是"
西班牙风情吧

巴厘，2006成都爱上你
湛蓝的天　和煦的风
温润的阳光
取代了工作计划
绩优考评　职业目标
悠闲不必适可而止
"在丽都　在这样的措词里"

迎宾大道 1 号　是国宾片区
1 200 平方米尊贵空间
献予身家显赫、睿智从容的财富领袖
登录法则：以电话方式
具资产证明
审核法则：非请勿入
务请交纳观宅押金 RMB100000
观赏法则：全日专属看房体系
届时　**温莎岛**将全面封馆
"**福布斯级**"水域豪宅
开创中国吊桥别墅之先河
主卧主卫配有遥控天窗
令主人在静卧中
享受浪漫的星空
私宅禁地　谢绝踩盘

在城东：
用 2000 亩原生松林作背景
用专属的高尔夫景观养视野
维也纳森林别墅　距离成都
仅 1 小时车程
半山之上　稀世公开
举目全国　这样的天成格局
亦堪称罕见
传世别墅的价值　也正在于此

"在成都　有么多的楼盘
它们分别姓欧　姓美

或姓日韩
成都人不必跋山涉水
不必买机票　倒时差
劳筋骨　一天之内
就能把西方玩完"

　　　　　　——选自《青年作家》2007年第12期

张　　尔

木质生活

我常常这样,坐在一把木椅上,遥望窗外
奔流不息的汽车、人群、低矮的荆棘丛、鸣叫着
的但无法捉摸的橡皮人
感到不知所措
我和他们,仅仅相隔一层楼宇、一条自由的河道
黎明,涌动的噪音仿佛要将我拽向
宽阔无垠的声音之门
鸽子是黑色的,苍老的羽毛无人能够渲染

2009年6月4日,我在日记本上写下:
昨天,我和他、和她
相约奔向爵士乐演奏厅
一只叫嚣的卷毛狗
惊扰了我们想要钻进地洞里去的生活
人群观赏着这只流浪动物。

现在我已不在路上,也关闭了栈道上滚动的飞禽
很早,我就有一把青铜的匕首
它透着彻骨的明亮和青苔的茂密
我说你是鲜花、音乐,说你
是令人卑微的玛瑙、声带中嘶哑干涸的欲望

别等我掏出武器,你们就应该远离我
远离我,就是远离我所说的
一种冷冻的木质生活

——选自《诗选刊》2009年第7期

论 身 体

我身不由己,骨质松软
踱着驴步,想象弯月匿于山峦
有一天就这么老了,多动症被迟缓的暮年
疗愈。但,那一切仍需坚强地等待
房子紧靠着电视塔,我要站远些
这样,就离你远一些
现在四周静得可怕,白炽灯
发出锐利的声音,想要刺穿我的身体
我一直以身体抵挡着
那些欲乘虚弱之时拆卸我的异类
我害怕如此的静寂、孤独和逼人的寒气
仿佛要历经亿万年的锤炼
方能缓解一个人的内心
强大的虚空之瘾
因此,我仍将继续保持一个孤傲的人
应有的沉默

——选自《诗歌月刊》2010年第4期

被重建的世界

有一天,我对着木制的雕像
听见他埋头向我耳语:

在我的身体里,同样,也有属于
我自己的国家,那里只有
一个国王、一个法官和同一名政客,
我,有我自己的领土,并且不容被人侵犯。

夜色降临时,挖土机阵阵轰鸣
我和我的母亲,裹着最短促的喘息
羞涩无言。
世界被建设,记忆中,那几番疼痛的往事、
在最深的洞穴里冬眠的爬虫
他们一齐,
在极速的穿梭中忽隐忽现

2008.4

——选自张尔《乌有栈》,阳光出版社2011年9月版

张　　联

傍　　晚

我为什么要歌唱傍晚
因为傍晚里
有凉爽的北风吗
有低飞的燕子盘旋吗
有淡而不绿的小草阴影吗
有黑色的小甲虫有声的爬行吗
还是因为
我正伴着暮归的羊群
在这初夏的村外里
看天空不再湛蓝
和几缕淡淡的云系在有声地飘动
看傍晚的翅膀
正猎猎地飞过
笼罩着夜

傍　　晚

天底下

几个驼着背的人

正走进村去

在淡淡的青色里

村间走动

青色的天空

青色的暮色

青色的树桠

青色的人

青色的房

舍旁一株树桠里

一抹淡红移动

移动着宁静

移动着几个驼背的人

傍　　晚

傍晚　天空里布满着阴云

村色在暗的光里　沉默

我静坐在园旁　看园中尤物

那朵柔弱的黄瓜花

在白的反光里　温顺地开放

婷婷独立

看这园中

有葵西红柿韭菜辣椒葫芦和葱

几棵杏树枣树　都在绿色里沉默

宁静着不动的空间

园旁的小羊几只　真乖
我这个闲人
在矮的墙头上静坐
沉浸在暗光里

——选自《诗刊》社编《中国当代诗库2007》，
中国文联出版社2008年版

傍　　晚

傍晚里
我在南天下的葵地里锄葵
在疲倦里伸直了腰
不觉翘首望天
只见南天上几朵白色的飞霞
向东天里飘逸
半个月亮也在淡淡的白色里
向西天滑行
只见天地下一片黄亮亮的光来
我这个闲人走下来
离开葵地
看着盈尺高的葵冠
在黄亮亮的光里闪烁
走下畔去

——选自《傍晚集》，天马图书出版公司（港）2007年4月版

张　　默

白发独语

不知不觉，在光阴凸凹的深处
我抚触你无声、涌动的力量
自左耳沿静悄悄的爬上来
依序，任眉睫灿烂的开花
接著，苍发向两侧微微的摆荡
一点一撇，让天灵盖情不自禁的逼近

于是，沧沧浪浪
且看，倪瓒一管英姿勃发的妙笔
拨开黑暗，在我童年跨过诗经的某一页
转了一个小小华丽的弯

——选自《文讯》（台）银光副刊，2010年7月1日

张　维

广　陵　散

行刑前　他
用河流运送
自己的血　向上

弦断之后
石头走出河床
肉身留了下来

哑者在喊
白骨在烂
断弦在舞
泪的灯火高挂万家

绝响在于
梧桐依旧
凤凰已不再来

——选自李少君主编《21世纪诗歌精选　第一辑》，
长江文艺出版社 2006 年 1 月版

宁静的美与痛

眼前，这只宋代的瓷瓶
色泽沉静，如这个早晨

使我想起
一个人走在古代的大雪之上
他要怎样的定力，才能
不被大风吹倒
这些乱雨般的风，洪水般的风
时间魔瓶里安静的风
还有心和手制造的风
一个人针一样悬在这里，那里
巨大的磁心藏在大地的深处

一个人要有怎样的定力
才能从宋代的湖面安详地走来
与我此刻在这个清晨会面
说制造他的那只孤独的手
潮汐一样起落的月亮是他的心
说那只手的命运　塑造灵魂的命运
尖锐、透明、波浪一样呼吸的命运

一个人针一样悬在湖面

想如何避开横向的波澜，想

孤细的针怎样弯成钩

水上水下，垂钓的乐趣

鱼在阳光下挣扎　鳞光闪闪的痛

痛，像一阵风，吹向古代的大雪

吹向湖面，弓身的垂钓者

吹向这个色泽沉静的清晨

使我不敢触碰，这只宋代的瓷瓶

它宁静的美与宁静的痛

——选自《上海文学》2002年第1期

张　　枣

猖狂的一杯水

薄荷先生闭着眼,盘腿坐在角落。
雪飘下,一首诗已落成,
桌上的一杯水欲言又止。

他怕见这杯水过于四平八稳,
正如他怕见猥亵。
他爱满满的一杯——那正要
内溢四下,却又,外面般

欲言又止,忍在杯口的水,忍着,
如一个异想,大而无外,
忍住它高明而无形的翅膀。

因此,薄荷先生决不会自外于自己,那
漫天大雪的自己,或自外于

被这蓝色角落轻轻牵扯的
来世,它侍者般端着我们
如杯子,那里面,水,总倾向于
多,总惶惑于少,而
这个少,这个少,这才是

我们唯一的溢满尘世的美满。

黄　昏
——给顾彬博士

凌乱的花蚊正舞着妖步，
尾随我，在这空寂的黄昏。
它们兜着网儿，变幻不住，
总想试着将我生擒其中；
呼啸成群，以尖厉的饥戏，
在熏风里亮出舌头醉歌，
像罗马末代的凯旋之夕，
中心飞溅，扫荡每个角落。
惘然中会兀地迸出一声，
带着集体的温暖的殷切：
"你是谁，你是谁，孤单的人"
"何不交出你年轻的热血？"

……可是远方有匹骏马奔腾，
仿佛消逝的只是这黄昏。

苍　　蝇

我越看你越像一个人
清秀的五官，纹丝不动
我想深入你嵯峨的内心
五脏俱全，随你的血液
沿周身晕眩，并以微妙的肝胆
扩大月亮的盈缺
我绕着你踱了很多圈
哦，苍蝇，我对你满怀憧憬

你的天地就是我的天地
你的春秋叫我忘记花叶
如此我迁入你的寿命和积习
与你浑然一体，歌舞营营
听梦中的情侣歙歙

你看，不，我看，黄昏来了
这场失火的黄昏
灾难的气味多难闻
让我们不再跟世界一起紊乱

哦，苍蝇，小小的伤痛
小小的随便的死亡

好像你嵯跎舌上的
另一番滋味，另一种美馔

——选自张清华主编《中国优秀诗歌1978～2008》，
现代出版社2009年1月版

风暴之夜

异地的风暴，你到底疼不疼
金鱼没有变样，情侣搂着情侣
已经入睡；风暴，你要给那个孩子唤回？
哪个月亮的嘴边还留着你
永远的滋味？虚伪的屋子
人们在梦里脱壳，留下玫瑰与诺言
留下一杯平淡的水，阶级，美或者
倒影。风暴，风暴，我是珍藏于
你内心的哪一盘黑棋杀手？
我要如何移动自己
正确投入你的格局？
你空洞的内心，可否惦着我
如十指连心？

风暴铭记我在异地
如一棵装满的湿树
如一匹踏破春天的骏马

请给我痛，怕，恨以及扭曲
请给我额上装一枚永久的月亮
风暴，风暴，照亮我如同我的鬼
正面或反面，我乱皱皱的皮……

——选自《诗林》（双月号）2010年第3期

诗　　篇

难以克制的是幸福的诗篇
五月我们摸索了三条路线

一条路护送了我们的肺叶
蒲公英总想给什么镶边
烟雨迷濛，或天高云淡
茁壮的林木嘴唇一样演说

枕上我们精制了一场夜
星星的花园，那可就寝的火焰
烧吧，烧吧，总会完结的
另一条路恳求我们的名姓

拂晓时我们回到最后一条
歧道，喃喃祷告：
这一刻，就是这一刻，请你呈现

果真飞驶而过两道光线
难以克制的是幸福的诗篇
五月我们摸索了三条路线

——选自《诗林》（双月号）2010年第3期

张 尔 客

中年的激情

有一种久已湮没的豪迈和柔情，
　　　自我中年的体魄中升起
那是比雾还要厚重的物质，并非
　　　仅仅源自于我，和岁月
乃是超越了我之外的一次喷薄
现在我挥舞着从古典的墓道里寻
　　　找到的一只秃笔
在一块黝黑皴裂的石头上书写

阴影以邻居之水的姿势站在我的
　　　身旁
阳光赤着脚走在扬着尘埃的大路上
许多骨头闪着已经为黑夜深深认
　　　同的磷火
树叶和树叶，风与风，高声歌唱
　　　的孤儿，坍塌的驼峰
取自于女人体内的醇香之酒
透着泪水之痕的斑斓的杯子
破裂了边缘于是更其完美的瓷
　　　器，海沟深处的沙粒
还有其他，若干等等，都一起充

盈于我的脑海
并攀援于我的脉管，以一次又一
　　次悸动
伤害着我
因此我激奋，悲悯，感恩

将那些我已经不认识了的字，以
　　草书的形式
写在石头的背部、面孔、四肢
写在石头的第二层次和第二张皮
写在石头的内部、它们的核心
写在石头心脏的瓣膜上
最终我想有这种结局：在一块石
　　头上撞击自己的头颅！

　　　　　　——选自《上海文学》2008 年第 3 期

石头与青草

伟大的人物往往出生于偏僻之所
并且在远征的途中生病
由此我念及史书里的若干人物
并看到他们列队走过我的眼皮

陡峭的石壁，有着青苔、裂

隙、黯然的呐喊
有着尖刺与题词，以及闪亮的血痕
而且有种朝向远方的力的弧度
我看到勒马立于阵前的病夫，将
　　马鞭朝前轻轻地一指
天空便刺出一个黑洞
大风起处，一群人挥舞着长矛争斗
马匹倒毙于路旁，而蹄声不绝于耳
枯骨的磷火是昨夜的灯
锈蚀的刀枪是怒放的花朵
如果我将正在燃烧的手伸入那块
　　傲然直立的石头
战争的狼烟又会重新升起

每一根青草就是一个世界，比树
　　与石柱更高
叼着阳光走过一天又一天
仆倒、爬行，在狂风中
破碎、弥合，在暴雨中
死去、重生，在野火中
轮回、永恒，在四季中
细弱的草，最粗壮的物质
推翻石头，吞噬山岳
伟大的人物就是草叶上的露珠
而史书的记载是草根上一粒完美
　　的瘤子

如果你和我一样,在此缅怀远古
　　的英雄
就会有着超越自我的勇气,并在
　　疾病的抚慰下心境平和
在历史的缝隙里成为一个战败对
　　手的人
即使你的对手其实就是
你的影子

　　　　　　　——选自《上海文学》2008年第3期

城市里的兄弟

1

城市是从草丛中长出来的
就像树木的枝丫来自于大地
在广袤的平原、山岗的夹缝、河流的左右
绿色的植物随风而去
砖与石头,水泥与钢铁
以另一种自然的语言说话
电力与灯——人造的光明
淹没了星空,淹没了过去
奔走于江湖的人们在这里集聚
握一握手成为邻居

成为仇人
将田园放在身后
将爱情抬到屋子里
他们过着乡村之外的生活
神秘,不熟悉,又像长在背上的痦子
随着我们一起成长

2

这块石头是你扛过来的
我接过来
——城市的建设者,来自偏僻之壤的人
我的父亲,我的兄弟
以一段段尊严建筑一堵堵墙
楼房一年年长高,树呢?
在风中找不到一片可以抒情的叶子
影子在汗水里发芽
鼾声在工棚里开花
进入城市的光荣和梦想
依然茁壮成家乡的高粱
那些可以用手抚摸的玻璃
黝黑如井,皴裂如风中的石头
找不到月亮和星星
母亲和孩子在眼帘上悬挂
眨巴一下,就掉到梦里了

3

在城里居住的人很少去看天空去看树
只知道路在走人人在走路

而那些在写字间专注于文字的人

将桌子漆成湖泊和树木的颜色

养几条金鱼

我的兄弟,如果你正走在他们的屋檐下

要小心从上面掉下的花盆

那些花有着对于土地天然的情愫

而你的身体就是土地的一部分

你是土地的信使

就像那只曾经往来于城市与乡村的青鸟

悬挂在云彩上,两扇翅膀随风打开:

一翼指向城里的女人

一翼指向乡村的河流

4

那个曾经挥舞镰刀的姑娘

将泪水当作珍珠,装在杯子里

成为嫁妆的一部分

离开田野的女人越来越娇嫩

送嫁的阿哥,回到土地的中央

垂下头颅,种几滴屈辱之后长出的惆怅

他在那里挖掘着,想找到一颗新的太阳

挂在城市的上空,为一个新世界送去礼物

这样热情,我的好兄弟

还要给她送去脱壳的水稻

粉碎的麦子

摘下来的葡萄

和真诚的祝福

我们从来不想得到一丝谢意
我们对于大地感恩不已

5

城市,我们迷离于其中,飘浮于其上
有种被拎着衣领朝天而翔的恐慌
还会有更多的人走来
更多的不解,更多的惊喜
更多眼睛里没有安放过的事物
就像那个远房的表叔
西装革履,他不认识你
而我们在城市里就像在大地的深处
就像庄稼伸展地下的根
我们有水,有养分,有自己的欢乐
虽然微小,却无处不在
哈!到哪里都有自己的兄弟
只是,我们暂时不认识了自己,和城市

6

就像到对门的邻居去借一把椅子
招待一个素不相识的客人
就像在农具当中背着手安然踱步
就像准备明年的种子
用粗糙的手掌抚摸着今年的粮食
就像一次我在青石路上寻找新的苔藓
无意间又发现了一块汉瓦

并且无意将它据为己有
就要这样从容不迫,我乡村来的父老兄弟
如果你们挺直了自己的脊梁
就是一棵棵在城市里移动的绿树

——选自《上海文学》2006年第1期

张　洪　波

闪电飞翔

闪电打开城市的天空之后
飞翔着退去
闪电留下一个门
必须飞翔着才能进去

闪电看上去是一种撕裂的疼痛
却很少有人注意到
它退隐时那飞翔的美丽
它暂短的四个方向的联想
几乎把这个城市一下子照亮

闪电就那么咔嚓地一下
跃升为光、时间和力量
它不是往下坠落
而是去击中远方！

——选自《诗林》2004年第1期

绿草甜水

白云飘远
打马近前
绿草的对面
是水的清甜

远游的人
一路风尘化做波纹
自由地荡向无限的远

2004 年 7 月 15 日于长春

——选自《多云》,时代文艺出版社 2009 年 5 月版

两块石头

两块抵触的巨石
仿佛一辈子较劲
终生相互不服

它们一动不动

却凶猛地斗争着
它们要靠时间
来战胜对方

它们都知道
不能松懈
一松懈就会倒下

无法劝解
它们生硬地挺着……

2008年2月2日

——选自《鸭绿江》2009年第4期

张　曙　光

松　花　江

不，我不想描述这条江，
它被污染了，变得干枯，
在冬日昏黄的太阳下结冰，
看上去只像一条乡村的土路。
它的江水，曾经哺育了两岸，
并因一首歌而知名，但现在
却含有大量致癌物，来自
上游的化工基地。
它曾经美丽，我常常沿着
江畔散步，但现在它的岸边
建起了索道，新近又用水泥
筑起一米高墙，阻挡着视线。
游乐园的转马和纪念品商店
多像一块块风景上的秃疮。
而在与它毗邻的中央大街，
两旁的槭树被砍掉，换上了
松树。我诅咒这一切——
但仍然疑惑，这到底为了什么？
不，我不想描述这条江，
不想追怀着它的美丽。
一切都过去了，一切

美好的事物和美好的风尚,
现在只剩下忧伤,惶惑,
和难以抑止的愤怒。

——选自《诗刊》2004 年第 18 期

老年的花园

1

是否应该感到绝望?如今我的两鬓
已被岁月染成白色,就像落满了雪
五十岁。我的一只脚踏进了老年
另一只仍在外面。也许是到了应该
改变一切的时候了,结束或重新开始
但窗外仍然是夏天,树叶在阳光中闪亮
孩子们嬉闹的声音,一阵阵传来
即使在昨天,我仍是他们中的一员。

2

生活让人疲惫而衰老。我小心翼翼地
识破它的伎俩和诡计,但最终总是
落入更大的陷阱。如今我只剩下
这座破败的花园,供我在里面散步
沉思,回味着我的人生——
叶子上满是灰尘,鸟儿也飞到别处

但仍然会有醉心的景色，当夜晚来临
会有一盏盏灯在天上亮起。

3

沉迷于诗歌，这门古老而衰落的艺术
更多是幻象，耗去了一生中美好的时光
却带给我什么？可曾使我的生命变得
完美，或给了我某种安慰？只是意味着
更多的重负，更多的重负或无法实现的
期待。但为什么抱怨？从来不曾有过
更高的预期。只是我已厌倦了真理
责任，和那些高声调的歌唱。

4

是到了应该改变一切的时候了。
结束或重新开始。但哪里是我的开始？
我惶惑，想到了那个古老的训诫
但愿能得到更多的激情，并从疯狂中
获取澄澈的智慧。来自对自身的超越，或
自我否定。起风了，叶子在风中摆动
但根却深深扎进土地。也许我该沉迷于秋天
明晰的景色，直到花园里落满了雪。

——选自王光明编选《2006年中国诗歌年选》，
花城出版社2006年版

日瓦戈医生

来自西伯利亚的冷空气
使城市的冬天变得严酷。
入冬以来,下过两三场雪,
一次是圣诞节,一次是新年。
也许还有一次,我忘记了。
树干是黑的,屋顶却臃肿得发白。
人行道成了溜冰场,人们
小心地在冰面上行走,闭口
不谈江水的污染,却相信了
谎言和活性炭带来的奇迹。
在公交车胀起的公文包里,挂满
一张张没有表情的脸。车窗外
依稀是尤里当年看到的景色。
雪。到处是雪。像诅咒,来自
冬天的暴政。但你要去哪里
日瓦戈医生?今夜我看见你
两脚陷在深深的雪里,手里握着的
是一本诗集。他写诗,不是
为了反抗,只是出于爱,那产生于
漫长的冬天的对于拉娜的爱。

——选自王光明编选《2006年中国诗歌年选》,
花城出版社2006年版

赵　野

立春的日子

立春的日子,我本想问你
江南的树发绿没有
而你清理着冬天的衣物
单薄、恍惚、红袖迷离

我想对你说,有些困惑
是不能当真的,一如此刻
我突然看到希腊的燕子
飞过了瑞士古堡,那儿

天空低垂,海水激越
真正的玫瑰疯狂生长
并让奥尔菲斯不经意间
满脸悲歌,返回故乡

因此有些新生,有些死亡
会像季节不可阻挡
有些深情,从提琴到竖琴
翻动了蝴蝶的翅膀

2001

——选自赵野《逝者如斯》,作家出版社2005年版

春天的夜晚有风呼啸

春天的夜晚有风呼啸
时间凝固,忧伤变得具体
一些愧疚和诀别,像潜艇
浮出水面,变成了传奇

宽大的房间悲情涌动
树影摇曳,灯光温馨
饱受压迫的血液,此刻
不再把生命弄得无趣

就是说,我热爱的行尸走肉
在起风的瞬间会悄然湮灭
好多孤魂渐渐走远
或者恐惧就此逼近

仿佛深渊,只接受大的词汇
只为奇迹涨落,但记忆
暧昧如官僚簇拥的皇帝
安详平静又四伏杀机

——选自赵野《逝者如斯》,作家出版社 2005 年版

郑　　玲

幸　存　者

幸存者是被留下来作证的
证实任何灾难
都不能把人
　斩尽杀绝

戴着死亡的镣铐
　走出灰烬
在宿鸟都不敢栖息的废墟
　重建家园

不管昨夜的狼烟
如何使你一无所有
当黎明到来的时候
仍然充满感激
因为每个黎明
都给希望准备一个天堂

朝着黎明
走在已埋葬的岁月之上
幸存者不诉说回忆
心中的要塞

沉默如雷:
生活永远始于今天
在应该结束的时候
　重新开始!

——选自《诗刊》2001年第1期

郑　　敏

悟

智慧是水
装满了这只古瓶
灵魂是茶
装满了这只瓷杯
感谢造物者
那宇宙的艺术家
在万物中放下
那一江的流水
在我心灵的峡谷中

绿树曾带来盛夏
嫩叶都充满喜悦
鸟儿们衔来祝贺
似乎夏天是永久
不散的宴席　绿裙
邀请天上白云共舞
雷鸣电闪不过是梦
我的心灵已是一只
神鸟飞在光中海上

归　　去

从窄门里走出一个身影
这归途中的心灵
衣裳不整，长裙翻飞
撒下无数花瓣
青春之灵早已幻化
芬芳的落英
飘拂的翠条

顺流婉然漂下，扁舟
没有船夫
没有归人
只有一朵护航的
白云从高空俯视
一片生命的落叶

一条不名来处的鱼儿
带着生命的鳞片逆流
迎上扁舟，伴它一程
生的漂泊，听着远处
千层波涛万种海吟
归去，万丈碧深无语

——选自《人民文学》2006 年第 1 期

郑 小 琼

天 鹅

这么多年,我只爱着它的阴影
虽然我相信还有别的,让我留恋
它们在天空或者湖水让我难以接近
惟余垂落大地的影子给我依偎

远处,开花的原野或者郁葱的树林
镶着金边的浮云或星辰,它模糊的
鸣叫,朝着千颗陌生的心灵亮着
水倾泻着它声音更银子样的反光

树木深深地坠落在十月的湖水间
它的身体映照着一座陌生的新城
闪耀于心间的疼痛靠近我的睡眠
一只天鹅是深夜的湖水中的星辰

我能感受到秋天深入我体内的气候
天鹅在鸣叫,声音像散开的水锈
我如此忧郁与疲倦,歇下的肉身
在一场无形的受难中开始腐朽

这么多年,我走得太远

春天安排我与一只天鹅相遇
与一个辽阔的愿望重逢
月光的尖锐已让寂静震裂

这么多年我第一次停下来注视天鹅
它站在湖水间嬉戏，游泳
它没有起飞，也没有躲避
恰像我诗句中习以为常的亲人

——选自《作品》2006 年第 5 期

他　　们

这些铁，在时光中生锈的铁
淡红或者暗褐，炉火中的眼泪
机台边恍惚而疲惫的眼神
他们的目光琐碎而微小，小如渐弱的炉火
他们的阴郁与愁苦，还有一小点，一小点希望
在火光中被照亮，舒展，在白色图纸
或者绘工笔的红线间，靠近每月薄薄的工资
与一颗日渐疲惫的内心——

我记得他们的脸，浑浊的目光，细微的颤栗
他们起茧的手指，简单而粗陋的生活
我低声说：他们是我，我是他们

我们的忧伤,疼痛,希望都是缄默而隐忍的
我们的倾诉,内心,爱情都流泪,
都有着铁一样的沉默与孤苦,或者疼痛

我说着,在广阔的人群中,我们都是一致的
有着爱,恨,有着呼吸,有着高贵的心灵
有着坚硬的孤独与怜悯!

——选自《太湖》2007 年第 3 期

风　　吹

在黄麻岭。风吹着缓慢沉太黑暗的黄昏
留下一片空旷,和我颤抖的脚跟

风沿着凤凰大道,从下午的女工的头发
一直,吹着荔枝林中归鸟的惆怅

她们,来自远方,四川,湖南,湖北
说着方言,风吹着她们奔波流离的命运

风,吹着,吹到人行天桥上
那些比黑夜更黑的暗娼们在树荫下眺望着

风,一直吹着,时间是寂静的

树木是沉默……它们轻微的响动

那些我不可挽留的时光和江水，流淌着
它们消逝着……像故乡，也像异地

风吹着，我弯下腰来，热爱着这
贫穷而清苦的生活

——选自《太湖》2007 年第 3 期

生　　活

你们不知道，我的姓名隐进了一张工卡里
我的双手成为流水线的一部分，身体签给了
合同，头发正由黑变白，剩下喧哗，奔波
加班，薪水……我透过寂静的白炽灯光
看见疲倦的影子投影在机台上，它慢慢地移动
转身，弓下来，沉默如一块铸铁
啊，哑语的铁，挂满了异乡人的失望与忧伤
这些在时间中生锈的铁，在现实中颤栗的铁
——我不知道该如何保护一种无声的生活
这丧失姓名与性别的生活，这合同包养的生活
在哪里，该怎样开始，八人宿舍铁架床生的月光
照亮的乡愁，机器轰鸣声里，眉来眼去的爱情
或工资单上停靠着的青春，尘世间的浮躁如何

安慰一颗孱弱的灵魂,如果月光来自于四川
那么青春被回忆点亮,却熄灭在一周七天的流水线间
剩下的,这些图纸,铁,金属制品,或者白色的
合格单,红色的次品,在白炽灯下,我还忍耐的孤独
与疼痛,在奔波中,它热烈而漫长⋯⋯

——选自黄礼孩主编《异乡人》,花城出版社 2007 年 5 月版

河　　流

我身体里有一条河流,它蜿蜒不断
从左手到右手,跨过我的贫穷与孤独
我的悲伤与喜悦,从上游到下游
从清晨到黄昏,那些伤与病,痛与疼
从脚到手,像河中的水草紧紧揪住
我柔软的内心,多少年了,我沉默着
它在我的身体里涨潮,汹涌,迂回
有时断流,或者干涸,我忍着,藏着
它像一个古老的寓言流动着
它拐过我身体的平原与山岭
它经过童年进入青年,从薄冰的冬日
到春天,它一贫如洗地流着
像一颗在夜空中有些迷茫的星辰
白晔晔的时光有着难以测量的深度
从一滴到另一滴,它们闪烁,坚韧

有风带来花香,尘土,树木,苍茫的平原
或者村庄,鱼在鸟的阴影间游动着
我羡慕的那些长着翅膀的飞鸟
在我肋骨间流动的河流,它经过
一个个码头,在水与身体之间
我们坐着,没有动,那条河流,流着
在黑暗中,与我的命运抱在一起

——选自《郑小琼诗选》,花城出版社 2008 年 4 月版

钟　　鸣

这　一　夜

烛光里有两只鼻子，两个蛋白样的灯笼，
她白皙是因为她望电视像望着火红的新年。
去年是在米亚罗，那一年很寂寞——
枯守着龙之灰，那年是龙年，那一年，
沦陷的城市尽是防空兵，那一年，锣鼓铿锵，

带鼻烟壶的电梯安在了上海，报关的钟也响了，
梅在苏州，滚烫的芝麻小汤圆，大师阻家未成，
瘦着面庞由女子陪着补吃了几根小黄鱼。
那一年，所爱的人在斗争中被废掉了武功，
一个儿童在桌上玩耍，而父亲却指望他

能尽快优雅掉这一年，顺手解开花旗袍。
"那一年"可就太多了，一帮人在虎丘雅集，
一个人死在另一个人的怀抱，肉体在速递，
递在一个不负责任的人手上，那就等于我们
所期待的革命玩忽职守，其实，是时间翻版——

是"那一年"用石板水印了"这一年"，
瓦在许多人手上掷着，在大地上，仍旧是这大地，
"速斩"变成慢慢的跟踪和折磨。獭，好淫，

而执美人，而美人恨得发疯……那一年，
她们爱得不得了，而这一年，却气得要死。

所以。动人的乳房没这一年，只有这夜
的生疏，清淡的月光像发黄的底片，
春梦乱飞，辫子在沸腾的树丛里无情地纠缠，
我见过这样的害羞，这些缺氧的轮廓，
拨喇着转过身去……只能说"这一夜"。

浪费掉这一夜，就像浪费你一个豪华的月饼。
吹灭烛火，然后盼望着对日常一点小小的颠覆。
每年我们都骂，好不容易骂掉一个人的痔，
然后，又骂掉一个人的晦气，或者，发誓说
"哀家不入"，接着就发生了上面那些险情。

2001．1．24

——选自《新京报》2007 年 9 月 25 日

周 瓒

自 画 像

1

永远是另一个。水纹
模仿皱纹,鱼尾擎着镜子
嬉戏青春的枝叶,我不会
学那喀索斯,以回声重复表白

2

回声即替身。鞭子
混淆于辫子,抽打一个衰弱的民族
而在密室里,我也曾用它
巩固自学的信仰

3

自我教育需要榜样。手到
擒来的美德,出自本性
隔着时代和大陆,大气层酝酿着
及时雨培育两生花

4

一株草的今生。文字占卜术
努力忘记每天的搜索所得

磨砺目光的极简，使用时
令它如闪电，如火焰

5

尽量不说话。与音乐同居
时时唤来纯语言，我翻译自我
在人群中相忘，而在单独的夜晚
与他们为伴，那叹息使永恒空气颤动的一列

——选自《诗歌月刊》2010 年第 3 期

梦　死
（为王培作）

1

河流，最古老的镜子
死亡也是。

在死亡中照出一个友人
托梦者来到我梦境

梦中，一个女人步履坚定
河水照着她，黑色身形

2

傍晚的出租车,第七封印
司机和我参禅

死神有众多替身
有时是童年的影子,有时是歌星

熟悉的旋律中,高保真音箱
复活张国荣与梅艳芳

3

这一晚,失眠也算良药
针对抑郁症,医治她的记忆

她的生活是甲虫,有坚硬却脆弱的
背,她把自己扔下去

孩子们问:西比尔,你要什么
她回答:我要死。

4

死是我的早餐,独自料理
简单,美味,盛在大地的盘子里,有形式感

有红色的汁液,与早晨的太阳媲美
死是我的美食,最后的晚餐

昨晚,我没有下厨房
这是我的,人类的最漫长的一夜

——选自《诗林》2006年第4期

翼

有着旗帜的形状,但她们
从不沉迷于随风飘舞
她们的节拍器(谁的发明?)
似乎专门用来抗拒风的方向
显然,她们有自己隐秘的目标。
当她们长在我们躯体的暗处
(哦,去他的风车的张扬癖!)
她们要用有形的弧度,对称出
飞禽与走兽的差别
(天使和蝙蝠不包括于其中)
假如她们的意志发展成一项
事业,好像飞行也是
一种生活或维持生活的手段
她们会意识到平衡的必要
但所有的旗帜都不在乎
这一点;而风筝
安享于摇头摆尾的快乐。
当羽翼丰满,躯体就会感到
一种轻逸,如同正从内部

鼓起了一个球形的浮漂
因而,一条游鱼的羽翅
绝非退化的小摆设,它仅意味着
心的自由必须对称于水的流动

——选自《诗潮》2002年第6期

周　根　红

听　箫

　　脱去岁月漂白的外衣，我终于看见了箫的锋芒。与箫对立，我沉默无语，你流浪的苦痛，谁是你忠实的听众。久违的箫声，涉过不惊的水面，重新点燃记忆的篝火。一节节往事，横在今生的唇边，暗自纯洁。

　　吹箫的人，借一盏月光的灯笼，在六口深井里，探寻内心流动的河流。

　　一曲清幽的箫声，让黑夜欲言又止。

羽毛或飞翔

　　在遥不可及的高处，羽毛是惟一的真实。与天空矜持的爱情，是一场旷日持久的抵达。

　　一根羽毛，就可以告诉我们飞翔的体温。

　　漫长的旅途中，鸟的羽毛覆盖住情感的高地。无论风霜雨雪，鸟依然固执地将影子植入仰望。关于停留或筑巢，鸟什么也不在乎，鸟永远都居住在自己的飞翔里。

　　一只鸟飞翔的速度，足可以让天空倾斜。辽阔的远方，是翅膀一生的隐痛。

诗人之夜

坐在丰盛的词汇和执拗的语法里,我开始虚拟一场风暴,并试着在黎明前抵达纯粹。

笔,一把诗意的镢头,深深地朝向内心。

诗人之夜是一截燃烧的烟,一不小心将灵感烧个窟窿。思想是堤岸,一泻千里。

夜醒着,一次深入的探险,把诗人推向成长的陷阱。

诗人始终是一个迷途的孩子,一次次用语言的螺钉,拧紧自己的方向。

——选自《散文诗》2003年第4期

周　伦　佑

羊的二元对立命题

狼是一个形声字
羊是一个象形字
在汉语的规约里
羊吃草
而狼吃羊肉

故事通常是这样的：
狼来了，羊抻直脖子
送上去，让狼咬
狼咬死一只
再咬死一只……

羊没有跑，也不能跑
在汉语的逻辑框架中
羊已习惯了这样的生活
羊吃草，而狼
吃羊肉

直到有一天，一只羊
出于求生的本能
用角顶了狼一下

这只死里逃生的羊
由此被众羊所不容
因为他公然对狼使用了暴力

一只反语义的羊,一只
反逻辑的羊,一只
反和谐的羊,二元对立的羊
注定是孤独的
孤独至死

狼与羊的故事继续演绎
羊吃草,而狼
合符语法地
咬死羊
吃羊肉

2005 年 11 月 25 日于北碚西师桃花山

——选自《周伦佑诗选》,花城出版社 2006 年 10 月版

哲学研究

树木被自己的高度折断
飞鸟被天空拖累
镜子坐在自己的光阴里

沉溺于深渊的快感

一个帝国的手写体
目睹落日的加冕仪式
粮食攻陷城池
羊群在我身上集体暴动

——选自《诗歌月刊》2009 年第 11 期

厌铁的心情

总是害怕回到那个夜晚
那个火焰的时刻,置身其中
让奔突的热血再一次燃遍全身
词语的力量唤起谦卑的生命
在火焰中,广场突然变得很小
被巨大的热情举起来
又从很高的地方跌落
光芒的碎片把目击者变成瞎子

(我不愿重复那种感觉
让更多的人和我一起,从死亡中
捡回各自的脸,痛苦地再活一次)

从此,被钢铁浸透的那个夜晚

成为我的疾病
厌铁的心情不可以言火
只想采点桔梗之类
在没有英雄与蝴蝶的时候
煮水论懦夫。想起来了
便在郊外的某一所学校里
当一天钟，撞一天和尚

我们就这样活着。就这样
一个劲的不想
一个劲地显得若无其事
仿佛什么也没有发生过
但是伤口在深处不可阻挡的发炎
使我们的笑声突然中断
我们就这样难过得不是东西
就这样作为没有鱼的那种水
没有鸟的那种天空
没有含义的结构。敲与不敲
都是钟。响与不响，都是和尚
隔着玻璃的视觉飞机轻轻呕吐
就像一次不成功的流产手术
把你掏空之后
使你全身空洞得乏味

那个夜晚之前我活得轻如鸿毛
那个夜晚以后我醒来心如死灰

——选自《中西诗歌》2006年4月号

看一支蜡烛点燃

再没有比这更残酷的事了
看一支蜡烛点燃,然后熄灭
小小的过程使人惊心动魄
烛光中食指与中指分开,举起来
构成 V 型的图案,比木刻更深
没看见蜡烛是怎么点燃的
只记得一句话,一个手势
烛火便从这只眼跳到那只眼里
更多的手在烛光中举起来
光的中心是青年的膏脂和血
光芒向四面八方
一只鸽子的脸占据了整个天空
再没有比这更残酷的事了
眼看着蜡烛要熄灭,但无能为力
烛光中密集的影子围拢过来
看不清他们的脸和牙齿
黄皮肤上走过细细的雷声
没看见烛火是怎么熄灭的
只感到那些手臂优美地折断
更多手臂优美地折断
蜡烛滴满台阶
死亡使夏天成为最冷的风景

瞬间灿烂之后蜡烛已成灰了
被烛光穿透的事物坚定地黑暗下去

看一支蜡烛点燃,然后熄灭
体会着这人世间最残酷的事
黑暗中,我只能沉默地冒烟

——选自《诗歌月刊》2004年第4期

周　庆　荣

日　　记

2008年4月1日下午四到五点。

风一阵，雨一阵，远处的雷声、阳光。

这一时间我正坐在茶室，风就突然地刮了过来。很多浮尘被吹向远方，但更多的尘土被卷向空中。外边的世界就这样变得混浊，像最近发生的一些事。刚染上新绿的柳丝，在它们的鞭打后，我的灵魂还能纯净如初？

风，终于刮过。

一阵急雨，浮尘复归大地，很多残花纷纷跌落。我们的世界是不能让迷尘遮住双目的，我听见高潮中的雨声，我看见雨水在冲刷屋顶，我感受到这场大雨的迫不及待。已经是春天了，就让春雨洗出一片明媚吧，如果春雨愿意，也顺便打扫一下多年来蒙在我精神上的尘垢，我想做一个高贵的人呵。

如果风吹不走，雨洗不净，别急，因为我听到雷声正响在远处。我们的世界注定要明亮的，因为阳光突然地就照了过来。

2008年4月1日这一天最终是以晴天走进日历的，很像我对待生活的某一种信念。

——选自《扬子江诗刊》2009年第4期

时　　间

> 是的，时间又出现了，时间现在成了主宰。
> ——波德莱尔《又重屋》

一

比如我无端地喜悦，想从头到尾。这是何等的美妙啊，我没有任何前提地坐在水池边的石凳上。

石头的冷，我想到北方望不到尽头的大山，时光的苍茫就在那山峰之上。

二

坐着，等待一件事，就让它叫做幸福；坐着，等待另一件事，就让它叫做苦难。

是那道光啊，一闪间，我竟未能看清万物。

时间是这样出场的，它不能让幸福成为永恒，亦如它面对苦难时的无助。

三

谁让青藤开花？谁让人们面对灯火却从此有了对光明的惆怅？

长发高高地盘起来，走进一次邂逅；

在一个陌生的驿站，似乎从容地看落日跌进长河。

第一次的失之交臂，时间，直到时间真正地成为问题。

四

天老就天老,地荒就地荒。

给时间找到一个开始,像日出照耀露珠的苏醒;然后,再给时间写上结尾,俨然行人在一处投宿。

假如时间真的可能这样被安排,就再把卑鄙安排在时间之外,时光的念珠被高尚触摸着,一串金色的葡萄在我的园中熠熠发光。

五

为什么这条路只能一直向前?事情在不断地发生,神不知,鬼也不觉。

好兄弟来了没有?

时间就是一条鞭子,能跑善走的人们在燃烧的晚霞前泪流满面。

太阳,走得比他们更远。

时间,你为什么总是给黑夜的来临创造一个又一个理由?

六

我看见了一种狭窄。

它不容人分辨,它把时间揣在自己的怀里。

时间,在他们的宫殿里翩翩起舞,美人在反弹琵琶,红烛即使流泪也暂时燃烧出一种温暖。

时间不多了,你们就窒息吧。

谁能是最后的胜利者?

蜷缩在不起眼的角落,时间突然开口说话。

七

可我真的看不见时间啊,它一直纠缠着我,不离不弃呢。

耳鬓厮磨,好一阵缱绻啊。

我只好联想到最感人的爱情,我看不见你的身影、听不到你的呼吸,可我感觉到了,感觉到了你在好好地爱我。

　　如果你真的不在了,我要走上数亿年的路程,往回走,走到天地混沌,走到我最初的动物形状,就为了找你;可能,我再向未来走去,走上一万年吧,直走到我们这群人都像鸟一样地飞翔在天空,就为了找你。

　　你没有形状,你爱我;只是为了同样地去和所有人在一起。

八

　　是谁自作聪明,定义了时间的不可转身?
　　不可转身,我怎么能欣赏它的回眸一笑?
　　向前,向前,如一场宿命!
　　时间是高地的风,吹着吹着就把我们众人吹得慈祥了。
　　太空旷了,再多的事都允许发生;
　　太久远了,再大的幸福也会淡下来;
　　太神秘了,所有的苦难都会痊愈。

九

　　天亮了。
　　云里雾里的问题就不去想了。
　　下面的时间,太阳将要升起。
　　我沐浴更衣,神情庄重:是时候了,光明将在时间之上……

——选自《散文诗》2010年第3期

有理想的人

一

天空飘浮的不再是硝烟。

没有硝烟的日子,已经很久了。阻碍我们视线最多的只是未被温润的尘土,或者是生活中不再纯净的寻常事物。

虽然,依旧有人在行走中劳顿;虽然,工作和学习仍是我们使用最多的词汇。

早上升起的太阳,温暖着幸福的人们,也温暖着更多正在等待幸福的那些人。

二

我在旅行的路上,看到一个快乐的羊群,它们吃着春天里青嫩青嫩的草,它们给土地留下了开放的花朵,它们咩咩地叫着,它们然后悠然地走上前方的山坡。

它们的高度,是发现了另一片草场。

我走远的时候,听到牧羊人的鞭声,还有他信天游般的歌声。

一圈木栅栏,是它们安静的家园?

三

不想做英雄已经好久了。

历史中大悲大喜的事迹成为我记忆的守望。

从意气风发到平静,占去我三十年的光阴。

史书在我的书架上整齐地排列，我知道，历史不会真正地沉睡。

开窗，让东风吹。

今夜，我要做一个有理想的人。

四

吹去浮尘，世界就纯净了；

吹去阴霾，人间就光明了；

吹去噪音，我们的声音就能传得更远了；

当然，还要吹去麻木，我的亲人们充满智慧，他们本来就应该是清醒着的明白人。

东风再吹，如歌如曲，响在耳畔的旋律便是久违了的理想之歌。

五

开窗，让东风吹。

今夜，我是一个有理想的人了……

——选自王剑冰选辑《2009年中国散文诗精选》，长江文艺出版社2010年1月版

周 瑟 瑟

老 禅 师

生死炽燃，苦恼无量
炉火挣扎，我是那个抱木柴
从风雪里撞入禅堂的人

老禅师的心都动了
年轻人，你为什么抱木柴送我？
目光如淡黄的油灯
老禅师好像就要寂灭
灯火跳动，年轻人不要哭
愿代众生，受无量苦

我点燃木柴
坐在潮湿的地上
我听见黑暗的山中传来圆寂的声音
淡黄的火舌舔食我点滴热泪
师傅师傅，我追着火苗呼叫

那个像我父亲的老人
他留给我一木箱诗书手迹
他留给我一木箱火苗

我在禅的火苗里出入
我看见恶业与多余的爱恨
一点点熄灭
而我人生的快乐
从智慧里溢了出来
我周身的木柴越堆越高
直堆到我寂灭的那一天

2009年6月20日晨

——选自王云鹏主编《大诗歌　中国诗人俱乐部作品选》，中国青年出版社2010年1月版

草　木　心

这一生我是逃不过露水的袭击
它们追着我，就像追击乡下游荡的灵魂

我累了，盘腿坐在山脚下
我喜欢无名鸟透明的心脏，像半山腰的寺庙

我喜欢美女如诗，相依为命
我喜欢草木如织，彼此教诲

到寺庙里讨一碗清水

犹如到草木里讨得亲眷的欢心

她清心寡欲，愿意换做草木心
我雄心勃勃只为获得更大的寂静

身外之人，你怎么懂得她的草木心？
要静养，要清心。要热爱山水的道德

要在滚滚红尘里打坐，像在风中自由飞动的寺庙
我把北四环与香山捆在一起，北京太小

我们的爱情太大，只有回到草木中
像两只昆虫拥抱在一起，听不到除心跳之外丧心病狂的声音

2009 年 6 月 22 日晨

——选自《诗选刊》（下半月）2009 年第 9 期

周 伟 驰

明瑟楼冬日听曲（A版）

我怎能在这个时候来看你，在一月？
水落了，石出了，天阔了，形销了。
我目对鱼鸟，鱼儿潜了，鸟儿单了，
你水木明瑟，水面明了，树木落了。
明瑟楼的老琴师，用三弦拨出了萧瑟的瑟，
他那悲凉苍劲的唱词，全然不是吴侬软语
倒像金戈铁马，穿过骨髓伤透了我的心。

这哪里还是我在四月芳菲天，草长莺飞时
听过的锦瑟？这哪里还是豆蔻的留园？
这下午的天色，发黄如黑白照片
暴露了你的底细：明朝，郊外，野地。
如按了快退键，我眼前闪过你的成长史：
堆出的几座土山，挖出的几片水塘，

栽上草木，搭起亭榭，沿溪水砌出小径，
用围墙隔出四季，用明窗泄出竹影。
让诗人吟诗，墨客题字，加深趣味的痕迹，
让佳人在春荫中走动，隐士在临湖轩
弹琴：你日趋华丽，恍如蜃景。
是的，我曾用步容徐徐展开你的山水，

用美人儿的腰肢丈量你柔软的尺寸。

那也是你的真。但现在,我要去掉对你的
风花雪月的悦,去掉对你的才子佳人
的慕,去掉对你的园柳鸣禽的好,
我要一层层,把你还原为一片荒野,
和某人某时心血来潮的匠心。最后剩下的
就是眼前这个你:瘦啊,瘦得只剩下了灵魂。

瘦啊,瘦得像这唱词的回响,抽去了一切含义,
听上去不像人类的声音,而是悲伤本身。
当你的繁华缤纷落尽,我也就赤裸了自己:
我设想。我于你就如一阵风,在世上的偶然中
把空窍吹动。我假装这邂逅不带情
但又如何可能?哦,为了获得片刻的平静
我必须动用多少哲学和宗教
才能挥动手术刀,切除那挥之不去的悲凉?

——2008年7月5—7日重游留园

明瑟楼冬日听曲(B版)

我在一月来时,你丢弃了一切的枝叶。
连音乐也去掉了音符,只剩下灵魂。
夕光中的老者,临池弹唱,

高亢、婉转而苍凉，令我骨寒，那凄清。

哦，他的评弹，与往日所闻截然不同：
谢谢你，告诉我吴侬不是软语，
上古的尖厉没有磨灭。纵使有冬风
入园，也吹不走你苍老的回声。

我曾在夏天来，水上廊搭满藤叶，
石山上的树木茂密，池畔草葱茏。
活的水流经石幢，又把鸟儿掠过的倒影
投给太湖石中间的窍洞，波光盈盈。

从每一个窗口望去，景色皆变幻，
随我的每一个移动，夏天都在动：
娇妍的美人儿满目扑来，
还依次转过昆曲、芭蕉叶和儿童。

可是现在，你抛弃了所有这一切：
水寒，树枯，草凋零。
夏天被繁枝遮蔽的天空，忽然敞亮：
你可以这么瘦，却精神。

我还想到世上的一切，从无到有，
从有走到寂灭。你，本来是一块平地
造园师挖土成池，垒石成山
用墙隔出空间，用窗口集中景观。

步移景异，春夏秋冬，造园人胸中

了然。我何必惊异,此时的留园
不过是回到了它的本来。
寒意成了对象,萧瑟有了况味。

园子枯寂,如美人儿在暮晚卸了残妆
睡在我们身旁,生息明晨的幼稚美。
我的悲伤本是造作,尽在造园师的掌握。
我不如沉静,慢听,感恩中去领略。

2008 年 7 月 4 日—9 月 7 日

　　后记:吾曾三访留园,皆有深悟,诗以纪之。一诗既成,润饰不休,不觉歧出,别成一首,而情态迥异于前矣。

——选自《伟景和远象》,《新诗》第 14 辑

茱 萸

陇 上 歌

壮士的马蹄很脆,你第一次听
陇上的风声灰暗
这散乱的色彩,薄薄地紧贴地面
秋天渐近,那些过去的情节
那些植物:青草、樱花、白玉花和野芒花
它们都是迅速变亮的事物

在陇上。有人试图复制早已落了俗套的
对话、唱词或拥抱
生命简单,天地开阔。所有的相遇都是可能的
我若碰上你,请你转告她:
"你爱的人像被挤压的水滴,
你爱的人,病得很虚弱。"

2007 年 7 月 18 日

——选自《星星》诗刊 2008 年第 9 期

精 卫 辞

我把春天碾薄,为的是
让你能更畅快地带着它飞

桃花如今是满树的,
我们拿锁骨交换月亮
到花谢的时候
即使雇不起人点灯
也不用摸黑
在东海之滨搭起高高的账篷了

我自西山来,背着干粮和木石
亲眼见证过英雄们的暮年
我曾发誓,要和柘木们不离不弃

我们的少年时代闪烁着鱼鳞的光
带上你的水寨吧
陪我,涉江

2007 年 4 月 12 日

——选自《诗刊》2010 年第 14 期

朱 朱

小 城

> 一切只是整齐和美,
> 奢侈,平静和欢乐迷醉。
> ——夏尔·波德莱尔《遨游》①

1

当我在早晨的窗前
喝着咖啡,眼前是旅馆的

大花园,鲜花盛开,
灌木丛被修剪得平整;

在一条砾石的小径旁
矗立着一尊半裸的女神,

在我周围是低低交谈的人声,
他们优雅的举止,酷似
桌上的玻璃器皿
和反光的银器。

2

长港湾里停满游艇,

---

① 夏尔·波德莱尔(Charles-Pierre Baudelaire,1821—1867),法国诗人,曾于1841年乘船由波尔多前往印度旅行,中途返回。

松垂在桅杆上的绳索如同琴弦，

等待被绷紧、被更迅猛的风弹奏——
沿岸咖啡馆的大多数桌子还空着；

成千上万的游人们，
他们将会在夏天到来。

当我沿着松林走向
海滩，经过那些别墅

和那座大公园——
寒冷而清旷的空气里

有一种空虚
不同于贫困与绝望的滋味，

很像一座铺满天鹅绒的监狱，
或者是显贵们居住的带喷泉的医院。

3

夜深时我独自在城中闲逛，
循着乐曲声找到一家酒吧，

将自己淹没在
啤酒的金色泡沫里，

而在我沮丧的大脑深处

波德莱尔的诗句好像咒语

始终在盘旋,好像我
就是他,在航行的半途

受困于毛里求斯的港湾之夜,
听见丛林深外抽打奴隶的鞭子

就像我往昔写下的诗篇
回响在自己的面颊。

4

是不是一个人走得太远时,
就想回头捡拾他的姓名、

家史、和破朽的摇篮?
是不是他讨厌影子的尾随

而一旦它消失,
自由就意味着虚无?

是否我已经扭曲
如一根生锈的弹簧,

彻底丧失了弹性?
是否在彻底的黑暗中

我才感觉到实存?

正如飓风与骇浪，

尖利的暗礁
和恐怖的漩涡，

反倒带给水手将一生
稳稳地揣入怀中的感受。

5

我的记忆沉重，转瞬间
就能使嘴唇变成泥土，

我的爱粘滞，像一条
割不断的脐带——

我的欢乐是悬崖上易朽的绳栏，
我的风景是一个古老的深渊。

难眠于这子夜的旅馆，
推开窗户吮吸着
冰冷的海风，我渴望归期
一如当初渴望启程，

我们的一生
就是桃花源和它的敌人。

——选自王光明编《2005年中国诗歌年选》，花城出版社2006年版

江南共和国
　　——柳如是墓前

I

裁缝送来了那件朱红色的大氅,
它有雪白的羊毛翻领,帽商
送来了皮质斗笠,鞋店送来长筒靴。
门外,一匹纯黑的马备好了鞍——

我盛装,端坐在镜中,就像
即将登台的花旦,我饰演昭君,
那个出塞的人质,那个在政治的交媾里
为国家赢得苟喘机会的新娘。

已是初夏,冰雪埋放在地窖中,
在往年,槐花也已经酿成了蜜。
此刻城中寂寂地,所有的城门紧闭,
只听见江潮在涌动中播放对岸的马蹄。

我盛装,将自己打扮成一个典故,
将美色搅拌进寓言,我要穿越全城,
我要走上城墙,我要打马于最前沿的江滩,
为了去激发涣散的军心。

II

我爱看那些年轻的军士们
长着茸毛的嘴唇,他们的眼神
羞怯而直白,吞咽的欲望
沿着粗大的喉结滚动,令胸膛充血,

他们远胜过我身边那些遗老,
那些乔装成高士的怨妇,
捻着天道的念珠计算着个人的得失,
在大敌面前,如同在床上很快就败下阵来。

哦,我是压抑的
如同在垂老的典狱长怀抱里
长久得不到满足的妻子,借故走进
监狱的围墙内,到犯人们贪婪的目光里攫获快感,

而在我内心的深处还有
一层不敢明言的晦暗幻象
就像布伦城的妇女们期待破城的日子,
哦,腐朽糜烂的生活,它需要外部而来的重重一戳。

III

薄暮我回家,在剔亮的灯芯下,
我以那些纤微巧妙的词语,
就像以建筑物的倒影在水上
重建一座文明的七宝楼台,

再一次,骄傲和宁静
荡漾在内心,我相信
有一种深邃无法被征服,它就像
一种阴道,反过来吞噬最为强悍的男人。

我相信每一次重创、每一次打击
都是过境的飓风,然后
还将是一枝桃花摇曳在晴朗的半空,
潭水倒映苍天,琵琶声传自深巷。

——选自陈东东主编《将进酒:三月三诗会(2005—2009)
作品选》,上海文艺出版社 2010 年 4 月版

子　川

我缓缓走动

守住一口井，结果会怎样
许多事情说不好

种一棵树让后人乘凉
这道理大家都明白

时间是一千年　那挖井人和植树人
离我们实在太久远

可井水，还是那么充盈
那树繁茂如初

当我把一口井　一棵树
与一座寺院联系起来

来来去去不仅是那些僧侣
还有琉璃瓦　印度香　木雕泥塑的菩萨

新砌的庙宇
根基在一口井里　在一棵树下

我在那里缓缓走动
替一个个逝者　留下影子

——选自《星星》2010 年第 4 期

糟糕的生活

我已经过惯这种日子
不坐班，不用为一些统计指标流汗
也不用伺候老板

这是一个需要的年代
需要新的车，需要新的鞋
不完全为赶路
需要别人的看重
需要体面

我热衷于寻找
这个时代不需要的东西
从一堆平庸的汉语中
满地找牙一样
找出它们的棱角，拼成新的图案

这想法，颠来倒去
终于弄糟了自己的生活

——选自《星星》2009 年第 6 期

这 一 天

这一天重读了你的全部来信
后来我坐在矮凳子上
发愣,身子很低,头很沉
把时间的碎片粘起来
就不再是时间
我瞥了一眼杯中水
不再流动的水,水面平静

其实我读到的何止是时间
你的身影慢慢走过
从陌生到熟悉
再从熟悉到陌生……
一篇烂尾文章
开头部分有激情,有许多神来之笔
然后铺陈
再后来,停在转折之处

在低矮的地方
一个人单独坐着
这一天,天蓝得有点寂然
一个人揉揉有点涩糊的眼睛
他想再看到好风景

他还想知道更多的秘密
从一张矮凳子上
我慢慢站起

2007年5月18日

——选自《背对时间》,江苏文艺出版社2007年12月版

尊敬的先生/女士：

《二十一世纪中国文学大系（2001－2010）》已经由南京师范大学出版社陆续出版。但遗憾的是，由于种种原因，仍有少数作者未能取得联系，在此谨表歉意，并请有关作者或著作权人见书后，尽快致函南京师范大学出版社，以便及时奉寄稿酬及样书。

通讯地址：南京市宁海路122号 南京师范大学出版社

邮编：210097

联系电话：025－83598919

传真：025－83598289

2014年11月4日